AF124890

Nona Simakis

Kassandras Weg

FSC
www.fsc.org
MIX
Papier aus ver-
antwortungsvollen
Quellen
Paper from
responsible sources
FSC® C105338

Bibliografische Information der Deutschen Nationalbibliothek:
Die Deutsche Nationalbibliothek verzeichnet diese Publikation in der Deutschen Nationalbibliografie; detaillierte bibliografische Daten sind im Internet
über http://dnb.dnb.de abrufbar.

TWENTYSIX – Der Self-Publishing-Verlag
Eine Kooperation zwischen der Verlagsgruppe Random House und
BoD – Books on Demand

© 2018 Nona Simakis
2. Auflage 2018

Herstellung und Verlag:
BoD – Books on Demand, Norderstedt

ISBN: 978-3-740-74742-8

Coverdesign: **Giusy Ame, www.magicalcover.de**
Bildquelle Cover: **Deposithfoto**
Lektorat: **Enigma Elias, Beate Nikl**
Korrektorat: **Enigma Elias**
Buchsatz: **Libri Melior, Michael Weyer**

Das Werk ist urheberrechtlich geschützt. Jede Verwertung außerhalb des Ur-
heberrechtsgesetzes ist ohne die schriftliche Zustimmung der Autorin un-
zulässig und strafbar. Das gilt insbesondere für Vervielfältigungen, Übersetzungen und das Einspeichern und Verarbeiten in elektronische Systeme. Et-
waige Ähnlichkeiten mit lebenden Personen sind rein zufällig und nicht beabsichtigt.

Für alle Träumer und Weltveränderer.
Für meine wundervolle Tochter.

Inhaltsverzeichnis

Teil 1

Gegenwart

»*Eine wahrscheinliche Unmöglichkeit ist immer einer wenig überzeugenden Möglichkeit vorzuziehen.*«
Aristoteles

Ankunft

»In wenigen Minuten landen wir auf dem Flughafen Elefterios Venizelos in Athen, die momentane Temperatur beträgt …«

Die weiteren Informationen des Piloten registrierte ich nicht mehr. Nach stundenlangem Flug und einigen Strapazen war ich endlich in Griechenland, dem Land meiner Vorfahren mütterlicherseits, angekommen.

Mittlerweile breitete sich die übliche Hektik im Flieger aus. Frauen puderten sich noch schnell nach und der verblassende Lippenstift wurde ebenfalls nachgezogen. Männer versuchten, ihre zerknitterten Hemden zurechtzurücken. Es ertönte die ermahnende Stimme der Stewardess, die um mehr Ruhe bat. Die sich ausbreitende Hektik überwältigte mich auch und ich spürte, wie mich eine gewisse Unruhe erfasste. Langsam stand ich auf, meine Hände hielten krampfhaft die Handtasche fest und ich überließ mich dem Vorwärtsdrängen der Passagiere, die Richtung Ausgang strebten.

Endlich stand ich an der Gangway des Flugzeuges und die gleißende Sonne Athens begrüßte mich. Zum Schutz vor der grellen Sonne schirmte ich mit der Hand die Augen ab und fragte mich, ob es wirklich eine gute Idee gewesen war, nach Griechenland zu reisen. Mittlerweile drängten und schubsten mich meine Mitreisenden, da ich den Ausgang des Flugzeuges und die Gangway, hinunter zum Bus versperrte.

Unsicheren Schrittes stieg ich die Stufen hinunter, während die heiße Luft und der Staub mir das Atmen erschwerten.

Am liebsten wäre ich zurück in das Flugzeug gelaufen, um wieder nach Hause, nach Melbourne zu fliegen. Doch bevor ich mich versah, saß ich in dem stickigen Bus und ließ mich zur Ankunftshalle fahren.

Ich kam kaum dazu, die Gedanken zu ordnen, denn der Touristenstrom zog mich mit sich in Richtung des Gepäckbandes. Bereits von Weitem konnte ich meinen korallenroten Samsonite-Koffer erkennen und versuchte, an ihn heranzukommen. Doch ich wurde weggeschoben und der Koffer war kurz davor, eine Ehrenrunde zu drehen.

Genervt mit den Augen rollend, blickte ich nochmals in Richtung des Gepäckbandes. Eine hektische Atmosphäre herrschte. Jeder versuchte, drängelnd und schubsend als Erster am Gepäckband zu stehen, um sofort an den eigenen Koffer heranzukommen.

»Dreht Ihr Koffer eine weitere Runde?«, hörte ich hinter mir eine sonore Stimme, die einen humorvollen Unterton nicht unterdrücken konnte.

Ich drehte mich um und sah direkt in zwei kobaltblaue Augen. Unzählige kleine Lachfältchen umwebten wie ein zartes Gespinst diese unglaublichen Augen.

Halblange, schwarze Haare umrahmten ein attraktives und sonnengebräuntes Gesicht. Für einen kurzen Moment kamen mir diese Augen unendlich vertraut vor. Doch ich schob diesen Gedanken schnell beiseite.

»Mein Name ist John Archos. Ich saß im Flieger hinter Ihnen«, stellte er sich mir lächelnd, mit funkelnden Augen vor.

»Cassy«, stammelte ich und wischte mir meine verschwitzte Hand an der Jeans ab, bevor ich sie John reichte. »Ich heiße Cassy Cross«, sagte ich unsicher lächelnd.

Mit einem kühlen und festen Händedruck nahm er meine Hand kurz in die seine. Obwohl seine Hand kühl war, fühlte sie sich gleichzeitig warm an. Bevor ich noch etwas sagen konnte, machte John einen Schritt in Richtung des Gepäckbandes und hievte meinen Koffer vom Band.

»So, Cassy, hier ist Ihr Koffer. Ich wünsche Ihnen einen schönen Aufenthalt.«

Ehe ich antworten konnte, wandte sich John abermals in Richtung Gepäckband und blieb dort stehen, um sein Gepäck zu ergattern. Dankend winkte ich ihm zu, in der Hoffnung, dass er dies bemerken würde, und machte mich mit meinem Koffer auf den Weg zum Ausgang. Je mehr ich mich der großen Ausgangstür näherte, umso lauter wurden die Stimmen der davor wartenden Angehörigen, die versuchten, einen Blick auf ihre Familienmitglieder zu erhaschen. Ich bemühte mich, in dem Gewimmel von Hunderten von Menschen, abgestandener Luft und mannigfaltigen Gerüchen mein Hotelschild ausfindig zu machen.

Aiolos Hotel Delphi. Ganz weit hinten an der Ausgangstür stand eine junge Frau und hielt das gesuchte Schild in die Höhe.

Ich seufzte erleichtert und begab mich, so schnell ich konnte, zu ihr. Einige Minuten später saß ich in einem leicht abgedunkelten Bus und war über die laut brummende Aircondition, die kühle Luft spendete, zutiefst beglückt. Mein Leinenhemd war zerknittert und durchgeschwitzt. Ich spürte immer noch den heißen Staub auf dem Gesicht. Nach dem fast zwanzig Stunden dauernden Flug schmerzte mir jeder einzelne Wirbel im Körper. Eine wohlige Müdigkeit überfiel mich und so schloss ich die Augen und gab mich diesem Gefühl hin.

Kaskadengleich schossen mir die letzten Ereignisse durch mein Bewusstsein. Cassy Cross, erfolgreiche dreiunddreißigjährige Boutiquebesitzerin in Melbourne, im Greek Quarter. Mutter Griechin, Vater Australier. Genauso erfolgreich, wie ich in meinem Unternehmen war, genauso versagte ich in allem, was nur dem Hauch einer Beziehung ähnelte. Ich, die geliebte Tante, Patentante, reiche Tante, coole Tante, ich war nur Tante.

Langsam fingen schon die Kleinen an zu fragen, warum ich keine Kinder hätte. Ich sah dann, wie meine Familie ihre Kinder lachend mit der Antwort wegschickte: »Der Mann für Cassy muss noch geboren werden.« Die leichte Ironie, ich sei zu wählerisch, überhörte ich geflissentlich.

An sich war ich glücklich. Nun ja, fast glücklich, wäre da nicht die Trennung meiner letzten Beziehung. Ich war Ethan zu modern, zu selbstbewusst und von diesem zu viel und zu wenig von jenem.

Es wunderte mich, dass ich all meinen Partnern zu selbstbewusst war, wenn es um das Thema heiraten ging. Doch dass ich hier in Griechenland gelandet war, hatte mit dieser Trennung nichts zu tun. Vielmehr war der Auslöser eine merkwürdige Begegnung, eine Prophezeiung, die ich von einer sehr alten Aborigine-Dame bekam und die mich seither verfolgte.

Müde versuchte ich, meine Gedanken zu ordnen.

Es war einer dieser kochend heißen Tage in Melbourne gewesen. In meiner Boutique herrschte gähnende Leere, denn nicht einmal der normale Tourist ging an solchen Tagen shoppen. Während ich einen Eiscafé schlürfte und gelangweilt die Bestellungen für die Boutique durchging, drifteten meine Gedanken ab. Wieder einmal fragte ich mich, wer ich eigentlich war.

Meine Hand glitt zu einem Medaillon, das ich noch von meiner geliebten Yiayia – das griechische Wort für Großmutter – kurz vor ihrem Tode bekam.

»Kassandroula mou«, sagte sie auf Griechisch. »Dies wird dich immer schützen und dir helfen, deinen Glauben in jeder Lebenssituation zu bewahren. Trag dies, mein Kind«, flüsterte sie mir damals ins Ohr und küsste mich auf die Stirn.

Ich erinnerte mich an diesen letzten Besuch in Griechenland. Meine Oma nannte mich immer bei meinem vollen griechischen Namen: »Kassandra« oder liebkosend »Kassandroula«. Griechen sind sehr erfindungsreich, ihre Vornamen in allen möglichen Versionen zu verändern, sodass man am Ende nicht mehr den tatsächlichen Namen erkennt. So wurde zum Beispiel aus jeder Elena eine Lena oder Leni oder Noula. Die Abkürzung »Oula« war sehr beliebt.

Meine Großmutter war eine sehr geschätzte Frau in der kleinen Stadt in der Nähe des Vermion Berges. Sie war bekannt als Heilerin und »Magissa« – als Zauberfrau. Sie konnte Warzen wegbeten, den bösen Blick von Menschen nehmen, Kräutertinkturen herstellen und Streitereien schlichten. Oma war sehr gottgläubig, aber nicht kirchenfromm. Es kam oft vor, dass sie über die Sünder in ihren schwarzen Soutanen schimpfte und wenn sie schimpfte, versammelte sich meist der halbe Ort. Denn wenn Oma schimpfte, war es erfrischend in seiner Klarheit. Oma verbarg nichts. Sie brachte alles auf den Punkt, denn es interessierte sie nicht, was man über sie dachte. Sie erzählte uns immer, sollte sie eines Tages vor Gott stehen und ihm in die Augen blicken, dann wollte sie sich nicht schämen müssen, jemals etwas nicht laut ausgesprochen zu haben, was hätte gesagt werden müssen. Das gesprochene Wort, *Kassandroula mou*, beteuerte sie immer, nur das *gesprochene* Wort heilt.

Ich betastete mein kleines Medaillon und sinnierte weiterhin über die Frage: Wer bin ich? Was bin ich und was soll ich eigentlich in diesem Leben? Es war auf Dauer nicht befriedigend, tagein, tagaus dasselbe zu erleben, und ich konnte mir nur schwerlich vorstellen, dass mein Leben sich weiterhin so gestalten sollte.

Leises Glockenklingen erklang und riss mich aus tiefen Gedanken. Ich sah auf und erblickte Eerin, leise und wie immer lächelnd, hereinkommen. Eerin war eine ältere Aboriginefrau, die mich wöchentlich mit wunderbarer selbst hergestellter und bestickter Bekleidung der Aborigines belieferte und so ihren Lebensunterhalt verdiente. Wenn man Eerin fragte, wie alt sie war, lautete ihre Antwort, dass sie älter sei als das Wispern des jungen Morgenwindes. Nun, was konnte ich da noch fragen? Hocherfreut ging ich ihr entgegen und wollte sie umarmen, als sie plötzlich erstarrte, mich mit glasigen Augen ansah und mit leiser Stimme sprach.

»Du verlierst den Weg zu deinen Ahnen, die Wurzeln sind geschwächt, der Weg des Traumes dringt nicht zu dir durch. Entscheide dich schnell und kehre zurück. Die Erde ruft.«

Wie angewurzelt blieb ich stehen, wusste nicht, was ich tun sollte. War dies eine Botschaft, eine Prophezeiung, oder war die Sonne sogar für Einheimische zu stark, sodass sie halluzinierte? Bevor ich mich entscheiden konnte, was ich tun sollte, schüttelte sich Eerin einmal und sah mich fest an.

»Cassy, die Ahnen haben gesprochen. Bitte beherzige die Worte und handele so schnell wie möglich.«

Ich drückte Eerin ein Glas kaltes Wasser in die Hand und wünschte mir einen doppelten Whiskey. Der Schock, Zeuge einer paranormalen Situation zu werden, hatte mich erschüttert. Obwohl ich von meiner griechischen Familie einiges gewohnt war, sei es Kaffeesatzlesen oder Gebete zu diversen Heiligen gegen alle Art von Krankheiten. Doch dies war eine Spur *too much*, wie meine Freundin Evangelista zu sagen pflegte. Gleichzeitig hatte ich sehr viel über die spirituellen Kräfte der Ureinwohner Australiens gelesen und wusste, dass man als Außenstehender sehr selten einen Einblick in solche Phänomene bekam.

»Eerin?«, fragte ich mit belegter Stimme. »Eerin, bitte sag mir, dass du mich auf den Arm nehmen wolltest, du hast mich jetzt verschaukelt, stimmt's?« Meine Augen flehten sie um eine bejahende Antwort an.

»Cassy mein Kind, auch mich verwundert es, dass meine Ahnen dir diese Botschaft zukommen ließen. Ich kann es mir nur so erklären, dass deine und meine Ahnen aus derselben alten Essenz des Universums erschaffen worden sind und dass diese nun einen Kanal gesucht haben, um sich dir mitzuteilen. Ich weiß, dass es eine sehr große Gnade ist und ein Zeichen dafür, dass die karmischen Kräfte der Erde dich rufen. Folge ihnen und du wirst gesegnet, verweigere dich ihnen und du wirst es bereuen. Letztendlich ist es aber deine Entscheidung, Kind.«

Ich lachte laut auf. Im Angesicht dieser angeblich zwei Möglichkeiten, gesegnet zu werden oder zu bereuen. Gab es noch irgendetwas dazwischen, dass meine Entscheidung beeinflussen konnte?

Nachdem ich das Geschäftliche mit Eerin erledigt hatte, schloss ich meinen Laden und musterte mich sichtlich erschöpft im Spiegel. Große, grau-grüne Augen blickten mir aus einem ziemlich blassen Gesicht entgegen. Mit meinen fast einen Meter fünfundsiebzig und den halblangen, blonden, gelockten Haaren sah ich recht ungriechisch aus, im Gegensatz zu meinen dunkelhaarigen Cousinen. Meine Figur war grazil, wie mein Vater es nannte. Für meine Mama war ich einfach nur dürr und hätte ihrer Ansicht nach ruhig ein paar Kilo mehr vertragen können.

Ich griff zum Hörer, um meine Freundin Evangelista anzurufen. Evangelista war die sachlichste Person von Melbourne. Wenn es etwas gab, was sie erschüttern konnte, so hatte ich es in unserer knapp zwanzigjährigen Freundschaft nie erlebt. Sie konnte alles, was für mich ein Albtraum war, perfekt analysieren, organisieren, ruhig bleiben, wo ich die Wände dreißig Mal rauf- und runtergelaufen wäre. Die Ruhe und Gelassenheit in Person und das Ganze noch mit einem süffisanten Humor versehen. Wenn mir jemand zu der heutigen »Eerin-Prophezeiung« etwas sagen konnte, dann sie.

Nachdem ich ihr die ganze Geschichte erzählt hatte, kam die trockene Antwort: »Cassy, jetzt mal ganz im Ernst, gesetzt den Fall, es stimmt alles, was hier in Australien über die Aborigines erzählt wird, dann wärst du wirklich dumm, die Aufforderung ihrer Ahnen zu ignorieren. Außerdem hast du Urlaub nötig, und den könntest du mit einem Besuch deiner griechischen Verwandten verbinden. Zu verlieren hast du wirklich nichts. Nur würde ich natürlich nicht jedem unter die Nase reiben, warum du plötzlich in Griechenland deinen Urlaub verbringen möchtest. Um dein Geschäft kann ich mich gern kümmern. Außerdem habe ich von einem superschönen, kleinen Hotel in Delphi gehört. Das wäre doch *die* Idee«, lachte sie lauthals. »Fahr nach Delphi zu einem griechischen Orakel. Erhole dich ein paar Tage, besuche dann deine Familie und komm entspannt zurück.«

Langsam öffnete ich Augen und sah mich um. Die meisten Urlauber im Bus waren wie ich eingenickt. Ich setzte meine Sonnenbrille ab und versuchte herauszufinden, wo ich war.

Der Fahrer des Busses summte leise vor sich hin. Die Armaturentafel im Fahrerbereich war gepflastert mit Ikonen. Alle Heiligen in zigfacher Ausfertigung waren dort angebracht, gaben mir aber nicht unbedingt das Gefühl der Sicherheit. Der Fahrer musste sich jedoch sehr sicher fühlen, denn sein Summen und Pfeifen wurde lauter.

Wilder Oleander säumte den Mittelstreifen der Autobahn und Schmetterlinge flatterten zwischen den Blüten herum. Nach einer Weile verließ der Bus die Autobahn an einer Ausfahrt und wenige Minuten später hielten wir vor dem Hotel. Es war ein kleines Hotel, das ziemlich zentral in der Ortschaft lag.

Gerädert stieg ich aus und nahm meinen schweren Koffer in Empfang. Warmes Licht strömte aus der geöffneten Tür des Hotels und dunkle Nachtfalter schwebten in dem Licht der Straßenlaternen. Die Luft roch nach wildem Jasmin und der Himmel färbte sich in verschiedenen Blau- und Violetttönen.

Langsam ging ich auf das Hotel zu, betrat die Lobby, um endlich einzuchecken.

»Guten Abend, Mrs ...?«

»Cross«, antwortete ich. »Kassandra Cross.«

»Herzlich willkommen in Delphi, Frau Cross. Ich hoffe, Sie hatten eine angenehme Anreise. In Ihrem Zimmer haben wir einen kleinen Snack für Sie vorbereitet. Falls Sie weitere Wünsche haben sollten, so informieren Sie uns bitte. Wir haben übrigens ein Fax für Sie erhalten.«

Der Rezeptionist reichte mir einen Umschlag, den ich hastig aufriss, um seinen Inhalt zu lesen.

»Hi Cassy,

du wunderst dich bestimmt, gleich mit einem Brief empfangen zu werden. Ich habe dich für eine spirituelle Rundreise im Hotel angemeldet. Sie wird morgen beginnen. Ich wollte es dir nicht zu Hause erzählen, da du bestimmt nicht mitgemacht hättest. Wünsche dir viel Spaß und melde dich nicht ...

Küsschen, Evangelista.«

Ich musste lachen, so etwas Freches, mich mit einer spirituellen Rundreise zu überraschen. Das war mal wieder typisch für meine Freundin.

Als ich mein Zimmer betrat, überfiel mich eine bleierne Müdigkeit. Ich wollte nur noch eines: eine erfrischende Dusche und ein Bett. Die Rundreise interessierte mich gerade nicht. Alles in mir schrie nach einem Bett.

Spirituelle Rundreise

Die Sonne schien mir ins Gesicht und machte ein Weiterschlafen unmöglich. Obwohl es früh am Morgen war, schien die Sonne jetzt schon sehr intensiv. Es versprach, ein wundervoller Tag zu werden. Ich war gestern Abend wie gerädert in mein Bett gefallen und hatte mein Hotelzimmer noch gar nicht richtig begutachtet.

Evangelista hatte eine gute Wahl getroffen. Das Zimmer war wunderschön. Überwiegend in Weiß gehalten, mit leichten braungoldenen Akzenten. Antike Bilder verzierten die Wände. Der Ausblick vom Balkon war atemberaubend. Weiße Wolken lagen wie Inseln am hellblauen Himmelszelt. Man blickte auf grüne Olivenberge und das Ägäische Meer funkelte in schillernden Blautönen.

Eine halbe Stunde später betrat ich mit noch leicht feuchten Haaren die Lobby. Einzelne widerspenstige Strähnen lösten sich von meinem Zopf. Suchend hielt ich Ausschau nach einem Hotelangestellten.

»Kalimera Kyria – guten Morgen, darf ich Ihnen den Frühstücksraum zeigen?«, fragte mich ein freundlich lächelnder Kellner.

»Oh Efcharisto – danke«, antwortete ich auf Griechisch.

Das Lächeln des Kellners wurde ein wenig breiter. »Sie sprechen Griechisch, Mrs. Cross?«

Ich lachte. »Nun ja, ich bin mütterlicherseits Griechin, aber ich denke, dass mein Griechisch schon sehr eingerostet ist.«

»O nein, nein, Ihr Griechisch ist bezaubernd«, beeilte sich der Kellner zu sagen, stellte sich gleich als Kosta vor und führte mich in den Frühstücksraum.

Frische Blumen schmückten die Tische und eine große Flügeltür mit Blick auf die Terrasse lud zum Verweilen ein. Sonnenschirme schenkten den notwendigen Schatten. Die meisten Tische waren schon von den Gästen des Hauses besetzt.

Eine Gruppe Touristen belagerte das Buffet und ich konnte schon von Weitem hören, dass es sich um eine deutsche Gruppe handelte. Die Sprache war mir durch meine Kundschaft bekannt und ich hatte in den letzten Jahren gelernt, einige Worte zu sprechen.

Orientierend sah ich mich nach einem leeren Tisch um und blickte dabei in zwei leuchtend blaue Augen und auf ein umwerfendes Lächeln.

»Hey, Cassy, sagen Sie bloß, Sie gehören auch zur Delphi Touristengruppe?«

Ich traute meinen Augen kaum. Vor mir stand John Archos, mein Kofferretter. Ich fragte mich, wann er überhaupt in das Hotel gekommen war. Und gleichzeitig fragte ich mich, wie ich es übersehen konnte, dass wir in einem Bus angekommen waren. Ich war mir sicher, dass es nur diesen einen Bus in Richtung Delphi zu unserem Hotel gegeben hatte. Gleichzeitig war ich hocherfreut, ein bekanntes Gesicht zu sehen.

»John, welche Freude, Sie hier zu sehen. Sagen Sie jetzt nicht, dass wir die ganze Zeit auch in demselben Bus gesessen haben?«

»Nein«, lachte John und man sah seine ebenmäßigen Zähne. »Ich bin erst heute Morgen angekommen. Es war eine spontane Entscheidung, Delphi zu besuchen. Ich wollte herausfinden, ob die Pythia im Laufe der

Jahre immer noch so gut orakelt«, sagte er mit ernsthafter Stimme.

»Oh, das würde mir fehlen, noch einem Orakel zu begegnen«, antwortete ich.

John sah mich fragend an.

»Lass uns erst frühstücken und ich erzähle dir gern, was ich meine«, hörte ich mich sagen.

Hatte ich das gerade gesagt? Einem wildfremden Menschen die Prophezeiung von Eerin erzählen? Er machte einen vertrauenswürdigen Eindruck. Mir fiel auf, dass er intensiv nach wildem Honig und Weihrauch duftete. Dieser Geruch war betörend. Ich hatte dieses Aroma schon in der Flughafenhalle wahrgenommen, konnte es jedoch damals nicht zuordnen.

Was sollte mir schon passieren, außer ihn zu einem lauten Lachen zu animieren oder bestenfalls zu einem netten Kopfschütteln.

Ich ging zum Buffet, an dem es sich gelichtet hatte und blickte auf die mageren Reste. Die deutsche Gruppe schien großen Hunger gehabt zu haben. Es war nicht sonderlich viel übrig geblieben. Ich nahm mir einen Teller, um wenigstens noch etwas zu ergattern, als der Kellner mit einem Tablett voller duftender Blätterteigtaschen ankam.

»Bougatsa?«, sah er mich fragend an.

Ich fühlte mich wie im Paradies. Diese Art von Spezialitäten schmeckte am besten in Nordgriechenland. Es war das traditionelle Frühstück der Griechen. Blätterteigstückchen gefüllt mit Schafskäse und Spinat oder mit Gehacktem. Es gab unzählige Variationen davon.

Hoffnungsvoll sah ich Kosta an. »Spinat?«, fragte ich wie ein kleines Mädchen, das kurz davor stand, Weihnachtsgeschenke auszupacken.

Er lachte herzhaft. »Ja, mit Spinat oder nur Schafs-käse. Einen Frappé dazu?«

Jetzt war ich mir sicher, in Griechenland zu sein. Frappé, ein kaltes Kaffeegetränk, das nur im Sommer schmeckte.

Ich spürte die Blicke der anderen Gäste auf meinem Rücken. Leise kichernd ging ich, zum ersten Mal nach vielen Jahren wieder stolz auf meine Herkunft, zu dem Tisch, an dem John schon saß und an seinem griechi-schen Mokka nippte.

Ich ließ mir mein Frühstück schmecken. Meinen gesunden Appetit hatte ich auf der Reise hierher leider nicht verloren und so aß ich glücklich alles auf und schlürfte entspannt an meinem Frappé.

»So, Cassy, meine Neugierde ist ungestillt im Gegen-satz zu deinem Hunger«, grinste John mich an. »Was meintest du mit *nicht noch ein Orakel*?«

Schmunzelnd nahm ich zur Kenntnis, dass John meinen kleinen Hinweis leider nicht vergessen hatte. Ich drückste etwas herum. Wie erklärte ich einem frem-den Menschen etwas Übersinnliches, ohne gleichzeitig als verrückt dazustehen?

John sah mich immer noch fragend an. Ich gab mir einen Ruck und erzählte ihm die ganze Geschichte mit einer Gelassenheit, als ob ich gerade die neue Sommer-kollektion für meine Boutique bestellen würde. Ich hoffte, durch meine Ruhe etwas souveräner zu wirken.

Als ich meine Erzählung beendet hatte, herrschte Schweigen an unserem Tisch. Ich fühlte mich etwas un-behaglich und sah schon vor meinem inneren Auge, wie John ab sofort einen großen Bogen um die verrückte Australierin machen würde. In diesem Moment, als ich beschloss, die ganze Geschichte als unwirklich abzutun, kam John mir zuvor.

»Cassy«, er nahm meine Hände zwischen seine kühlen Handflächen. »Du hast etwas sehr Seltenes und Heiliges erlebt. Und nein, ich werde mich darüber nicht lustig machen. Falls es das ist, was du befürchtet hast. Und ja, ich kann in deinem Fall auch Gedanken lesen«, beantwortete er meine noch nicht gestellte Frage.

Ich lächelte unsicher, da ich etwas ganz anderes erwartet hatte. Diese Reaktion stand nicht auf der Liste meiner Erwartungen.

John betrachtete mich prüfend. »Cassy, ich beschäftige mich beruflich mit allem, was zwischen Himmel und Erde existiert. Vielleicht ist unsere Begegnung auch ein Wink des Himmels. Oder, wie deine liebenswerte Eerin sagte, ›dieselbe Substanz, die das Universum gestaltet hat‹. Ich habe noch nie so wohlklingende Worte für den Begriff ›Gott‹ gehört«, lachte er.

Ich musste doch etwas verstört geguckt haben, sodass John mir lächelnd über die Haare strich. In diesem Moment hatte ich das Gefühl, als ob Johns Gesicht sich wandeln würde. Der Geruch von wildem Honig und Weihrauch verstärkte sich für einen kurzen Moment und Johns Konturen veränderten sich. Ich kniff die Augen zusammen und musterte ihn. John sah aus wie immer und der Geruch war verflogen.

Ich blinzelte mehrmals und starrte John ungläubig an. »Wie, du beschäftigst dich damit? Bist du ein Parapsychologe oder so etwas Ähnliches?«

»Ja«, lachte John lauthals. »So etwas Ähnliches ist schon eine recht gute Beschreibung. Auf jeden Fall solltest du solche Hinweise besonders ernst nehmen, gerade die Aborigines sind in der Kunst der Propheterie bewandert. Ich muss dir nichts über die Traumwege erzählen. Auf jeden Fall hast du mich neugierig gemacht, und ich bin schon gespannt, was sich daraus entwickeln wird. Gern kannst du mich über alles ausfragen. Mein Wissen steht dir uneingeschränkt zur Verfügung«, erwiderte John vergnügt.

Ich war überwältigt, dass ich gleich bei meiner Ankunft die Gunst einer Begleitung, die sich in spirituellen Dingen auskannte, haben durfte. Das war wirklich mehr als ein Zufall. Es würde mich nicht wundern, wenn jetzt der Kellner mit einem neuen Brief von Evangelista ankam, in dem sie mir John als gebuchte Urlaubsbegleitung vorstellte.

Der Frühstücksraum leerte sich und die Kellner klapperten laut mit dem Geschirr und deckten schon für den Mittagstisch ein. Mir schwirrten Tausende Fragen durch den Kopf und ich glaubte, dass ich auch so aussah.

»Mrs. Cross, Mr. Archos«, hörten wir die Stimme von Kosta, »an der Rezeption wartet ein kleines Essenspaket für die gebuchte Rundreise auf Sie beide. Sollten Sie noch etwas wünschen, so sagen Sie bitte an der Rezeption Bescheid.« Kosta verbeugte sich kurz und ging wieder seiner Arbeit nach.

O mein Gott, die spirituelle Rundreise. Ich hatte dieses »Geschenk« von Evangelista bereits verdrängt. Fragend sah ich John an. »Fährst du auch mit?«

»Ja klar«, freute sich John. »Das wird eine wunderbare Tour werden, Cassy. Los, geh dich umziehen und nimm einen Sonnenhut mit. Unser heutiges Ziel ist meine alte Freundin Pythia. Ich werde dir im Bus zwei Geschichten erzählen. Einmal die allgemein bekannte, die du vielleicht aus dem Geschichtsunterricht kennst, und die wahre Geschichte, die sich die Mystiker seit Jahrhunderten erzählen.«

John sah mich erwartungsvoll an und sein Lächeln wurde breiter, als mein Gesichtsausdruck immer verdutztere Züge annahm.

Seufzend stand ich auf, um mich auf die bevorstehende Reise vorzubereiten.

Ein paar Minuten später stand ich bereits auf der Veranda und genoss die warmen Sonnenstrahlen auf meiner Haut. John war nirgends zu entdecken. Ich stand etwas unschlüssig herum und beobachtete die deutsche Touristengruppe, die anscheinend auch zu der spirituellen Reisegruppe gehörte. Einige der Touristen legten ihre Hände auf die Schultern des anderen. Ein paar liefen mit geöffneten Händen herum. Und ein Tourist stand mit geschlossenen Augen da und schien ganz entrückt zu sein.

Es sah schon ziemlich verrückt aus und ich fragte mich, ob dies wirklich eine normale Reisegruppe war oder sie heute nur Ausgang hatte. Ich musste mir wirklich ein Auflachen verkneifen und blickte mit Lachtränen in den Augen in eine andere Richtung. Doch ich konnte das Lachen nicht unterdrücken und es prustete aus mir heraus. Allein die Vorstellung, dass ich Evangelista anrufen würde und sie bitten müsste, mich aus einer griechischen Irrenanstalt zu befreien, sorgte dafür, dass die Bilder sich verselbstständigten und der Film vor meinem inneren Auge nicht mehr aufhörte zu laufen.

Verschämt drehte ich mich wieder zu der Reisegruppe herum und sah, wie man mir freundlich zuwinkte. Ich winkte etwas unsicher zurück und hoffte, dass man meinen Lachanfall nicht mit der Gruppe in Verbindung gebracht hatte.

»Was gibt es denn zu lachen?«, hörte ich Johns Stimme neben mir.

Mir war gar nicht aufgefallen, dass er plötzlich aufgetaucht war. Etwas peinlich scharrte ich mit dem Fuß und mein innerer Film startete erneut. Ein aufkeimendes Glucksen versuchte ich herunterzuschlucken und als Husten zu tarnen.

Ich erzählte John von dem merkwürdigen Verhalten der Touristengruppe und konnte mir bei aller Disziplin ein Kichern doch nicht verkneifen.

Schmunzelnd sah mich John an. Kleine, freche Lachfältchen durchzogen seine Augenwinkel und ich erkannte viel Humor in diesen Augen, aber gleichzeitig die Würde eines alten Mannes. Irritiert schaute ich kurz weg. Als ich ihn wieder anblickte, hatten seine Augen erneut die ursprüngliche jugendliche Frische.

»Cassy, die Reisegruppe kommt aus Deutschland. Ich kenne den Leiter seit etlichen Jahren. Er heißt Ferfried und praktiziert so etliches an esoterischen Sachen. Einige sind wirklich aus der reinen Fantasie der Menschen entstanden, andere hingegen sind, energetisch gesehen, gut. Ich denke, du hast beobachtet, wie die Gruppe Reiki praktizierte. Es ist angeblich eine japanische Heiltechnik, jedoch geht das Thema Heilenergie weiter als nur bis nach Japan. An sich wird es seit den Essenern, eine religiöse Gruppe vor Christi Zeiten in Jerusalem, praktiziert. Ich erzähle dir gern mehr, falls es dich interessiert.«

Mit leicht geöffnetem Mund sah ich John überwältigt an. John wusste scheinbar gut über dieses uralte Wissen Bescheid. Er erinnerte mich immer mehr an meine

Yiayia, die weise Frau. Nur dass John alles andere als ein alter Mann war. Bevor ich weiter in meinen Gedanken versinken konnte, stand schon Ferfried vor mir.

»Hallo, ich sah, wie du uns beobachtet hast, und wollte mich kurz vorstellen. Ich bin Ferfried und Reiki-Lehrer«, stellte er sich in einem sehr deutsch gefärbten Englisch vor.

»Cassy«, antworte ich, »Cassy Cross aus Melbourne« und streckte ihm die Hand entgegen. »Freut mich, dich kennenzulernen«. Ich griff in eine sehr warme Handfläche und hatte das Gefühl, als ob mich eine Welle voller Energie überspülte. Es fühlte sich angenehm an. Ich hatte das Gefühl, als würden meine Lebensgeister erweckt. Verwundert sah ich meine Handinnenfläche an.

Ferfried lächelte breit. »Oh, ich glaube, du hast gerade Reiki gespürt.«

Ich lächelte etwas unsicher zurück. Langsam empfand ich die ganze Situation als etwas merkwürdig. Es schien, als ob ich wie ein Magnet spirituelle Begebenheiten anzog. Obwohl, ich war ja auch in Delphi und hier stand eine esoterische Reisegruppe. Innerlich sah ich mich schon am Ende meiner Reise, in weißen, schlabbrigen Gewändern gekleidet und mit ausgestreckten Händen hinter Evangelista und Eerin herlaufen. Ein spitzbübisches Grinsen breitete sich immer mehr auf meinen Lippen aus.

»Danke, Ferfried, für die Demonstration dieser Kunst«, antwortete ich und wischte meine feuchten Hände an meiner Jeans ab. »Ich würde gern mehr von diesem Reiki erfahren, vielleicht erzählst du mir später etwas darüber?«

Ferfried nickte begeistert. »Ja, ja, sehr gern. Als ich dich von Weitem sah, spürte ich bereits eine ungeheure Energie in deiner Aura. Diese silbernen und violetten Farben um dich herum fielen mehreren aus meiner Gruppe auf und wir dachten uns schon, dass du eine Freundin von John sein musst.«

Ich kam nicht dazu, diese Aussage zu korrigieren, da zeitgleich unser Reisebus die Tür öffnete und wir aufgefordert wurden, einzutreten.

Delphi: Johns Version

Ich stieg ein, ging ohne Umschweife zu einem der hinteren Plätze und setze mich in den bequemen Sitz. Der Bus füllte sich zügig und bald schon fuhren wir los. Kurz darauf erhob sich John und griff zum Mikrofon.

»Hallo, liebe Reisegruppe. Ferfried bat mich, euch etwas über Delphi zu erzählen, was ich auch wirklich gern mache, denn ihr müsst wissen, dass kein anderer Delphi so gut kennt wie ich. Ich war mit der Pythia sehr lange befreundet.«

Unter Gelächter erhob sich Applaus. John verstand es, die Gruppe im Reisebus komplett zu vereinnahmen und in seinen Bann zu ziehen. Ich spürte, wie ich neugierig auf Johns »Delphi Version« wurde. John sah in die Gesichter der Reisenden, so als wollte er sich jeden einzeln einprägen.

»Werte Reisende, vor Tausenden von Jahren zogen, so wie wir heute in einem modernen Reisebus, Pilger auf Pferden und in Sänften aus der bekannten Welt gen Delphi. Bevor Delphi dem Apollon geweiht wurde, verehrte man dort die Erdmutter mit Namen Gaia.«

Erstaunte Blicke kreisten umher und einige der Anwesenden tuschelten untereinander. John hob kurz die Arme und es wurde wieder still.

»Apollon hatte viele Namen. Doch dies ist der Name, unter dem wir ihn kennen. Er bedeutet der Lichtbringende, der Heilende. Doch als der Lichtbringende spielt er in unserem inneren, spirituellen Wachsen eine große Rolle. Lasst mich euch erzählen, wie ich ihn kennenlernte.«

Gelächter füllte den Reisebus, doch John blieb weiterhin ernst. Das Lachen beruhigte sich.

Hier und da war noch ein leises Kichern zu hören, als John weitersprach: »Nun, mein Freund Apollon ist älter als die Erwähnung der griechischen Mythologie und die Erschaffung der Götter. Apollon ist an sich der erste Weisheitslehrer der Geschichte, denn er hinterließ uns die größte Formel der Eigenarbeit, und zwar den Satz: Erkenne dich selbst und du erkennst Gott in dir. Ein Hinweis, der leider zu oft fehlinterpretiert wird. Yeshua, euch besser bekannt als Jesus, erwähnte diesen Satz in einer anderen Version, ich und der Vater sind eins ... Ihr seid in mir ... nur um ein paar Beispiele zu nennen. Apollon war selbst ein Wanderer zwischen der spirituellen und göttlichen Welt sowie der Welt der Sterblichen und der Materie. Er zeigte dem Menschen, der gefangen war von den Mächten des Schicksals und den Flüchen seiner Ahnen, dass es immer eine Veränderung geben kann. Immer, wenn man aus wahrem Herzen dazu bereit ist.

Es geht hier um das Bewusstsein jedes einzelnen Menschen, der sein geistiges Antlitz der Sonne zuwenden möchte. Interessant sind dabei alle Symbole, die Apollon verwendet.«

Einige der Reiseteilnehmer sahen total verzückt zu John und machten sich Notizen. Einige legten ihre Hände auf ihr Herz und lächelten mit geschlossenen Augen. Und ich? Nun, ich fragte mich langsam, ob diese Reisegruppe mit ihrem komischen Auftreten wirklich das Richtige für mich wäre. Ich blickte verstohlen zu Ferfried hinüber und sah, dass er Johns Erklärungen mit einem Diktiergerät aufnahm. Also wirklich, das fand ich schon etwas dreist.

John schien dies alles nicht zu stören. Entspannt lächelte er die Gruppe an und gab jedem das Gefühl, nur für ihn zu lächeln.

Es war merkwürdig, was diese Erzählung in mir auslöste. Alles in mir bejahte das gerade Gehörte. Obwohl mein Verstand mir laut klarmachen wollte, dass John viel ausschmückte und den lieben Esoterikern zuliebe einige Begebenheiten hinzuerfand, fühlte es sich in meinem Herzen richtig an. Es war doch an den Haaren herbeigezogen, dass er Apollon und die Pythia kannte. Dies würde ja bedeuten, dass die griechischen Götter real wären. Oder war es Johns Art von Humor, um die Geschichte etwas interessanter zu gestalten?

Wie auch immer, er konnte spannend erzählen und ich vermutete langsam, dass mit dem Begriff spirituelle Rundreise eher Märchenfahrt gemeint war.

»Entschuldigung«, hörte ich hinter mir eine zaghafte Frauenstimme, »könnten Sie uns mehr über die Pythia erzählen?«

Zustimmendes Murmeln erfüllte den Raum. John schien auf diese Aufforderung gewartet zu haben. Theatralisch breitete er die Arme aus und begann, seine Geschichte über seine angebliche Freundin in der mir mittlerweile bekannten John-Art zu erzählen.

»Ah, die Pythia«, schwärmte er und hielt kurz inne, um diesen einzigen Satz sekundenlang im Raum schweben zu lassen.

Es herrschte absolute Stille. Alle Augenpaare blickten erwartungsvoll zu ihm und erwarteten seine weiteren Ausführungen.

John strich sich kurz mit der Hand über die Augen und hielt diese für einige Augenblicke geschlossen.

»Pythia, meine Lieben, ist nur ein Begriff, ein Titel sozusagen. Ihr wisst bestimmt, dass dieser Name die Zeugende, die Schaffende bedeutet. Und das war sie. Sie war die Bezeugende unserer Zukunft. Ihre Worte erschufen die Realität der Suchenden. Aber nicht nur das. Beobachtet, was über diese wunderbaren Frauen, die den Titel Pythia trugen, in der Geschichte gesagt wurde. Sie alle saßen auf einem dreibeinigen, bronzenen Stuhl. Goethe erwähnt ihn in seinem Faust, diesen dreibeinigen Stuhl. Herakles kämpfte gegen Apollon um diesen Stuhl. Plutarch erwähnt ihn. Doch was ist die Bedeutung des Dreifußes? Warum kämpften Heroen, um ihn zu besitzen? Was glaubt ihr, meine lieben Suchenden? Nun, es ist das Symbol des erwachten Menschen. Das vollkommene Dreieck. In seiner Mitte befindet sich nur die Wahrheit. Er zeigt dem Menschen, der mit beiden Füßen fest auf der Erde steht und aus ihm, besser gesagt aus seiner Wirbelsäule, fließt die Kundalini und vermählt sich mit der Erde. Und dies ist die sogenannte Shekinah oder auch, wie die Griechen sagen, Sophia-Weisheit, in seiner weiblichen Form niedergelassenen Göttin. Und wir erinnern uns, dass es der Platz der Erdmutter Gaia war. Außerdem, meine Freunde, es ist doch auch passend, dass Delphi übersetzt die Gebärmutter bedeutet.

Erst ein spirituell erwachter Mensch ist in der Lage, sich seiner Schöpfung bewusst zu werden. Sich zu seiner Erlösung hinbewegend, die Erde, auf der er steht, segnend. Ach ja«, seufzte John in die absolute Stille, »bevor ich aufhöre, möchte ich nur erwähnen, dass Johannes in seinem Zitat 1.14 dies auch erwähnte. Er sagte: Der Logos ist Fleisch geworden und hat unter uns sein Lager/Zelt aufgeschlagen.«

Ich merkte, wie ich ausgeglichen atmete, um diese wunderbare Geschichte durch lautes Ein- und Ausatmen nicht zu unterbrechen. Ich war fasziniert und aufgewühlt. Es fühlte sich alles richtig an. Ich war sprachlos, wie John diese hellenistischen Zusammenhänge spielerisch mit der christlichen Lehre in Verbindung brachte.

So langsam spürte ich, wie die Flamme der Neugierde in mir erwachte. Ich wollte unbedingt mehr erfahren. Allmählich fing mein Urlaub an, mir Spaß zu machen. Evangelista würde große Augen machen, wenn ich ihr das alles erzählte.

Die Stimmen im Bus wurden wieder lauter. Einige Teilnehmer unterhielten sich angeregt über Johns Version der Geschichte. Es fiel immer wieder sein Name.

Mir wurde bewusst, dass er eigentlich gar nichts über die Pythia erzählt hatte, sondern bei dem alten Dreifuß stehen geblieben war. Es war keinem der Zuhörer aufgefallen, dass er einen großen Bogen um dieses Thema gemacht hatte. Ich musste ihn bei Gelegenheit danach fragen, ob es von ihm beabsichtigt war oder er es in seiner Erzähllaune einfach vergessen hatte.

Der Bus wurde langsamer und hielt auf einem großen Parkplatz, auf dem weitere Reisebusse und unzählige private Fahrzeuge standen. Nachdem wir den Bus verlassen hatten, konnten wir Menschen hören, die sich in verschiedenen Sprachen unterhielten. Der Platz war erfüllt von Stimmen und dem Klicken von Fotoapparaten.

Langsam stieg ich aus und blieb unschlüssig stehen. Sollte ich auf John warten? Ich wollte auch nicht den Anschein erwecken, auf Johns Nähe fixiert zu sein. Daher entschied ich mich dafür, die Anlage auf eigene Faust zu erkunden.

Delphi – Die Götter erwachen

Ich blickte mich ehrfürchtig um und war überwältigt von der stillen und mächtigen Schönheit der Anlage, die inmitten des Parnass-Gebirges lag. Artefakte aus längst vergangenen Zeiten. Verwitterte dorische Säulen umrahmten den Priesterplatz. Haushohe Zypressen in einem schillernden, satten Grün reckten sich gen Himmel und küssten sanft den hellblauen Himmel.

Die Aussicht war so vielfältig, dass es einem den Atem raubte. Berge, ohne einen Hauch von Grün und gleichzeitig vor mir bewaldete Berge in allen Grünschattierungen. Diese Farbenpracht war so blendend, dass ich nach meiner Sonnenbrille griff und gleichzeitig nach dem Fotoapparat suchte. Ich spürte nicht, wie der Strom der Touristen mich langsam vorwärts schob. Wenige Minuten später fand ich mich auf einer Anhöhe wieder, weit entfernt von unserem Bus und sah auf Delphi hinunter. Was mir anfangs wie eine lose Steinsammlung vorkam, aus der hier und da einige Säulen emporragten, ergab jetzt einen Sinn. Begeistert blickte ich auf den durchdachten Aufbau einer riesigen Tempelanlage.

Es war unvorstellbar, wie die damaligen hellenischen Architekten ohne Laptop und Hightech-Rechner, wie heute üblich, solche kunstvollen Städte errichten konnten. Ich sah die sogenannte Heilige Straße, die sich durch die ganze Stadt zog und vor dem Tempel des Apollon endete. Rechts und links säumten die alten Schatzhäuser der diversen hellenischen Städte die Straße. Ich konnte mir vorstellen, wie sie damals mit Stoffen, Elfenbein und Juwelen gefüllt waren.

Dies war wohl die sicherste Bank der Welt. Die sogenannten Schweizer Banken der Hellenen, erkannte ich schmunzelnd. Wer würde es schon wagen, Delphi auszurauben? Der normale Sterbliche hatte eine zu große Furcht vor dem Zorn der Götter. Denn, wie bekannt war, gingen diese nicht gerade zimperlich mit den Menschen um. Und der Fluch einer Seherin musste erst recht Angst und Schrecken einjagen. Leise kicherte ich vor mich hin. Ein ausgeklügeltes System, dachte ich voller Respekt.

Ich hing meinen Gedanken nach und ließ meine Füße entscheiden, welchen Weg sie einschlagen wollten. Eine wohlige Gelassenheit breitete sich in mir aus.

Ich war dankbar, dass John mich an Sonnencreme erinnert hatte, denn obwohl es noch nicht Mittag war, schien die Sonne bereits sehr stark. Ich cremte mir sicherheitshalber das Gesicht ein. Zwar war ich es gewohnt, der australischen Sonne ausgesetzt zu sein, doch Vorsicht war die Mutter der Porzellankiste.

Mittlerweile war ich auf dem höchsten Punkt der Anlage angekommen. Vor mir breiteten sich die unzähligen Stufen des Amphitheaters Delphis aus. Der Geruch von wildem Ginster kitzelte meine Nase. Unzählige gelbe Büsche wuchsen aus dem Boden. Inmitten dieser gelben Blumenpracht funkelte roter Mohn.

Ich setze mich in das Gras und lehnte an einem knorrigen Olivenbaum. Tief atmete ich den Geruch des Parnass-Gebirges ein. Eine Mischung aus Zedern und Zypressen, roter Erde, Ginster und wildem Mohn. Die Sonne schickte ihre wärmenden Strahlen unaufhörlich gen Erde. Unmerklich fing alles um mich herum an zu flimmern.

Ein leichter Flügelschlag erregte meine Aufmerksamkeit. Unweit vor mir landete ein kleiner, heller Steinkauz. Bernsteingelbe Äuglein sahen mich wachsam an. Ich hielt den Atem an, um diese Eule ja nicht zu verschrecken. Das Gefieder war etwas aufgeplustert und die unteren weißen Federn drängten sich hervor. So sah der kleine Kauz fast weiß aus.

Hypnotisierend beobachteten mich die großen, gelben Augen und ich merkte, wie mich dieser Blick gefangen nahm. Ich wurde das Gefühl nicht los, dass diese intelligenten Augen mich leicht spöttisch betrachteten.

Müde schloss ich meine Augen und döste vor mich hin. Vor meinem inneren Auge formierten sich durch die Schwaden aus Farben langsam Bilder.

Wie von Zauberhand nahmen die Gebäude ihre frühere Form an und glänzten in der Pracht ihrer Farben. Gerüche von Weihrauch und Gewürzen kräuselten sich gen Himmel und ich sah, wie in jedem der Schwaden die Hoffnung auf Erhörung der Gebete und auch Wünsche innewohnte. Die Straßen waren mit unzähligen Menschen bevölkert. Sei es zu Fuß oder hoch zu Pferde. Vor den Schatzhäusern patrouillierten Krieger in stolzen, strahlenden Rüstungen, um die Opfergaben an Apollon zu schützen. Es herrschte ein emsiges Kommen und Gehen. Ich versank tief in meiner Bilderwelt, die sich so real darstellte, als ob ich in der Zeit zurückversetzt worden wäre. Ich sah, schmeckte, hörte und roch alles um mich herum.

Schneeweiße, hohe dorische Säulen umrahmten den Tempel des Apollon. In verschiedenen Farbschattierungen umrahmten Malachit und Goldocker unzählige kleine Statuen verschiedener Götter, als auch ruhmreiche Schlachten die Giebel des Tempels. Ein hohes

Standbild zeigte Apollon in all seiner Schönheit und Weisheit. Unweit der Apollon-Statue ragte eine stolze Sphinx ihr weibliches Antlitz gen Himmel.

Langsam stieg ich die Stufen in Richtung Heiligtum hinunter. Ich konnte nicht mehr unterscheiden, ob ich träumte oder ob dies alles der Wirklichkeit entsprach. Meine Augen mussten geöffnet sein, sonst hätte ich mir nicht erklären können, warum ich das alles sah. Es war eine sehr mystische Situation, doch ich wollte den Gedanken nicht weiterverfolgen, ob es Traum oder Wirklichkeit war. Das konnte warten. Ich war neugierig und wollte mehr von dieser Erscheinung erkunden.

Vor dem Tempel des Apollon standen unzählige Menschen, teilweise in strahlend weißen Gewändern, die bestickt waren mit teuren Edelsteinen und verwobenen Goldfäden. Es gab auch verschlissene und dreckige Gewänder. Man sah einigen Wartenden die Not und die Hoffnung an, so schnell wie möglich zur Pythia vorgelassen zu werden.

Niemand schien von meiner Anwesenheit Notiz zu nehmen. Ich konnte jedoch alles um mich herum hören, sehen und verstehen.

Es herrschte eine gereizte Stimmung. Viele Menschen warteten seit Monaten, um zum Orakel vorgelassen zu werden. Einige hatten ihr komplettes Hab und Gut geopfert, um einen Hinweis von der Pythia zu erhalten. Eine Gruppe von wohlhabenden Kaufleuten raunte, dass die Priester die reichen Spender zuerst zum Orakel ließen und sie wunderten sich, dass Apollon dieses Handeln erlaubte. Einige spuckten verächtlich auf den Boden. Andere wiederum blickten ängstlich zum Himmel und hofften, nicht in den Blick der Götter zu geraten und sich eine eventuelle Strafe einzuhandeln.

Überall patrouillierten Krieger in verschiedenen Rüstungen. Ich erkannte die der Pallas Athene geweihten Krieger an ihren mit Medusa Kopf verzierten Schilden. Andere dienten dem Zeus, die als Symbol einen Blitz auf ihrem Schild trugen. Es handelte sich zumeist um altgediente Kämpfer. Ihre gestählten und mit Narben übersäten Oberarme erzählten von den unzähligen Kämpfen, Gewinnen und Verlusten. Die Augen, teilweise abgestumpft von blutigen Schreckenstaten und dem Krieg, blickten eiskalt über die große Ansammlung von Hilfesuchenden. Ihre Gesichter waren angsteinflößend, sodass manch Nörgler bei ihren Anblick sofort verstummte.

Die schweren Düfte der Gewürze, von Salbei und Myrrhe vermischten sich mit dem Schweiß von ungewaschenen Körpern und machten mir das Atmen schwer.

Ich verließ die Ansammlung und entfernte mich etwas von dem Tempel. Die Luft roch plötzlich weich und süß. Wilder Jasmin wuchs ungehindert in dieser Umgebung und versperrte den Blick auf einen kleinen Tempel in der Nähe einer Quelle.

Leises Lachen perlte zu mir herüber. Neugierig schob ich die Jasminzweige zur Seite und sah einige junge Frauen, die sich gegenseitig die Haare kämmten und den Worten einer älteren, wunderschönen Frau lauschten. Ich war fasziniert von der Ausstrahlung dieser Frau. Silberne Strähnen in dunklem Haar umrahmten ein fast weißes, alabasterfarbenes Gesicht. Eine leichte Tunika mit eingewebten Goldfäden bedeckte ihren zarten Körper. Wenn man sich die Figur ansah, dachte man, ein junges Mädchen vor sich zu haben. An den

Gesichtszügen erkannte man jedoch die tiefe Weisheit, die sich auch in den Augen widerspiegelte.

»Meine zukünftigen Seherinnen, ich bitte Euch um etwas Ernsthaftigkeit«, hörte ich sie sagen.

Es musste die Pythia sein, schoss es mir durch den Sinn. Ganz still setzte ich mich auf den Rasen, der von der Quelle in der Nähe leicht benetzt war, und lauschte ihren Worten. Die jungen Mädchen hörten auf zu kichern und wurden still.

»Meine lieben, zukünftigen Pythien, es ist nicht nur eine Ehre, diesen Titel zu tragen, glaubt mir, es ist auch ein Fluch. Die Gabe, die in uns schlummert, die Götter zu hören und in dem Moment des Verstehens gebunden zu sein in der Einfachheit der Sprache wie auch dem Verbot, alles Gesehene genau auszusprechen, bedarf einer intensiven Ausbildung. Nur drei von euch werden auser-wählt. Der Rest von euch wird den Auserwählten die-nen. Eure Hauptaufgabe wird es sein, die durchströmenden Energien in den Körper der Pythien zu leiten und wenn es erforderlich ist, zu unterbrechen. Ihr werdet Euer Leben opfern, damit die Auserwählten überleben. Ihr werdet die Augen und Ohren sein, um zu lauschen und in Erfahrung zu bringen, wenn sich die Priester an uns bereichern wollen. Wir schreiben Geschichte und auch wenn unsere Knochen ausgeblichen durch die Sonne des Helios im Staube ruhen, wird von uns gesprochen und berichtet werden. Pergamente werden überleben, die von uns erzählen … nur von uns berichten und nicht von dem Oberpriester und seinem Rat, bedenkt dies. Wir sind der manifestierte Samen der Gabe des Apollons. Wir sind die Ahnen der zukünftigen Prophetinnen und Heilerinnen. Wir sind die Wurzel jeder Frau, die im Namen der Erdmutter in Zukunft eine wichtige Rolle in der Geschichte der Weiblichkeit spielen wird.«

Eine greifbare, heilige Stille umhüllte diese Worte, ich hatte das Gefühl, dass sogar die Natur schwieg, um diese Prophetie in sich aufzunehmen und zu gegebener Zeit aus sich duftend ausströmen zu lassen.

»Lasst mich Euch unterweisen, wie man in der Trance, die durch die Dämpfe hervorgerufen werden, seinen Verstand behält und nicht irre wird über die Vielfalt der Eindrücke und Wahrheiten, die wir sehen. Alles, was wir sehen, unterliegt dem göttlichen Gesetz der Möglichkeiten und Wahrscheinlichkeiten, daher prüft weise Eure Worte, bevor Ihr sie mitteilt.

Nicht einmal den Göttern ist es erlaubt, in das Gesehene einzugreifen und es zu verändern. Bedenkt, dass wir, solange wir uns auf diesem geweihten Boden befinden, als der Nabel der Welt fungieren. Wir als die Nabelschnur, die die energetische Verbindung zwischen Himmel und Mensch aufrechterhält. So, wie wir unsere Botschaften aus der Zukunft erhalten, so werden wir Besucher aus der Zukunft haben, die lauschen und sich wieder erinnern, wer sie sind und welcher Samen in ihnen schlummert. Seid wachsam und erkennt an den Strömungen des Windes die Veränderungen.«

Die Pythia hielt kurz inne und blickte empor, mir direkt in die Augen. Ich hielt den Atem an. Mir fiel ein, dass ich in den letzten Tagen viel zu oft den Atem angehalten hatte und ob diese Visionen, die ich gerade hatte, daher stammten, dass meine Gehirnzellen unter einer Sauerstoffunterversorgung litten.

Doch die Pythia winkte mir zu. »Komm näher, Schwester im Geiste. Sei willkommen, du aus der Zukunft Kommende.«

Alles um mich herum begann zu verschwinden, wie ein Sog, der alle Farben und Gerüche, ja die ganze Szenerie in sich aufnahm.

Ich atmete tief durch. Während meine Augenlider leicht flackerten, spürte ich die Sonne auf meinem Gesicht. Die Rinde des Baumstammes drückte sich in meinen Rücken, woraus ich schloss, dass ich wohl tief und fest hier am Olivenbaum eingeschlafen war. Ich öffnete die Augen und sah den kleinen Steinkauz, der immer noch an derselben Stelle saß, mich anstarren, ja regelrecht fixieren. Langsam streckte ich meine Beine durch und sah auf die Uhr. Es waren nur ein paar Minuten vergangen. Vorsichtig stand ich auf und spürte, dass der Stoff meiner Hose etwas feucht wirkte. Irritiert blickte ich auf den Boden, auf dem ich gesessen hatte, der im Gegensatz zu meiner Hose völlig trocken war. Ich erinnerte mich, in meinem Tagtraum auf einer nassen Rasenfläche gesessen zu haben.

Apropos Tagtraum.

Ich war höchst erschüttert über das gerade Erlebte und konnte das Geschehen nicht einordnen. Hatte Delphi auf jeden eine derart intensive Wirkung?

Der Steinkauz stieß ein leichtes *Schuschu* aus, als ob er meinen Gedankengang bestätigen wollte.

Tatsache war, dass mich die Pythia erkannt oder zumindest gesehen hatte. Somit konnte es sich nicht um einen Traum gehandelt haben. Es musste eine Vision oder etwas Ähnliches gewesen sein.

Ich war immer noch benommen und versuchte meine Glieder zu strecken, um meinen Kreislauf in Schwung zu bringen.

»Grüß dich, Tochter des Apollon«, hörte ich hinter mir eine melodiös klingende Stimme.

Erschrocken drehte ich mich herum und sah eine überirdisch schöne Frau in langen weißen Gewändern vor mir stehen. Ihre langen blauschwarzen Haare funkelten an den Haarspitzen leicht golden, als ob die Sonne sich gezielt diese Haarpracht ausgesucht hatte, um mit ihr zu kokettieren. Grau-blaue Augen musterten mich prüfend und ein Hauch eines Lächelns umkreiste ihren Mund.

»Schön, dass du den Weg zurückgefunden hast. Wir waren uns nicht sicher, ob du dem Ruf folgen würdest.«

Irgendwo in der Nähe musste es eine Probe für ein antikes Theaterstück geben, dachte ich und gleichzeitig war ich darüber erstaunt, dass der Text dieser Aufführung einige Ähnlichkeiten mit Eerins Prophezeiung hatte.

Bevor ich jedoch antworten konnte, sprach diese atemberaubende Frau weiter: »Nein, werte Seherin, ich bin keine Gauklerin, die sich in Delphi in ihren Künsten übt. Ich bin Athene, die Beschützerin der weisen Frauen, deren Gaben durch mich eingeflößt wurden. Und du bist Kassandra, Apollons Tochter. Denn dein geistiger Vater Apollon war es, der euch Seherinnen und Heilerinnen diese Gabe verlieh.«

Meine Knie wurden abrupt weich und ich sackte zu Boden. Ein Schwindel überkam mich und ich war mir sicher, dass ich einen Sonnenstich bekommen hatte. Meine Zunge fühlte sich pelzig an und trotz der Wärme war meine Haut mit einem kühlen Schweißfilm überzogen. Ich legte meinen Kopf zwischen meine Knie und atmete tief ein und aus. Langsam beruhigte sich mein Herzschlag.

Ich blickte auf und sah diese Frau, die sich Pallas Athene nannte, noch immer vor mir stehen. Prüfend und mit einer gewissen Strenge beobachtete sie mich.

»Kassandra, ich denke, es ist besser für dich, wenn ich meine Gestalt dieser Epoche anpasse und wir beide uns etwas unterhalten.«

Sekundenschnell, inmitten eines sanften Flimmerns, veränderte sich ihr Aussehen. Vor mir stand nun eine junge Frau in weißer Jeanshose und einer schimmernden goldgelben Tunika. Die schwarzen funkelnden Haare waren mit einem silberfarbenen Tuch, in das verschiedene Eulen eingewebt waren, zusammengebunden. Etliche Armreifen schmückten ihr Handgelenk. Ich starrte etwas verwundert auf den Schmuck.

Pallas bemerkte meinen Blick. »Ist das zu viel an Mode?«

Die Armreifen lösten sich unverzüglich auf. Trotz der modernen Kleidung strahlte Athene eine sehr starke Präsenz, um nicht zu sagen, Göttlichkeit aus.

»Glaukos, du solltest dich nicht so öffentlich zeigen«, sprach Athene zu der Eule, die kurz ihr Köpfchen zur Seite legte und dann ihre Flügel streckte und fortflog.

Die Göttin erklärt

Prüfend blickte Pallas an sich herab und sah auf ihre nackten goldgebräunten Füße. »Sage mir, trägt man eigentlich immer noch Sandalen?«

Ich konnte nicht mehr. Alle aufgestauten Gefühle in mir brachen in einem lauten Gelächter hervor, das schon einem hysterischen Zug gleichkam. Ich lachte ob der Vorstellung, dass ich Opfer eines Streiches war oder dass ich einfach nur durchdrehte. Ich lachte jeden Zweifel, jede Angst und alles andere, was sich in mir aufgestaut hatte, einfach heraus. Ich sah mit tränenden Augen, wie Touristen in unserer Nähe zu uns herüberblickten. Doch ich konnte nicht anders. Es hatte sich zu viel in mir angesammelt. Entweder drehte ich jetzt durch oder lachte einfach weiter.

»Das reicht jetzt«, unterbrach Pallas' dominante Stimme mein hysterisches Gelächter. »In den guten alten Zeiten verstummten die Menschen, wenn ich ihnen erschien. Aber ausgelacht, liebe Seherin, hat mich bisher noch keiner. Sei dankbar, dass die Zeiten, in denen wir bestrafen durften, nicht mehr sind. Denk nur, was ich mit Arachne gemacht habe.«

Ich starrte sie erschrocken an.

»Nein, nein«, lachte Pallas, »das war nicht ernst gemeint und überdies hat Homer ein bisschen dazu gedichtet. Also, bevor du einen weiteren hysterischen Lachanfall bekommst und deine Gesundheit darunter leidet, lass mich dir einiges erklären. Wenn du möchtest, können wir etwas spazieren gehen oder auch einfach an dem Olivenbaum gelehnt hier sitzen bleiben. Obwohl ich denke, dass es besser wäre, hier sitzen zu bleiben, bevor du gleich wieder dem Wahnsinn nahe bist.«

Ich setzte mich schweigend an den alten knorrigen Baum. Pallas ließ sich geschmeidig neben mir nieder. Zärtlich strich sie mir eine Strähne aus dem Gesicht und ich konnte den zarten Rosenduft, der von ihr ausging, wahrnehmen.

»So, meine Liebe, nun höre genau zu. Ich bin Pallas Athene, die Göttin der Weisheit und des Krieges, wie mich die Hellenen nannten. Dies ist der meist benutzte Name unter allen anderen Namen, die ich führe. Ich gehöre zu dem Rat der Wächter, die dich gerufen haben. Ja, die Prophezeiung von Eerin gehörte dazu. Du wirst jetzt sehr viele Fragen haben. Ich kann das nachvollziehen. Ob es uns Götter wirklich gibt, ob es Gott dann auch geben kann, wenn wir schon existieren? Was es mit der Prophezeiung auf sich hat und warum wir dich gerufen haben. Ich werde dir heute nicht alles erklären können. Es ist ein Wissen, das sich über Jahrtausende angesammelt hat und nicht in wenigen Stunden erklärt werden kann. Doch um eines bitte ich dich. Öffne deinen Geist für meine Worte. Sei offen dafür, was sich jenseits deines dualen Verstandes bewegt. Erinnere dich an die Geschichten deiner Großmutter, einer weisen Frau wohlgemerkt.

Ich blickte verblüfft auf. Pallas kannte meine Großmutter? Bevor ich fragen konnte, ergriff Athene wieder das Wort. Ihre Stimme klang dunkel und melodiös. Sie strahlte eine jugendliche, unschuldige und gleichzeitig wissende Ruhe aus. Langsam entspannte ich mich. Allein die Erwähnung meiner Großmutter reichte aus, um in mir einen Raum der Stille zu erschaffen. Ich konnte wieder tief und ruhig atmen. Spontan griff ich zu dem Amulett, das ich trug, und hatte kurz das Gefühl, als ob mir der Wind ihre Stimme und ihren Geruch zutrug. Ich sah Pallas fest in die Augen. Langsam hob ich die Hand und berührte ihren Arm. Ja, sie fühlte sich warm und wirklich an.

Pallas hielt mir ihre offenen Handflächen entgegen. »Hier, lege deine Hände in die meinen. Es wird dir helfen, das Gesagte in Bildern zu sehen und besser zu verstehen. Ich bin zwar existent und gleichzeitig eine Erfindung des menschlichen Geistes. Ich bin eine manifestierte Gedankenform. Durch die Intensität der menschlichen Gedanken, seit Jahrtausenden, ist es mir möglich geworden, eigenständig zu existieren. Eigenständig zwar, doch gebunden in dem Rahmen der Attribute, die man mir gab. In den alten Zeiten war ich als Göttin jung und vielleicht auch unbeherrscht. Je weiter sich die Menschheit entwickelte, so beeinflusste auch mich diese Entwicklung positiv.

Viele Menschen verwechseln uns Götter mit ihren Schutzengeln. Schutzengel sind auch Gedankenformen. Und zwar Gedanken von Erzengeln, erschaffen, um als göttliches, reines Gewissen zu fungieren. Daher fühlen viele Menschen diese Ähnlichkeit zwischen uns. Es gibt positive Gedankenformen wie auch negative. Wir alle nehmen meist die Gestalt an, die uns die Erschaffer der Menschheit gaben. Ihr seid die Schöpfer, wir die Ergebnisse. Ihr Menschen seid schlafende Götter und in diesem schlafenden Zustand erschafft ihr mythische Gestalten, Chaos und Tyrannei, aber auch positive Gedankenformen, die euch helfen und auch dienen. Gott der Allmächtige ist keine Gedankenform, falls du das gerade denken solltest. Alles, was ist, alles, was werden kann, alles, was je gedacht wurde und alles, was je ausgesprochen wurde, weiß Gott, denn er ist der Einzige und Allmächtige. Ich stehe als Symbol für den Menschen, der in seiner Göttlichkeit erwachen möchte. Meine Entstehung hatte diesen Zweck, in kryptischer Symbolsprache dem Mystiker die Regeln des göttlichen Erwachens zu zeigen. Den Weg der Weisheit, des Krieges, in dem Fall die Kunst des Krieges, die Bewältigung seiner dualen Aspekte.

Ich bin die lebendige, weise Handlung. In der Zeit, in der die Menschheit uns vergaß, wurden wir auch durchscheinender, fast unsichtbar. Viele der Gedankengottheiten schlummern bis heute und das ist sehr gut.« Sie lachte leise. »Als Gott der Allmächtige entschieden hatte, seinen Sohn auf die Erde zu schicken, damit die Menschen begreifen sollten, dass es außerhalb unserer selbst erschaffenen Formen auch wirklich Gott, den Vater gibt, hatten einige von uns die große Gnade, als irdische Wächter zu fungieren. Wir unterliegen den Erzengeln und sind so etwas wie die irdischen Beschützer. Irdische Schutzengel kann ich nicht sagen, da ich wirklich in mir dual empfinde. Eher irdische Wächter, dies trifft es am besten.

Dadurch, dass unsere Matrix aus den Gebeten und Sehnsüchten, wie auch Imaginationen aller Menschen entstand, ist uns die Dualität und dadurch der emotionale Schmerz der Menschen bekannt. So können wir als Boten mit dem neuen Universum fungieren.«

Athene machte eine Pause und sah mich prüfend an. »Kassandra, kannst du mir folgen?«, fragte sie leise.

»Warum ich?«, fragte ich trotzig, ohne auf ihre Frage einzugehen. »Warum habt ihr mich erwählt? Ich bin eine einfache Geschäftsfrau aus Melbourne. Das Einzige, das bei mir mystisch ist, sind vielleicht die Preise meiner Kollektionen.«

Ein herzliches Lachen floss mir entgegen. »Oh, Kassandra, das ist genau, was Heilerinnen brauchen. Humor, um die Widrigkeiten des Lebens zu überstehen. Warum du? Nun, warum nicht, könnte ich dir entgegensetzen. Ist es nicht egal, wer etwas tut? Hauptsache das, was getan werden muss, wird auch getan. Kassandra«, wurde sie wieder ernster, »es gibt so etwas wie eine Ahnenlinie, die man nicht unterbrechen sollte. Lass es mich erklären. Seit Anbeginn der Erschaffung der Zeit wurde die weibliche Kraft dafür genutzt, um in den Zellen der Materie, durch Heilung, den Geist wieder in Einklang mit dem Universum zu bringen. Dies war eine sehr schwierige Aufgabe, da man erst sein Lebensschicksal meistern musste, um dann sein Seelenschicksal anzunehmen.

Das Universum und seine Wächter haben, passend zu jeder Epoche, die sogenannten weisen Frauen wirken lassen. Es waren Prophetinnen, Seherinnen, Heilerinnen. Man kann also sagen, dass es eine Ahnenreihe von Seherinnen gibt. Und je enger dieses Band in jeder Epoche war, umso stärker wurden die Seherinnen und Heilerinnen, die aus dieser Zeit hervorgingen. Du und deine Großmutter gehören zu dieser Ahnenreihe.

Es gibt verschiedene Wege, verschiedene Gaben, verschiedene Anwendungen. Der Samen wurde gesetzt und jede Gesalbte darf frei entscheiden, wie sie es anwendet. Doch was nicht geschehen darf, ist die Unterbrechung der Ahnenreihe. So würde die weibliche Kraft, die sich in der Schöpfung als Mitgefühl, Barmherzigkeit, Weisheit, Kreativität, Toleranz, um nur einige der Attribute zu nennen, sich verringern. Eventuell sogar als lächerliche und ungewollte Eigenschaften angesehen werden. Die Menschheit würde diese Gaben des Herzens verlieren und es würde sehr lange dauern, bis diese Gaben sich wieder festigen und gelebt werden können. Die sogenannten dunklen Zeiten der Geschichte erzählen zuhauf davon.«

Pallas schwieg und blickte sinnierend vor sich hin. Ich war sprachlos über das, was sie mir erzählte. Langsam nahmen diese Informationen Gestalt an. Annähernd begriff ich die Ausmaße des gerade Gehörten. Waren die dunklen Zeiten die Zeit, in der Frauen gejagt und verbrannt und als Hexen denunziert wurden? War es das, was sie meinte? Wo Heilkunde und Barmherzigkeit als teuflisch gebrandmarkt wurden? Die Zeit, in der das Metall und das Feuer herrschten? Die Zeit, in der Frauen nicht einmal die Namen wert waren, die sie trugen?

Vor meinem inneren Auge formten sich Schwaden aus Farben, um langsam Gestalt anzunehmen. Ich hörte das verzweifelte Schreien von Frauen und sah, wie mehrere Männer einige Frauen an ihren langen Haaren über den Boden schleiften, um sie zusammengepfercht in einen Wagen zu sperren.

»Verfluchte Hexe«, spuckte ein zahnloser, bärtiger Mann, gekleidet in ein Gewand der Kirche, eine junge Frau an, die weinend in der Ecke saß und ihr kleines Kind in den Armen hielt. Der Geruch von Feuer, Schweiß und anderen nicht definierbaren üblen Gerüchen stieg mir in die Nase.

Ich schüttelte mich, angeekelt von diesen Bildern. Ja, dies musste die Zeit sein, von der Pallas sprach. Die dunkle Zeit der Kirche.

»Ja«, hörte ich Pallas antworten.

Verdutzt sah ich sie an. Sie konnte meine Gedanken lesen?

»Nein«, antwortete Pallas, »Gedanken lesen ist nicht so einfach, wie man es sich gern vorstellt. Jedoch sind wir beide die ganze Zeit über miteinander verbunden. Daher konntest du durch meine Worte in die Vergangenheit blicken und genau verstehen, was ich dir mitteilen wollte.«

Sie blickte auf meine Hände, die immer noch in den ihren lagen.

»Dies ist der energetische Kontakt. Du hast mit mir eine spirituelle Verbindung aufgebaut und dadurch kann ich empfinden wie du. All das kommt dem sogenannten Gedankenlesen recht nahe. Wenn du erlaubst, dass ein Wächter, sei es ein menschenerschaffener wie ich oder ein durch Engel erschaffener, den medialen Kontakt ununterbrochen halten darf, so kommt es auch vor, dass ihr beide eure Gedanken im inneren Zwiegespräch austauschen könnt.«

Ich ließ meine Hände weiter in Athenes Händen ruhen. Es fühlte sich gut an und mich durchzog eine tiefe Ruhe und Sicherheit. Das Puzzle setzte sich immer mehr zusammen. Doch dass ich dabei etwas beizutragen hatte, wollte sich mir nicht so richtig erschließen.

Hunderte von Fragen stiegen in mir auf. Teilweise Fragen, von denen ich gar nicht wusste, wie ich sie formulieren sollte. Alles war teils unverständlich, teils so unendlich faszinierend und ich wollte wissen, wissen und noch mehr wissen.

Sanft löste Pallas den Kontakt und lockerte ihre Schultern. In ihren blauschwarzen Haaren tanzten kleine silberne Funken.

»Okay«, hörte ich mich sprechen und erschrak in meinem Inneren, als ich meine Stimme hörte, die sich klein und unsicher anhörte. »Okay, und was soll ich jetzt tun? Ich habe keine spirituellen Fähigkeiten, es sei denn die, meine Kunden zu überzeugen, die teuren Produkte zu kaufen. Wenn du das als spirituell ansiehst.«

Pallas und ich lachten gleichzeitig laut auf. Mein angeborener Wortwitz trat erneut hervor. Ein gutes Zeichen. Denn es zeigte an, dass ich wieder an Sicherheit gewann.

»Lass es mich zusammenfassen. Das Universum oder wer auch immer dahinter stehen mag, ist der Ansicht, dass ich ein wichtiges Glied einer Ahnenreihe bin, die auf keinen Fall unterbrochen werden darf. Bis hierher hatte ich verstanden. Ich fange ja auch an zu akzeptieren, dass du existierst und ich das alles nicht träume«, fasste ich alles Erlebte zusammen. »Doch gibt es einige Punkte, die ich nicht verstehe und ich werde nicht irgendetwas mit mir machen lassen, wenn ich nicht genau über alles aufgeklärt werde. Ihr könnt nicht von mir verlangen, dass ich aufgrund einer Prophezeiung einfach mein gewohntes Leben hinwerfe. Was genau soll ich eigentlich tun? «

Pallas nickte. »Ich verstehe sehr gut, dass du Fragen hast und nach weiteren Erklärungen suchst. Doch dies ist nicht der Ort, an dem ich dir Weiteres beantworten werde. Du hast für heute sehr viele Informationen erhalten und die müssen in dir wirken. Es ist schon sehr spät geworden und ich glaube, dein Reisebus wird in Kürze wieder abfahren.«

Erschrocken sah ich auf meine Uhr. Der Bus würde bald schon abfahren, so lange hatte ich mich hier aufgehalten. Für mich fühlte es sich an, als ob ich gerade erst Platz genommen hätte. Es war schier unmöglich, dass ich hier so lange gesessen hatte. Die Sonne stand hoch am Himmel und zeigte an, dass es Mittag war. Ich spürte jetzt erst meine trockene Zunge und meine verkrampften Muskeln. Ich stand auf und versuchte, etwas Leben in die eingeschlafene Muskulatur zu bringen.

»Lass mich dir helfen«, sagte Pallas und strich in sanften wellenförmigen Bewegungen über meinen Körper.

Ich fühlte, wie ein leichtes Kribbeln einsetzte, das tief in meine Haut eindrang. Es fühlte sich wie eine frische Meeresbrise an, die mich aufbaute und meine verkrampften Glieder wieder erfrischte.

»Danke«, antworte ich erstaunt und strich mir über die Oberschenkel. »Wie geht es jetzt weiter?«

Pallas schloss die Augen, als ob sie einer inneren Stimme lauschen würde. »Ich lasse Glaukos in deiner Nähe. Wenn du so weit bist und den nächsten Schritt gehen möchtest, teile es ihm mit. Er wird mich informieren.«

Wie auf einen unsichtbaren Befehl hin flog der kleine Steinkauz plötzlich vor uns her und landete graziös auf einem Zweig. Ich war mir sicher, dass er mir kurz zublinzelte und im nächsten Augenblick wieder fortflog.

Ich drehte mich zu Pallas, um festzustellen, dass sie verschwunden war.

Langsam ging ich über den knirschenden Kiesweg hinunter zu den Parkplätzen. Die Ausgrabungsstelle war mittlerweile gut besucht. Überall posierten und fotografierten Menschen. Unzählige fremde Sprachen mischten sich in der langsam aufsteigenden Hitze.

Ich griff zu meiner Wasserflasche und trank sie in mehreren tiefen Schlucken aus. Ich war wie ausgebrannt im Inneren. Gleichzeitig herrschte eine tiefe, entspannte Stimmung in mir. Es war ein berauschendes Gefühl. Eine solche Einstellung hätte ich gut gebrauchen können, wenn sich meine Partner von mir trennten. Ein leises Kichern stieg in mir empor. Ich sollte einer Eule eine Nachricht geben. Wenn ich das meinen Nichten erzählen würde, die absolute Harry Potter Fans waren, wäre ich für immer und ewig die Nummer eins in ihrem Leben und für den Rest der Familie leicht irre. Es war, als wäre ich in meiner magischen Welt und es fühlte sich gut an.

Von Weitem sah ich John und einige aus der Reisegruppe am Bus stehen. Ich war wohl doch nicht die Letzte, die erwartet wurde. Entspannt strich ich mir die Haare zurecht, setzte meine Sonnenbrille auf und nahm den Rest des Weges in Angriff.

»Oh, hallo Cassy«, rief John, »gut, dass du schon da bist. Ich wollte dich fragen, ob du Lust hast, heute Abend mit uns in eine behagliche Taverne zum Essen zu gehen? Ich müsste nämlich die Tische reservieren, da es dort nicht viele Plätze gibt.«

Erleichtert, dass John mich nicht fragte, was ich mir alles angesehen hatte und ich vor lauter Stammeln eine schier unglaubliche Geschichte zum Besten gegeben hätte, nickte ich sofort bestätigend. »Essen gehen hört sich wirklich sehr gut an. Ich bin dabei.«

»Gut, dann würde ich sagen, falls wir uns nachher nicht mehr sehen, dass wir uns gegen zwanzig Uhr in der Hotellobby treffen.«

Mittlerweile waren alle Touristen angekommen und der Fahrer tippte vielsagend auf die Uhr. Ich stieg schnell in den Bus ein und war froh, eventuellen Fragen entgangen zu sein.

Während der Fahrt wirbelten meine Gedanken durcheinander und versuchten, eine klare Form zu finden. Immer wieder sah ich das Gesicht von Pallas oder die bernsteingelben Augen von Glaukos vor mir.

Die Rückfahrt verging wie im Flug. Mir kam es so vor, als ob wir gar nicht abgefahren wären, so schnell waren wir wieder am Hotel angelangt.

Müde begab ich mich auf mein Zimmer und legte mich sofort ins Bett. Sogar im Schlaf wälzte ich mich hin und her und träumte wirres Zeug, indem ich als Weltenretterin mit Pallas Athene und allen Pythien unterwegs war.

Lazarus' Taverne

Ein lautes Klingeln riss mich schlagartig aus meinen wohligen Träumen. Verschwitzt fuhr ich hoch. Es dauerte einige Augenblicke, bis ich begriff, wo ich eigentlich war. Das Klingeln setzte wieder ein und ich verstand, dass es mein Wecker war, der dieses infernalische Geräusch von sich gab. Genervt griff ich nach dem Störenfried und beendete das Klingeln mit einem Druck auf die Sleep-Taste. Ich war müde, gerädert und erwähnte ich schon, dass ich müde war?

Ein Blick auf den Wecker verriet mir, dass es bereits nach sieben Uhr war. Ich hatte wirklich sage und schreibe über drei Stunden geschlafen. Und in knapp einer Stunde wollten wir uns zum Essen treffen.

In diesem Moment knurrte mein Magen und ich erinnerte mich daran, dass ich mein Lunchpaket irgendwo in Delphi liegen lassen hatte. Weiterschlafen machte keinen Sinn. Ich hatte Hunger, und zwar einen gewaltigen.

Cassy, reiß dich zusammen, geh duschen und mach dich fertig, ermahnte ich mich selbst. Ich musste schon wieder kichern, wenn keine Götter oder Propheten zu mir sprachen, erledigte ich es halt selbst. Mein Kicheranfall entlud sich in ein lautes Lachen und das gab mir Kraft aufzuspringen und zum Badezimmer zu laufen.

Pünktlich stand ich gestylt in der Lobby. Ich trug einen weißen Leinenanzug und einen goldfarbenen, sehr auffälligen Aborigineschmuck. Die Lobby füllte sich langsam mit den Teilnehmern der Reisegruppe. Jedoch war von John nichts zu sehen.

»O Cassy, Sie sehen bezaubernd aus, als ob eine griechische Göttin den Fluten entstiegen wäre.«

Ich brauchte mich nicht umdrehen, um zu wissen, dass dieser schmalzige Versuch eines Flirtens nur von Ferfried kommen konnte.

Ich schluckte eine freche Antwort mühsam hinunter und drehte mich lächelnd zu ihm herum. »Danke, Ferfried, welch nettes Kompliment«, erwiderte ich und wollte noch etwas Belangloses hinzufügen, als Johns Stimme vernehmlich ertönte.

»Pass ja auf, dass du nicht in ebendiesen Fluten umkommst.«

Wie auf Knopfdruck fingen alle weiblichen Reiseteilnehmer an zu lachen und Ferfried bekam einen roten Kopf. Scheinbar war der Gute in seiner Reisegruppe bekannt dafür, dass er Frauen gern den Hof machte.

Lachend blickte ich zu John und meine Augen drückten ihm meinen Dank aus.

»Nun, Cassy, wenn ich sage, dass du heute wirklich bezaubernd aussiehst, dann hoffe ich, dass du dies als Tatsache auffasst.«

Lächelnd hakte sich John bei mir ein und bugsierte mich in Richtung des Ausgangs. Eine kleine Gruppe folgte uns.

»Es ist gleich um die Ecke«, sagte John in einer etwas gehobenen Tonlage, damit die uns folgende Gruppe ihn gut hören konnte. »Eine wunderbare kleine Taverne, und der Chef kocht sogar selbst. Lass dich überraschen, Cassy.«

Ich atmete die kühle und würzige Nachtluft ein. Die Dämmerung hatte bereits eingesetzt und leichte violette und dunkelblaue Wolken wehten am Firmament, das sich sanft der Dunkelheit zuneigte. Hier und da hörte man das leichte Zirpen der Grillen. In dieser Nachtmusik der Natur mischten sich Düfte von wildem Ginster und süßlichem Jasmin. Es war ein wunderschöner Abend und ich fühlte mich wohl und ausgeglichen.

Nach wenigen Minuten standen wir vor einer großen, geöffneten Tür. Sanftes Kerzenlicht schimmerte aus einem großen Raum. Wie es schien, hatte dieser Raum nur ein Dach aus Weinblättern, aus denen große, dunkelrote Reben herunterhingen. Es sah märchenhaft aus. Uns neugierig umschauend, traten wir ein. Es war ein kleiner Raum, in dem allerhöchstens zehn bis fünfzehn Tische standen. Sanfte Bouzoukiklänge tanzten in der Luft. Unzählige amphorenähnliche Vasen, dekoriert mit Rosen, Bougainvillea und anderen mir nicht bekannten Pflanzen, standen dekorativ zwischen den Tischen. In den weißen Kalkwänden befanden sich kleine Nischen, die mit bunten Mosaiksteinchen ausgekleidet waren. Fischernetze hielten ein Sammelsurium von maritimen Gegenständen an den Wänden fest.

Auf den ersten Blick sah alles ungeordnet aus. Erst auf den zweiten Blick erkannte man die Liebe zum Detail. Jede Nische erzählte ihre eigene kleine Geschichte. Der Geruch von Gebratenem und andere wohlige Düfte stiegen mir in die Nase und ich merkte, wie mein Magen diese Aromen mit einem wohlwollenden Geräusch honorierte. Ich war begeistert.

John sah mich lächelnd an und wies auf einen Tisch, der ein wenig abseits stand. »Ich sehe schon, dass es dir gefällt, Cassy. Lass uns zu unserem Tisch gehen.«

Ich hatte kaum Platz genommen, als ein hünenhafter Mann mit langen dunkelblonden Haaren auf John zustürzte. Riesige Pranken klopften ihm auf die Schultern und ich wunderte mich, dass der, ohne mit der Wimper zu zucken, stehen blieb und die herzliche Begrüßung genauso erwiderte.

»John, du alter Weltenwanderer, dass ich dich noch mal hier sehe, hätte ich nicht gedacht. Und dass du gleichzeitig mit einer wunderbaren, frisch Erwachten hereinkommst, macht unser Treffen noch interessanter.« Eine riesige Hand streckte sich mir entgegen und tätschelte auffallend sanft meine Wangen. »Grüß dich, Kindchen, schön, dass du den Weg zu Lazarus gefunden hast.«

Bevor ich antworten konnte, drehte sich der Hüne um und begrüßte die anderen Gäste. »Nehmt Platz, ihr Schlafenden und Träumenden, nehmt Platz bei Lazarus, dem Auferstandenen. Genießt meine Küche und lasst euch verzaubern von den Genüssen, die mein Herz euch zubereiten wird.«

Lazarus war eine wirklich imposante Erscheinung. Auf einer Harley Davidson konnte ich mir ihn eher vorstellen, als in einer Küche stehend irgendwelche Delikatessen zuzubereiten. Er sah aus wie ein Rocker. Lange, dunkelblonde Haare mit hellen, von der Sonne ausgeblichenen Strähnen wurden von einem Lederband gehalten, in dem Türkise und Federn eingearbeitet waren. Unzählige Silberketten, die wieder mit Türkisen verziert waren, schmückten den Hals. Seine Oberarme waren muskulös und einige interessante Tattoos schmückten diese Muskelberge. In einem Farbenmeer sah ich einen Drachen, dem Zügel angelegt wurden. Doch am faszinierendsten waren seine Augen, grün-braun schimmernd und durchdringend. Er war wirklich ein Unikat und auffällig in seiner Erscheinung.

Doch er hatte etwas gesagt, das in mir Tausende kleine Alarmglocken zu einem sich steigernden Stak-

kato heranwachsen ließen. »Erwachte, Träumende, Auf-
erstandene?« Ich musste an Pallas denken und fragte
mich insgeheim, ob Lazarus nicht auch ein Wesen einer
mystischen Epoche war. Was meinte er damit?

Ich bemerkte, wie John mich still anlächelte.

»Nun, habe ich dir zu viel oder zu wenig versprochen?«, fragte er.

»Es ist ja wirklich unglaublich, John. So etwas habe
ich noch nie gesehen. Vor allem dein Freund Lazarus.«
Ich schwieg ein paar Sekunden, um die passenden
Worte zu finden. »Ich würde ihn eher für einen Harley
Fahrer halten, anstatt für einen Koch oder Tavernenbe-
sitzer.«

»Koch ist auch richtig«, unterbrach mich John und
zeigte kurz in Richtung Küche. »Ich war so frei und
habe uns schon einige Spezialitäten bestellt, von denen
ich sicher sein kann, dass sie dir schmecken werden. Ich
hoffe, dass du mit der Auswahl zufrieden sein wirst.
Wir können selbstverständlich jederzeit andere Leckereien bestellen, nur dachte ich, dass wir beide so hungrig sind und gern schon essen würden, anstatt zu
warten, bis alles zubereitet ist.«

Bevor John noch etwas dazu sagen konnte, kamen
schon zwei Kellner mit großen Tabletts, die sich durch
die Schwere der Teller fast bogen. Duftende Leckereien
wurden auf den Tisch gestellt, der schon jetzt keinen
freien Platz mehr bot.

Wie sollten wir das je schaffen aufzuessen?

Vor mir standen mindestens zwanzig kleine Teller, gefüllt mit den köstlichsten griechischen Vorspeisen, die
ich je gesehen hatte. Mézes, wie der Grieche dazu sagte.
Dies war das typische Essen für den Griechen, der
abends ausging. Ein Querbeet durch viele verschiedene

Speisen der mediterranen Küche. Ich spürte, wie der Appetit in mir aufstieg. Am liebsten hätte ich sofort angefangen zu essen.

»Cassy, ich hoffe, dir gefällt, was du hier siehst. Sag mir doch, was du trinken möchtest.«

Ich sah begeistert auf. »John, das ist ja verrückt, was du alles bestellt hast, ich weiß teilweise gar nicht, was das alles ist. Ach ja, trinken. Wie wäre es mit einem Weißwein, einem Retsina?«

John nickte zustimmend und bestellte geharzten Weißwein. Dieses erfrischende Getränk wurde schon in der Antike in Amphoren gelagert, die mit dem Harz der Aleppokiefer verschlossen wurden. Der kaum wahrnehmbare Harzzusatz machte diesen Wein, kalt getrunken, zu einem unvergleichlichen Erlebnis.

»Ja, dann guten Appetit.« Ich nahm meine Gabel und wollte in diese kleinen Hackbällchen stechen, die in einer Tomatensoße mit Minze schwammen, als Lazarus plötzlich neben mir stand und mir die Gabel aus der Hand nahm.

»Ochi, Ochi, nein, so isst man nicht. Wenn du das Essen genießen möchtest, dann musst du es wie etwas Heiliges zelebrieren. Atme erst einmal tief die Gerüche aller Vorspeisen ein, als wenn du einen guten Wein inhalieren möchtest. Nimm diese Aromen von Auberginen, Käse, Honig, Sesam, Tomaten, Minze und alles andere, was du mit deinen Sinnen entdecken kannst, in dir auf und forme aus diesen Gerüchen eine Komposition. Dann bedanke dich innerlich bei unserem lieben Schöpfer für diese wunderbaren Möglichkeiten, die er uns auf Erden gegeben hat, uns zu ernähren.«

Lazarus drückte mir die Gabel wieder in die Hand und verschwand, nach einem lieben Tätscheln auf meine Wange, in Richtung der Küche.

Verdutzt schaute ich zu John hinüber, der mich nur wie immer anlächelte, seine Augen schloss und tief einatmete.

Ich folgte seinem Beispiel und ließ mich mit geschlossenen Augen von den Gerüchen leiten. Ich konnte Honig ausmachen, gemischt mit dem Duft von warmem Brot und würziger Tomatensoße. In mir schossen Bilder und Gefühle von Geborgenheit und Frieden auf. Plötzlich entstanden aus den Gerüchen von Knoblauch, Basilikum und Minze Farben und Formen. Vor meinem inneren Auge entwickelten sich Bilder wie auf Delphi, als ich plötzlich vor der Pythia stand. Nur war jetzt der Unterschied, dass mir die Farben Gefühle zuspielten und mir Hinweise über meine Gesundheit gaben.

Die Minze tanzte wie ein hellgrüner bis goldener Funke vor mir auf und ab und umhüllte mich mit ihrer Farbe. Ich sah ein weißes Licht, das sanft strömte und mir in heilenden Wogen entgegenkam. Ich wusste intuitiv, dass dies Knoblauch war. Ich war begeistert und vergaß meinen Hunger. Es kamen immer mehr Farben hinzu und bildeten einen funkelnden, in sich schimmernden Kreis um mich herum. Nahm ich wirklich Nahrung zu mir oder entsprach die Nahrung den Farben in Materie? Ich war so begeistert von dieser Frage, dass ich John fragen wollte.

Langsam öffnete ich meine Augen. Sofort verloschen die Farben und ich blickte auf die unterschiedlichen Gerichte, die sich mir plötzlich farblos und fad präsentierten. John hielt seine Augen noch geschlossen.

»Cassy, versuche das Gefühl, das du gerade hattest, noch einmal als Erinnerung in dir hervorzuholen, und dann genieße das Essen.«

Ich sah zu John, der seine Augen mittlerweile geöffnet hatte. Erneut ging ein Duft von Honig und Weihrauch von ihm aus. Ich sog die Luft tief ein, die, wenn ich ihr eine Farbe geben sollte, ein wunderbar goldfarbener Ton wäre. John roch vertraut. Ich kannte diesen Geruch und es war nicht das erste Mal, dass ich ihn wahrnahm. Ich schüttelte innerlich den Gedanken daran ab, denn mein Hunger war mittlerweile riesengroß, sodass ich wirklich Nahrung brauchte.

Ich betrachtete die vielen kleinen Teller. Da war Schafskäse mit Sesam paniert in einer Honigsoße. Ich entdeckte gebratene Auberginen und Zucchinischeiben in einem Joghurt-Minze-Dressing, verschiedene Salate, gefüllte Weinblätter, Rindfleisch mit Joghurt auf Reis und unzählige kleine Fischgerichte, die den Tisch bedeckten.

Ich nahm das noch warme Weißbrot und tunkte es in die warme Tomatensoße mit kleinen Hackbällchen, aus denen ich Minze herausschmecken konnte. Diese kleine Erinnerung reichte vollkommen aus, dass sich auf meiner Zunge das Essen mit der Farbe vermischte und mich genussvoll aufstöhnen ließ. Es war unbeschreiblich, dieser Geschmack war absolut göttlich. Ich konnte nur noch John ansehen und mit meinen Daumen nach oben zeigen, um ihm zu erklären, dass es mir sehr gut schmeckte. Ich traute mich kaum, diesen Geschmack herunterzuschlucken. So gut hatte ich seit meiner Jugend nicht mehr gegessen.

Ich erinnerte mich an meine Oma. Alles, was sie je kochte, schmeckte unglaublich gut. Als man sie nach ihrem Rezept fragte, sagte sie nur: »Liebe ist die geheime Zutat, reine Liebe als Prise am Ende hinzufügen.«

So kam es mir auch vor. Hier wurde mit Liebe gekocht. Ermutigt probierte ich querbeet alle Vorspeisen. Es dauerte meines Erachtens ziemlich lange, bis sich in mir langsam das wohlige Gefühl der Sättigung einstellte. Ich sah zu John hinüber, wobei sich in mir das schlechte Gewissen rührte. Ich hatte nur gegessen und den Geschmack der Nahrung mit den Farben genossen und ihn dabei ganz vergessen.

»Oh, John, es tut mir leid, ich bin wirklich eine schlechte Begleitung«, stammelte ich zerknirscht und nahm einen großen Schluck aus meinem Wasser.

»Nein, nein, Cassy, du hast genauso reagiert, wie ich es erwartet habe. Du hast dich auf Lazarus' Experiment eingelassen und herausgefunden, was die Nahrungsaufnahme so einzigartig macht.«

»O ja, da sind so viele Fragen, die ich ihm gern stellen würde. Kommt er denn noch mal aus seiner Küche heraus?« Mein Blick ging Richtung Küche, aber leider war Lazarus nirgendwo auszumachen.

Entspannt lehnte ich mich zurück und beobachtete die anderen Gäste. Der Raum war mittlerweile überfüllt, man hörte leises Gelächter und angeregte Gespräche. John hatte nicht zu viel versprochen, er verwöhnte seine Gäste wirklich mit dem Herzen.

Siedend heiß fiel mir ein, dass ich John noch einige Fragen stellen wollte. »John, was meinte Lazarus damit, mich als frisch Erwachte zu bezeichnen?«

»Ah, dass du diese Frage heute noch stellst, hätte ich nicht erwartet, aber vielleicht warten wir ab, dass Lazarus dazu kommt. Lass dir die Frage von ihm beantworten. Und wenn du danach immer noch etwas wissen willst, stehe ich dir zur Verfügung.«

Es dauerte eine Weile, bis die Taverne sich leerte. Die meisten Gäste hatten sich bereits verabschiedet und auch ich dachte daran, langsam den Heimweg anzutreten, als Lazarus mit weiteren kleinen Tellern zu uns an den Tisch kam.

Ein junger Kellner mit seiner Bouzouki unter dem Arm setzte sich unweit von unserem Tisch auf einen Stuhl und spielte ein paar schwermütige Akkorde aus dem griechischen Underground Blues – Rembetiko genannt. Es war sehr ergreifend, die Töne krochen langsam unter meine Haut und eine Gänsehaut machte sich breit.

»So, schön, dass ihr auf mich gewartet habt. Ich habe euch noch kleine Honigküchlein gebacken. Es ist ein altes byzantinisches Rezept, das teilweise schon in Vergessenheit geraten ist. Datteln und Rosenwasser sind das Geheimnis des Geschmacks. Lasst es euch schmecken.« Lazarus reichte uns die Teller.

Ich erhielt ein undefinierbares, in Honig getränktes Stück Kuchen, das wahrhaftig nicht sehr appetitlich aussah. Mutig biss ich hinein, um gleichzeitig den Höhepunkt eines kulinarischen Gedichtes zu erleben. Kaskadenartig erfüllte mich die Süße des Honigs mit dem Geruch einer orientalischen Rose. Ein leises Schnurren entglitt meinen Lippen, die ich genießend ableckte.

»Lazarus, das ist kein Kochen, das ist wie den Eingang des Paradieses zu entdecken.« Gesättigt und glücklich lehnte ich mich zurück und nippte an meinem Wein. »Ich danke wirklich für diese wundervolle Erfahrung, dass man Essen auch anders zelebrieren kann. Das ist für mich wirklich etwas ganz Neues.«

Lazarus sah uns begeistert an. »Und konntest du die Farben sehen, die aus der Nahrung ausströmten?«, fragte er mit einer jugendlichen Ungeduld, die gegensätzlich zu seiner Erscheinung stand.

Für einen kurzen Moment sahen sich John und Lazarus an. Ich hatte das Gefühl, dass eine stille Kommunikation zwischen beiden ablief. Ich war mir nicht sicher, hatte jedoch das Gefühl, dass John kurz und unmerklich nickte.

Lazarus atmete die würzige, warme Luft ein. Mittlerweile waren wir allein in der Taverne. Selbst die Kellner hatten alle Arbeiten erledigt. Die Lichter waren ausgeschaltet und nur noch das Laternenlicht von draußen erhellte den Raum. Ein Kellner stellte eine Kerze auf unseren Tisch und fragte Lazarus, ob er noch etwas bringen dürfte.

»Seid ihr müde oder mögt ihr noch etwas mit mir hier sitzen? Ich erkläre unserer Cassy auch, was ich heute damit meinte, als ich sie die Frischerwachte nannte«, fragte Lazarus voller Energie und sah dabei sehr wach aus.

Mein Blick wanderte zu John. Zwar gesättigt und von wohliger Müdigkeit durchzogen, war meine Neugierde ungebrochen. Ich hatte an diesem Tag schon so viel erlebt und noch gar nicht Revue passieren lassen, dass mir nicht klar war, ob noch mehr mystische oder spirituelle Geschichten zu dieser Uhrzeit überhaupt richtig wären. Ich wusste, dass diese Art von Neugierde mir irgendwann Schwierigkeiten bereiten würde. Doch ohne Antworten würde meine Nacht eine schlaflose werden.

»Wenn John nicht müde ist, würde ich gern mehr erfahren«, erklärte ich voller Neugier. Welche Farbe hatte wohl Neugierde?, durchfuhr es mich gleichzeitig.

John zuckte mit den Schultern. »Um mich braucht ihr euch nicht zu kümmern. Ich bin wach und könnte noch stundenlang hier sitzen und die Atmosphäre genießen. Ich denke auch, dass Cassy heute etwas mehr erfahren sollte, bevor sie das Gefühl hat, dass alles nur ein Traum war.«

Grinsend schaute ich zu John hinüber, irgendwie war es zu erwarten gewesen, dass er mir so eine kryptische Antwort gab.

»Schön«, freute sich Lazarus und angelte sich den Nachbarstuhl, um seine Beine darauf abzulegen. »Ja, dann fange ich an«, erklärte er lachend und es hörte sich genauso so angenehm an, wie sein Essen roch.

»Das Universum, das wir als solches wahrnehmen, ist nur ein Schatten seines wahren Selbst. Stell dir vor, dass alles um uns herum reine Energie ist. Diese Kraft hat verschiedene Farben und Töne. Man könnte sagen, das Universum wurde aus Farben, Tönen und Licht erschaffen. Es gibt Farben, die hilfreich sind, da in ihnen heilende Energie schlummert. Und die weisen Menschen aller Zeiten wussten diese Energie zu nutzen, um zu heilen. Viele sprachen von Wundern, was letztendlich nur das Wissen um die Erschaffung der Welten ist. Jedoch dieses Wissen, das von Generation zu Generation weitergegeben wurde, führte dazu, dass man Frauen wie auch Männer der Hexerei beschuldigte und verbrannte. Und es führte auch dazu, dass man bis heute nicht ernst genommen wird, obwohl die Wissenschaft mit ihren neuesten Erkenntnissen die alten Lehren nur bestätigt.«

Lazarus holte tief Luft und spielte an seinem Weinglas. Mit geschlossenen Augen atmete er fast unhörbar ein und aus.

»Cassy, du hast heute selbst die Farben in der Nahrung gesehen. Das, was du gesehen hast, nennt sich ätherische Vitalität. Es ist die Energiefrequenz, die zum Heilen benutzt wird. Auch Menschen haben diese Ausstrahlung. Einige sprechen dabei von Aura oder dem Energiefeld. An den Farben in deinem Energiefeld sieht man, in welchem Stadium du als Mensch stehst. Hellsichtige können erkennen, ob jemand ein Schlafender und Träumender oder ein träumender Erwachter ist. Oder wie du es bist beinahe eine Erwachte.«

Lazarus lachte lauthals in einem tiefen Bariton. Bei diesem wunderbaren Lachen konnte ich nicht anders als miteinzustimmen.

Es war eine harmonische Atmosphäre. Da saß ich mit zwei fremden, höchst attraktiven Männern nachts in Delphi in einer Taverne und hörte mir spirituelle Erklärungen an. Meine Mama würde an ihrer Erziehung zweifeln, wenn sie das wüsste.

Ich fragte mich, ob es ratsam wäre, beiden von meiner Begegnung mit Pallas Athene zu berichten, als mir John zuvorkam.

»Cassy, nachdem du mir von der Prophezeiung, die dir gemacht wurde, erzählt hattest, war mir klar, dass du unbedingt Lazarus kennenlernen musstest. Du solltest ihm selbst die ganze Geschichte erzählen und ich denke, du bist dir nach dem heutigen Abend sicher, dass man dich und dein Erlebtes ernst nimmt.«

Ich war überwältigt, so viel Einfühlsamkeit seitens John hatte ich wahrlich nicht erwartet. Ich war wirklich gerührt und musste einen ansteigenden Kloß im Hals mehrfach herunterschlucken. Ich berührte seinen Arm. »Danke, John, ich bin total sprachlos. Das ist wirklich superlieb von dir. Ja, ich habe wirklich viele Fragen, aber je mehr Antworten ich bekomme, umso mehr Fragen habe ich.«

Lazarus gluckste und nickte bejahend. »Ja, ja, das kenne ich. Manchmal dachte ich, dass das Erwachen eher ein andauerndes Fragenstellen ist. Aber wie war das mit der Prophezeiung? Davon höre ich das erste Mal. Also, jetzt bin ich neugierig geworden.« Lazarus setze sich aufrecht hin. »Ja, Cassy, jetzt erzähle mir von deinem Erlebnis.«

Es dauerte nicht lange und Lazarus kannte jede Einzelheit der Prophezeiung von Eerin. Minutenlanges Schweigen setzte ein, in dem jeder seinen eigenen Gedanken nachhing.

Die Luft kühlte mittlerweile ab und am Himmel glitzerten die ersten Sterne. Die Gerüche bekamen eine andere Note. Sie machten schläfriger und ich konnte nicht umhin, mir ein Gähnen und Oberkörperstrecken zu gönnen.

»Cassy, ich danke dir für das Vertrauen«, sagte Lazarus. »Ich denke, wir sollten unser weiteres Gespräch auf morgen verschieben, bevor wir hier gleich alle einschlafen. Ich würde mich bei dir melden, wenn es für dich okay ist. Habt ihr denn für morgen etwas geplant?«

Ich machte eine verneinende Geste. »Nein, außer einem Strandbesuch ist meinerseits nichts geplant.«

»Da schließe ich mich Cassy an«, antwortete auch John. »Soweit ich informiert bin, plant auch die Reisegruppe morgen einen freien Tag. Es soll erst in zwei Tagen weitergehen.«

»Ja, das passt doch vortrefflich. So habe ich Zeit, mir Gedanken über die Prophezeiung zu machen, und melde mich dann bei euch.«

Wir standen auf. Ich war hundemüde und gleichzeitig wirbelte alles in meinem Kopf durcheinander und ließ meine Gedanken nicht zur Ruhe kommen. Ich fühlte mich total überdreht.

»Lazarus, du musst uns noch die Rechnung geben«, fiel es mir siedend heiß ein.

Lazarus schmunzelte. »Ach Cassy, das ist alles erledigt und bezahlt. Ihr wart heute meine Gäste und nein, kein Widerspruch, Kindchen«, lächelte er breit.

Ich stellte mich auf die Zehenspitzen, um Lazarus zu umarmen, und fühlte mich wie ein kleines Kind, das einen zu großen Teddybär knuddeln möchte. »Ach Lazarus, du weißt gar nicht, wie viel Freude du und John mir heute bereitet habt. Du hast in mir einen neuen und ich würde sogar behaupten treuesten Fan gefunden.«

Lazarus lachte laut dieses unwiderstehliche Lachen, dass sich in meinem Körper gleich einem Glücksgefühl ausbreitete.

»Lass uns langsam in das Hotel zurückkehren«, sagte John und hakte sich bei mir ein.

Der Weg zurück zum Hotel verlief in angenehmem Schweigen. Leises Grillenzirpen begleitete uns und der Wind rauschte zart in den Zypressen.

Die erwachenden Erwachten

Endlich lag ich im Bett. Doch trotz einer langen Dusche wirbelten meine Gedanken wild umher, obwohl sich mein Körper nach Schlaf sehnte. Es war schwer vorstellbar, wie normal Mystik oder Spiritualität für einige Menschen war und sie dies mit ihrem tagtäglichen Leben vereinbarten.

Meine Gedanken flossen zu Lazarus. Er war wirklich ein imposanter Mann und jemand, der sein Essen nach Farben zubereitete und dadurch quasi seine Gäste noch heilte. In Nahrung gebrachte Liebe. Anders konnte ich die Art, wie Lazarus kochte, nicht erklären. Es wunderte mich, dass sich diese Taverne noch nicht als Geheimtipp herumgesprochen hatte.

Langsam bemerkte ich, wie die Müdigkeit, auch meinen Geist erreichte und sah noch durch die halbgeöffneten Fenster eine kleine weiße Eule, die auf dem Fenstersims saß. War das Glaukos?

Meine Augenlider wurden immer schwerer, sodass ich sie nicht mehr offenhalten konnte, um mich zu überzeugen. Ich war mir sicher, ein leises *Schuschu* gehört zu haben. Ein warmer Luftzug strömte durch das geöffnete Fenster und ich spürte Wärme über meinen Körper streicheln. Meine Gedanken verwandelten sich in viele Wolken und Farben und ich fiel, mein Kopfkissen fest umschlungen, in einen tiefen und erholsamen Schlaf.

Die Luft roch frisch und ich schmeckte noch die leichte süße Feuchtigkeit der Luft auf der Zunge. Ich stand in der Mitte einer kleinen, von Sonnenstrahlen durchfluteten Lichtung. Die Natur schien noch zu schlafen. Hier und da hörte man das leichte Singen von Vögeln und das Summen von Insekten. Ich hörte, wie die Äste sich mit einem knorrigen Ächzen dehnten. Büsche voller Jasmin säumten die Lichtung, hielten ihre Blüten noch geschlossen und auf den grünen Blättern der Rosenstämme lag der Frühtau dekorativ wie kleine Perlen. Ich blickte an mir herunter und sah, dass ich barfuß auf taufrischem, hohem Rasen stand. Mein leichtes, weißes Sommernachthemd war von der Feuchtigkeit des Rasens bereits am Saum durchnässt.

Ich war irritiert. Wo war ich? Wie bin ich hierhergekommen? Ich wunderte mich, dass ich überhaupt keine Angst oder Unsicherheit verspürte.

Neugierig sah ich mich um. Ich konnte mich nicht entscheiden, ob ich die Gegend erkunden sollte oder abwarten, bis ich aus diesem Traum erwachen würde. Denn ich war mir sicher, dass es sich bei diesem Erlebnis um einen Traum handelte. Dass ich noch mein Nachthemd trug, war Beweis genug. Andererseits war es schon merkwürdig zu wissen, dass es sich um einen Traum handelte. Ich kniff mir sicherheitshalber in den Arm und musste aufschreien. Ein rötlicher Fleck bildete sich auf meiner Haut und es tat weh. Wie konnte es sein, dass ich im Traum Schmerzen empfinden konnte?

War dies so etwas wie ein Wachtraum? Meine Großmutter erzählte immer davon, dass es Träume und wahre Träume gab.

Leises Rufen unterbrach meine Gedanken. Auf Zehenspitzen folgte ich dem Geräusch und kam zu der Quelle, an der ich die Pythia zum ersten Mal gesehen hatte.

War ich wieder in der Vergangenheit angelangt? Ich wusste nicht einmal, wie ich überhaupt nach Delphi gekommen war, geschweige denn, wie ich wieder zurückkehren sollte, in mein Jetzt.

»Hallo, du Traumweltenreisende«, hörte ich hinter mir eine melodische Stimme. »Bitte erschrecke nicht, sonst kann es sein, dass du wieder zurück in deine Zeit fällst.«

Ah, gut zu wissen, dachte ich und drehte mich langsam um.

Vor mir stand die Pythia, genauso wie ich sie gestern – oder war das heute gewesen – gesehen hatte. Sie sah aus der Nähe betrachtet atemberaubend aus. Ich atmete den Duft ein, den sie verströmte. Einen Geruch nach Hyazinthen, Flieder und Rosen, und als ich tiefer einatmete, roch ich Maiglöckchen und etwas Süßliches, mir nicht Bekanntes. Ich fühlte mich leicht und etwas schwindelig und ich vergaß für einen kurzen Moment, wo ich war.

»Atme nicht meinen Geruch ein, Reisende. Diese Göttergabe ist nicht für dich gedacht, sondern zu meinem Schutz. Wer mich riecht, der vergisst seine dunklen Gedanken und Probleme für einige Zeit. Der vergisst seinen Kummer und findet in mir Trost und erinnert sich vielleicht nicht mehr an seine Absicht, mich zu töten, wenn ihm meine Prophezeiung nicht gefällt. Doch das ist nicht das Thema, über das wir reden sollten, wie mir das Orakel mitgeteilt hat. Bitte lass uns Platz nehmen und die Zeit, die für uns im Universum gerade stillsteht, nutzen, um dir etwas Wissen weiterzugeben, das du in deiner Zeit sehr nötig haben wirst.«

Etwas unsicher setzte ich mich auf eine der kleinen Marmorbänke, die überall in der Nähe rund um die Quelle standen. Pythia setzte sich direkt neben mich und ich spürte die Wärme ihres Körpers. Sie war absolut wirklich und so wunderschön, dass es mir schwerfiel, sie nicht anzustarren.

Wenn meine Wenigkeit schon so hin und weg war, was war dann mit all den Männern und Königen, die bei ihr Rat suchend vorsprachen? Auch die Pythia sah mich forschend an, als würde sie in meinem Gesicht etwas Vertrautes suchen oder nach einer Botschaft forschen. Obwohl sie grazil und verletzlich aussah, entdeckte man tief in ihren Augen eine ungeahnte Macht und einen starken Willen. In ihren tiefdunklen Augen spiegelte sich das Universum und alles was war, was ist und was sein wird.

Sie verströmte ein unendliches Gefühl von Geborgenheit aus, ja es war die absolute Mütterlichkeit, die sie umgab, dieses tiefe Gefühl von geliebt und verstanden werden. War dies der Geruch, den sie ausströmte? Der Geruch der bedingungslosen Liebe?

Als ob sie die ganze Zeit meinen Gedanken folgen konnte, hob die Pythia ihre feingliedrige Hand und strich mir sanft über das Gesicht. »Du bist noch so jung und unerfahren«, wisperte sie. »So jung noch und jetzt schon so viel Bürde auf deinen Schultern.«

Es tat einfach gut, von ihr gestreichelt zu werden. Ich war wieder das kleine Mädchen, das sich bei ihrer Oma am wohlsten fühlte und tief in der Liebe, die ich bekam, versinken wollte.

»Nun, meine Zukunftsreisende, lass mich dir erzählen, was mir aufgetragen wurde. Vor nicht allzu langer Zeit erschien mir die jungfräuliche Göttin und sagte mir, die nächste Generation der Heilerinnen und Seherinnen wäre bereit. Sie wären zwar bereit, aber genauso unwissend wie ein Lämmchen, das im Mai geboren ist. Und damit sie nicht vorzeitig geschlachtet werden und ihr Blut den Boden der Dunkelheit berührt, so würde sie diejenige, die die Ahnenreihe fortführt, zu mir leiten, damit ich sie unterweise. Denn ohne eine Unterweisung wärest du nicht in der Lage, annähernd zu begreifen, um welch große Wahrheiten es hier geht.« Pythia streichelte sanft mein Haar.

Ich war fasziniert von ihrer Art, wie sie sprach, und wünschte mir gleichzeitig doch eine leichtere und verständlichere Sprache. Mit der jungfräulichen Göttin konnte sie nur Pallas Athene meinen, soweit mir meine Schulkenntnisse noch behilflich waren. Doch der Satz mit der Bürde gefiel mir gar nicht – oder war das der Stil ihrer Sprache? Warum konnte ich sie überhaupt verstehen?

Ich sah die Pythia an. »Ich weiß gar nicht, wie ich dich ansprechen soll, und habe gleichzeitig so viele Fragen an dich. Ich heiße Cassy, na ja, eigentlich Kassandra. Doch so werde ich selten gerufen.«

»Ich heiße wirklich Pythia. In dem Moment, in dem ich diesen Priestertitel annahm, löschte ich andere Namen aus, die mir bei meiner Geburt gegeben wurden. Du bist also die Kassandra. Ja, jetzt erst macht das alles einen Sinn.« Pythia nahm mein Gesicht in ihre Hände und blickte tief in meine Augen. »Stelle deine Fragen, Kassandra.«

»Nun«, hüstelte ich und wusste gar nicht, was ich zuerst fragen sollte.

Da saß ich vor der Pythia und hätte jetzt etwas über mein Leben, meine Zukunft fragen können. Evangelista würde sich die Haare raufen, wenn ich ihr erzählen würde, dass ich es nicht tat.

»Nun, ich habe wirklich viele Fragen. Eine davon ist, warum ich dich verstehen kann und wie ich hierherkomme und was ist das mit der Bürde und worin möchtest du mich ausbilden?«, antwortete ich so schnell wie möglich, bevor mich mein Mut verließ.

Ich schmunzelte innerlich. Mir fiel in dem Moment eine viel wichtigere Frage ein, und zwar: Würde ich je den passenden Partner an meiner Seite finden?

Ich musste mir wirklich ein lautes Auflachen verkneifen. Das war so kitschig wie in den Bollywood Filmen. Doch diese Frage hatte mich mein ganzes Leben begleitet und jetzt, da ich vor dem besten Medium der Weltgeschichte saß, wäre es peinlich aufgrund der ehrenhaften und mystischen Situation, so etwas Banales zu erfragen.

Ich blickte gespannt zu Pythia, die jedoch plötzlich in ein herzliches Lachen ausbrach, mit ihren Füßen wippte und freudig in ihre Hände klatschte.

»Ah, mein junges Lämmchen, o ja, die jungfräuliche Göttin hat recht, du bist absolut unschuldig und rein in deinem Herzen. Ich habe wirklich lange nicht mehr so herzhaft gelacht.«

Verdutzt sah ich sie fragend an.

»So lass mich dir deine erste Lektion erteilen. Nicht, was aus deinem Munde kommt, ist von Belang, sondern das, was deinen Geist beherrscht. Lerne, deinen Geist zu kontrollieren. Er ist anderenfalls wie ein Bienennest. Es summt und singt in dir und dadurch wirst du nie eine Antwort auf Fragen bekommen. In einem stillen Geist können auch wichtige Erkenntnisse keimen. Dies sind die Fragen des erhobenen Geistes. Dies ist die Beherrschung des Geistes, ihn in Stille zu halten. Dein Geist stellt mir ganz andere Fragen als diejenigen, die du mir gerade gestellt hast. Ja, ich muss lachen, denn scheinbar wird sich für viele junge Frauen auch in der Zukunft nicht viel ändern, als der brennende Wunsch nach der großen Liebe und der poetischen Partnerschaft. Nun, deine Frage soll beantwortet werden.«

Die Pythia atmete intensiv ein und aus und versank in tiefer Stille. Es war dem ähnlich, was mir Lazarus vor ein paar Stunden gezeigt hatte.

Vorsichtig passte ich mich ihrer Atmung an und schloss meine Augen. Ein goldener Strudel umfasste mich und ich fühlte mich hin und her geschleudert. Schnell öffnete ich meine Augen, da mir schwindelig wurde.

Die Pythia saß immer noch teilnahmslos verbunden in ihrem tiefen Atem, als sie plötzlich mit metallener Stimme sprach:

»So lasse mich reden, aufgrund deiner Frage eine Antwort dir geben, finden du kannst das Geliebte nur dann, wenn du begriffen hast der Liebe Bann.«

Ich hatte das Gefühl, dass die Natur stillstand, es war kein Zwitschern und Zirpen zu hören, man könnte sogar meinen, dass die alten knorrigen Bäume aufgehört hätten zu atmen. Um die Pythia lag ein goldiger Glanz und tauchte ihr Gesicht in einen übersinnlichen Schein. Sie sah aus wie eine in Gold getauchte Marmorstatue. Es war derselbe Farbton, von dem ich das Gefühl hatte, in ihm zu ertrinken.

Mir wurde gerade bewusst, dass ich Zeuge einer zweiten Prophezeiung geworden war und dieses Mal sogar vom Star der Antike. Ein bisschen enttäuscht war ich schon, kein Name, keine Beschreibung des Zukünftigen in der Prophezeiung. Ich stellte mir vor, wie damals in der Antike Menschen etliche Monate unterwegs waren und all ihr Hab und Gut der Pythia schenkten, nur um eine, na ja, sagen wir mal, Beratung zu bekommen, und dann kam irgend so eine kryptische Aussage, die absolut keinen Sinn machte. Jetzt verstand ich auch, warum die Pythia diesen Götterduft zum Schutz brauchte.

Ein bisschen desillusioniert scharrte ich mit meinen nackten und mittlerweile dreckigen Füßen auf dem Rasen und wartete, bis Pythia wieder zu sich kam. Ein Gefühl sagte mir, sie jetzt ja nicht zu berühren, ihr die Zeit zu lassen, die sie benötigte. Die Sonne schien langsam stärker und ich fragte mich, wie spät es schon war.

Langsam bewegte sich Pythia und blickte mich an. Ihr Gesicht war fahl und blass, ihre Lachfältchen wirkten wie tiefe Furchen in ihrem Gesicht.

Ich war zutiefst erschrocken, konnte dies an der einmaligen Prophezeiung liegen? Verunsichert legte ich meine Arme um ihre zarten Schultern.

»Was ist passiert? Was ist los mit dir?« Ich spürte Wogen der Erschöpfung in ihrem zarten Körper. »Pythia, sprich mit mir, ist alles okay bei dir?«

Ein kaum wahrnehmbares Nicken ging durch ihren Körper. »Es ist alles in Ordnung, Kassandra, nur hat jede Prophezeiung ihren Preis. Jede mediale Tätigkeit bezahlen wir aus unserer Lebensenergie heraus, daher ist es immer sehr wichtig, dass dich Menschen umgeben, die dir sofort beim Regenerieren helfen.«

»So wie deine Schülerinnen, die ich bei dir sah?«, unterbrach ich sie.

»Ja, wie meine Schülerinnen oder besser gesagt, wie meine Wächterinnen.«

Pythia wühlte in ihrem Gewand und holte ein kleines Tüchlein hervor. Ihre Hände zitterten immer noch, sodass ich ihr das Tüchlein aus der Hand nahm und öffnete. In dem Stück Stoff befand sich ein siruppartiges Gebäck, ich nahm ein kleines klebriges Stück und steckte es vorsichtig in ihren Mund. Pythia schloss die Augen und man konnte spürbar erkennen, wie ihre Lebenskraft zurückkehrte. Ich war ziemlich erschüttert, wie eine so unbedachte Frage meinerseits so viel Schaden an ihrem Körper auslösen konnte. Dies erklärte nun auch die zarte und filigrane Erscheinung ihres Körpers.

Ich gab ihr ein weiteres Stückchen von diesem klebrigen Gebäck, das mich irgendwie an die süßen Honigküchlein von Lazarus erinnerte.

»Pythia, bist du denn heute überhaupt in der Lage, mir irgendetwas zu erklären?«, fragte ich sie etwas verunsichert.

Meine Hände nehmend, lächelte sie mich an. »Ja, Kassandra, diese kleinen Honig-Weizen-Kugeln helfen sehr schnell, dass sich der Energiekörper regenerieren kann. Man sollte nur nicht zu viel davon essen, da es sonst der materielle Körper als Energiedepot ansieht und du kannst dir vielleicht vorstellen, dass eine übergewichtige Pythia sich nicht sehr dekorativ auf einem Dreibeinschemel macht«, schmunzelte sie. »Lass uns deine Fragen beantworten. Das hat jetzt Vorrang und die Göttin der Weisheit erwartet meist schnelles Handeln. Dass wir einander verstehen können, liegt daran, dass wir uns außerhalb unserer eigenen Zeitschleifen bewegen. Wir sind in einem Raum, den die Götter für uns erschaffen haben und dadurch mit unserem Geist untereinander verbunden.

Wir müssten nicht reden, da wir uns auch nonverbal austauschen könnten, wenn du bereit bist. Erforsche mit deinem Geist keine weiteren Zeitabschnitte aus eigenem

Antrieb heraus, da du ansonsten mit deinem Geiste wahrhaftig dazwischen hängen bleiben würdest und dein Geist irreparable Schäden davontragen würde. Und ich glaube nicht, dass es dir gefallen würde, als hübsches, sabberndes Etwas dein weiteres Dasein zu fristen.«

Pythia starrte mich intensiv an. Ihre Augen strahlten mittlerweile wieder ihre übliche Präsenz aus und auch ihre Körperhaltung wirkte gestärkt.

Ich nickte zustimmend und wunderte mich, dass ich das verstanden hatte, doch es kam mir bekannt vor, als ob ich dies schon immer gewusst oder vielleicht längst gehört hatte. Ich konnte meinen Gedanken nicht nachhängen, da sofort weitere Erklärungen folgten.

»Kassandra, die wichtigste Frage ist, wie du hierhergekommen bist, und diese Antwort soll deine zweite Lektion sein. Ab einem bestimmten Zustand sind wir alle im Geiste verbunden. Es spielt keine Rolle, aus welcher Zeit wir kommen, denn in diesem Zustand gibt es keine Zeit, daher auch keinen Tod. In späteren Zeiten wird man irrtümlich von der Akasha Chronik sprechen, doch das ist ein gravierender Fehler. Doch dazu ein anderes Mal. Diese Beschaffenheit erreichst du durch tiefe Meditation, sanftes Einschwingen in deine Frage. In dir befindet sich dein persönlicher Raum, dein innerer Tempel sozusagen, in den du dich geistig hineinbewegen musst und weiter in der Ruhe verbleibst. In dieser Stille ist nur ein Gedanke, beziehungsweise eine Frage erlaubt, die Kontaktaufnahme zu einem Wesen außerhalb der Zeit oder die Beantwortung einer Frage, die sich innerhalb deines Lebensplanes befindet. Doch sei achtsam mit deinen Fragen. Wie du festgestellt hast, sind die Hüter der Antworten voller Humor und es erfreut sie, die Antworten in Rätselform aufzugeben, damit unser Geist daran wachsen kann. In unserem Fall wurde diese Begegnung im Vorfeld geplant und der Raum wurde vorbereitet, sodass du ohne große Schwierigkeiten kommen konntest. Die weise Göttin hat vorausschauend gehandelt.«

»Ich verstehe nicht, warum du sie nicht bei ihrem Namen nennst, es ist doch kein Tabuname, oder?«

Zeitgleich musste ich an Harry Potter denken und »Du weißt schon wen« denken, aber ich war mir sicher, dass Pythia dieses Buch bestimmt nicht kannte.

»Nein, nein, es ist kein Tabuname. Die Regel ist: Nennst du einen Gott beim Namen, rufst du ihn direkt an. Sie sind ziemlich unfreundlich, wenn du dann mit einer unbedeutenden Bitte und ohne passendes Opfer ankommst. Daher nehmen wir Beschreibungen, um sie nicht zu stören.«

Pythia lachte leise vor sich hin, ich war schon neugierig, an welche Situation sie dabei dachte, doch zügelte ich meine Neugierde. Es gab noch etliches zu erfahren und ich wusste nicht, wie lange ich noch hier verweilen durfte.

»Kassandra, du kannst so oft hierherkommen, wie du bereit bist zu lernen. Wichtig ist jetzt, dass du weißt, wie du hierherkommen kannst und noch lernen musst, wie du wieder in deinen Körper zurückkehrst. Dies nennen wir Exosomatose, außerhalb deines materiellen Körperbewusstseins zu schweben. Deine weiteren Fragen sind schnell zu beantworten, doch wir sollten unser Treffen für heute beenden, da dein Geist es nicht gewohnt ist, so lange außerhalb deines Körpers zu reisen. Wichtig ist, dass du dringend Schlaf bekommst, um zu regenerieren. Schlaf, Sonne und Honigweizen«, fügte sie mit einem Augenzwinkern hinzu. »Lass uns den Unterricht in einer anderen Zeitschleife oder an einem anderen Tag fortführen. Du weißt jetzt, wie du zu mir findest, lass dich von deiner inneren Stimme leiten.«

Irgendwie war ich doch etwas enttäuscht. Ich hatte klare Antworten auf alle, und ich meine wirklich alle, meine Fragen erhofft. Mir kam dies alles viel zu wenig vor. In mir sprudelte eine unbändige Neugierde und gleichzeitig Freude, alles zu erfahren. Endlich meine Aufgabe zu verstehen, um dann zu entscheiden, wie ich handeln sollte. Anstatt, dass die Prophezeiung klarer wurde, hatte ich das Gefühl, auf einer endlosen Warte-schleife zu stehen. Doch mir war klar, dass ich nicht so drängen durfte. Es hatte bestimmt einen Sinn, warum ich, die für ihre Neugierde und Ungeduld bekannt war, so langsam in die Materie eingeführt wurde. Einen Sinn, den ich jedoch gerade nicht erkennen konnte. Ein Widerstreit innerer Gefühle machte sich in mir breit und ich seufzte laut vor mich hin.

Pythia sah mich voller Mitgefühl und Verständnis an. »Meine Liebe, du bist die Auferstehung aller Heile-rinnen und Seherinnen. In dir ist der Samen deiner Vor-fahren gesetzt. Glaube mir, dass du langsam wachsen musst. Wie die Weizenähre, die sich Ruhe und Stille nimmt, ihr Gesicht immer dem Helios zugewandt, um zu wachsen und uns Menschen ihre vollen lichtdurch-fluteten Ähren zu schenken. Sei ein Weizenhalm und wachse in Ruhe und Stille und vor allem im Licht. Und nun konzentriere dich auf deinen Körper und lass dich vom Ruf deiner Materie wieder zurückleiten. Lerne und übe und wir werden uns schnell wieder treffen. Deine Lektionen sind nicht beendet, doch jetzt atme tief ein und lausche dem Klang deines Körpers. Höre deinen

Herzschlag und werde eins mit dem stetigen Kreislauf des Lebens in dir. Atme langsam und stell dir vor, wie du wieder in deinen materiellen Körper zurückkehrst.«

Müdigkeit übermannte mich und alles fing an zu verschwimmen. Der Versuch meine Augen offenzuhalten wurde immer schwieriger. Meine Lider wurden schwerer und mich umfing eine samtige Dunkelheit.

Ich versuchte, mich zu bewegen, doch seidenglatte Finger hielten meinen Oberkörper umschlungen und trotz ihrer Sanftheit wurde der Griff immer stärker, je mehr ich mich drehte und wendete. Ich hatte das Gefühl, langsam in einer warmen Umarmung zu ersticken. Mit einem unterdrückten Schrei schlug ich um mich und öffnete endlich die Augen.

Schwaches Licht einer Laterne schien direkt in mein Hotelzimmer und tauchte den Raum in einen sanften gelben Schein. Ich hatte vergessen, die Jalousien zu schließen, und war rückwirkend doch froh, etwas Beleuchtung zu haben. Ich lag in meinem Bett und war hilflos in mein Bettlaken eingewickelt. Dies waren wohl die unsichtbaren Seidenhände, die ich gefühlt hatte. Mein Puls schlug immer noch schnell und ich atmete einige Male tief ein und aus, um mich zu beruhigen.

Ich war in Delphi gewesen und hatte mit der Pythia gesprochen. Ich wusste, dass dies der absoluten Wahrheit entsprach und kein Traum meinerseits war. Ich durfte nicht vergessen, was sie mir gesagt hatte.

Ich lag in meinem verwickelten Laken und ließ die ganzen Szenen Revue passieren. Ich sollte die Auferstehung aller Seherinnen und Heilerinnen sein. Das hörte sich extrem wichtig und verantwortungsvoll an und auch nach viel Arbeit. Ich konnte nicht nachvollziehen, dass man wirklich mich auserwählt haben sollte. Vielleicht lag es einfach daran, dass ich Single war. Ich musste innerlich schmunzeln. So nach dem Motto: Alle anderen Topfavoritinnen sind verheiratet und haben eine große Familie, dann nehmen wir doch den C-Promi.

Ich fing an, albern vor mich hin zu kichern und begann, mich aus dem verwickelten Laken zu lösen.

Es dauerte nicht lange und ich war wieder eingeschlummert und kurz vor dem Einschlafen war ich mir sicher, das leise Rufen einer Eule gehört zu haben.

Über Eulen nach Athen tragen

Die Müdigkeit wich einem wohligen Wachgefühl. Unter meinen geschlossenen Augen spürte ich die Sonne in mein Zimmer scheinen. Bunte Funken schienen auf meine Augenlider und ermahnten mich aufzustehen.

Ich wollte meine Augen noch nicht öffnen und ließ meine Gedanken schweifen. Die Begegnung mit der Pythia heute Nacht hatte mir viele Fragen beantwortet und ich wusste, dass ich langsam eine Entscheidung treffen musste.

Wohlig wollte ich mich umdrehen, als ein Gewicht auf meiner Brust mir jede Bewegung unmöglich machte. Genervt öffnete ich meine Augen, um in die beiden spöttischen, goldgelben Augen von Glaukos zu starren.

»Wurde ja Zeit, dass du wach wirst«, hörte ich eine Stimme.

Die Eule kann sprechen, dachte ich total entgeistert.

»Oh, der Mensch kann mich hören«, vernahm ich prompt die freche Antwort.

Bewegungslos blieb ich liegen und starrte Glaukos verdutzt an. Kein Zucken seiner Federn verriet mir, dass ich gerade einen sprechenden Steinkauz auf meiner Brust sitzen hatte. Was sprechende Eulen anging, war ich ja seit Harry Potter der absolute Fan und hatte mir auch eine Hedwig gewünscht. Doch in der Realität sah alles ganz anders aus.

Ich hatte das dumpfe Gefühl, als wollte mich Glaukos mit seinem Blick hypnotisieren. Wie eine Maus, die kurz vor ihrem Verzehr stand. Kreischend aufspringen oder gelassen liegen bleiben, das war hier die Frage. Die Antwort darauf kam prompt.

»Wie stellst du dich an, Menschenkind. Als ob ich für jemanden wie dich, die in der letzten Zeit etliches an unwirklichen Dingen erlebt hat, wirklich etwas Unwirkliches wäre. Und was soll der Unsinn, ich könnte dich hypnotisieren? Ein bisschen mehr Verstand am frühen Morgen wäre vielleicht angebracht. Oder glaubst du, ich habe nichts Nützlicheres zu tun, als auf dem Oberkörper dürrer Blondinen herumzusitzen und zu warten, dass sie wach werden, wenn es schon mit dem Erwachen nicht klappen will? Aber dieser geniale Wortwitz ist bestimmt für deine irdischen Hirnwindungen nicht nachvollziehbar.«

Ich atmete so still ein und aus, wie es mir nur möglich war, um diesen Monolog voller Beleidigungen und Ironie über mich ergehen zu lassen. Alles spielte sich in meinem Kopf ab. Ich hatte Glaukos kein einziges Mal außerhalb meines Kopfes reden hören. Er selbst saß weiterhin, mich mit seinem ironischen Blick durchbohrend, auf meiner Brust und plusterte hier und da seine Federn auf.

»Entschuldige, werter Glaukos«, antwortete ich in Gedanken und legte eine demutsvolle Ernsthaftigkeit in meine Stimme, »entschuldige, dass ich dir so respektlos und ehrlos entgegenkam, doch mir war nicht bewusst, dass ich dich verstehen könnte. Ich meine, mir war nicht bewusst, dass so eine göttliche Begleitung, wie du es bist, sich mit mir unterhalten würde.«

Stille, sekundenlange Stille schwebte im Raum und in meinem Kopf. Einzig und allein das leise Summen der Klimaanlage war zu hören.

Glaukos fixierte mich an, so starr, wie nur eine Eule starren kann, und legte den Kopf zur Seite. Und in diesem Moment hörte ich zum ersten Mal in meinem Leben eine Eule lachen. Glaukos' Lachen war so ansteckend, dass ich mitlachen musste. Es war ein Lachen, das nur vom lauten Atemholen unterbrochen wurde. Keckernd hüpfte er auf meinem Brustkorb auf und nieder. Plötzlich rutschte er hinunter und nur ein schnelles Aufklappen der Flügel verhinderte einen Sturz. Schwungvoll flog er hoch und setze sich auf den Rahmen meines Bettes. Ich saß mittlerweile im Bett und hielt mir den Bauch vor Lachen. Hier und da hörte ich ein Glucksen von Glaukos, das sich eher wie ein lachender Schluckauf anhörte.

»Menschenkind, Menschenkind, du hast ja wirklich Humor«, kicherte Glaukos in meinen Gedanken. »Es ist auf Dauer ziemlich eintönig, wenn Menschen Angst bekommen oder denken, sie drehen durch, wenn wir Tiere mit ihnen kommunizieren. Doch du hast dich wirklich gut gehalten. Kein bisschen Paranoia war in dir zu spüren. Nun, ich denke, du weißt mittlerweile, was das Wort Telepathie bedeutet und du wirst selbstverständlich aufgrund deiner dir gegebenen Logik nachvollziehen können, dass es das ist, was wir gerade tun.«

Irrte ich mich oder blinzelte mir Glaukos grade spöttisch zu? Da lag ich nun im Bett und unterhielt mich im Geiste mit einer frechen, kleinen Eule. Ich musste zugeben, dass mir Glaukos' ironischer und subtiler Humor sehr gefiel. Es war herrlich erfrischend. Schmunzelnd beobachtete ich, wie er ab und zu sein Köpfchen drehte, mich jedoch nicht aus den Augen verlor. Konnte er alles in mir hören, jeden einzelnen Gedanken? Mir war die Situation nicht ganz geheuer.

»Du fragst dich jetzt, ob ich all deine Gedanken lesen kann«, kicherte Glaukos. »Und du fragst dich gerade, woher ich das weiß.«

Ups, erschrocken hielt ich mir die Hand vor den Mund. Konnte es wirklich sein, dass ich mit allen meinen inneren Dialogen für Glaukos lesbar war? Das wäre ja mehr als peinlich. Ich überlegte schon, wo sich für mich die Erde auftun könnte, damit ich schnellstens darin versinken kann.

»Und du denkst gerade, dass die Erde sich auftun soll, um dich zu verschlingen. Ha, ha, ha, immer dieselben Fragen, ihr federlosen Zweibeiner. All die Jahre nichts Neues, das mich endlich mal überraschen könnte. Da es langweilig ist, jetzt noch mit dir weiterzuspielen, werde ich all deine Fragen beantworten. Denn ich glaube nicht, dass die göttliche Athene es sehr gern sieht, wenn du tatenlos den ganzen Tag im Bett verbringen würdest. Also, es ist so ...« Glaukos machte eine theatralische Pause und knabberte etwas an seinen Krallen. »Ich höre nur, wenn du im Geiste ›redest‹, wenn du im Geiste ›denkst‹, dann hört man nichts.«

Wow, super, woher sollte ich wissen, wie man im Geiste redet oder denkt? Es wird ja wohl nicht so sein, dass ich einfach Glaukos persönlich per Namen ansprechen muss.

»Und ja, du musst mich persönlich mit meinem Namen ansprechen«, schnarrte die schon ein wenig genervt klingende Stimme von Glaukos in meinen Hirnwindungen.

»Okay, werter Glaukos, ich habe es verstanden«, antwortete ich auch etwas verschnupft. Ich hoffte, meiner Stimme einen nuanciert snobistischen, britischen Akzent zu geben, um Glaukos etwas zu ärgern. »Dann erkläre mir doch bitte, warum du am frühen Morgen hier erscheinst. Bestimmt nicht nur, um mit mir nichtssagende, telepathische Gespräche zu führen.«

Glaukos schwieg beharrlich und putzte sich stoisch sein Gefieder.

»Hallo, Glaukos, ich rede mit dir.«

Schweigen im Walde. Glaukos zupfte unermüdlich an seinen Federn, die wahrhaftig schön glänzend aneinander lagen.

Okay, vielleicht muss ich ihn direkter ansprechen, so wie heute Morgen, dachte ich. »Werter Glaukos, würdest du mir bitte in aller Liebenswürdigkeit erklären, weshalb du heute hier erschienen bist?«

»Nun ja«, vernahm ich eine eingeschnappte Stimme, »wir wollen diese Unterhaltung ja nicht unnötigerweise in die Länge ziehen. Es wundert mich schon, dass in dir etwas Respekt und Höflichkeit steckt, und eines sage ich dir, junges, federloses Küken. Mit mir bitte keine Spielchen. Nun, die werte jungfräuliche Göttin hat mich zu dir geschickt, damit ich in deiner Nähe bleibe um dich zu beraten und zu unterrichten. Wobei ich mich wahrhaftig frage, ob es nicht eher ein Aufpassen auf ein junges unhöfliches Mädchen ist. Also starr mich nicht so an, steh auf, geh duschen. Ich habe dir mitzuteilen, dass du heute lernen sollst, auf Zwischentöne zu achten. Ich werde in der Nähe sein«, versprach er, setzte sich mit einem grazilen Flügelschlag auf und flog davon.

Konfus sah ich Glaukos nach. Uff, was war der eingeschnappt, bestimmt wegen meines snobistischen Untertons vorhin. O Mann, o Mann, da kam ja noch etwas auf mich zu. Eine beleidigte Eule in meinen Gedanken.

»Das habe ich gehört«, hörte ich Glaukos' pikierte Stimme.

»Entschuldige bitte, das habe ich nicht so gemeint. Ich bin höchst erfreut, dass du mich berätst, wirklich.« Ich lauschte angestrengt, doch es war nichts mehr zu hören.

Mit einem Satz sprang ich aus dem Bett und eilte ins Bad. Eine kalte Dusche würde mir jetzt guttun und helfen, die letzten Ereignisse zu resümieren. Vielleicht würde ich dann erkennen, was ich letztendlich lernen sollte oder wohin mich dieser Weg führen würde.

Ziemlich spät erreichte ich den Speiseraum und entging so dem großen morgendlichen Ansturm auf das Frühstücksbuffet. Mir war heute nach englischem Frühstück. Daher schaufelte ich, als ob ich mindestens eine Woche nichts gegessen hätte, eine große Portion Rührei mit Speck, Würstchen und frischen Toast mit Erdbeermarmelade auf den Teller.

Mit dem Tablett steuerte ich den nächsten freien Tisch an. Der Raum war fast leer. Die meisten der Touristen waren wohl schon sehr früh unterwegs, sodass ich ganz entspannt mein Essen genießen konnte, ohne in »Guten Morgen«-Begrüßungen verstrickt zu werden. Ich genoss mein Frühstück und hatte schnell aufgegessen, doch gesättigt fühlte ich mich nicht. Eine zweite Portion konnte ich noch vertragen.

Ich war satt, so was von satt, dass ich dachte, keinen Schritt mehr gehen zu können. Man müsste mich in Richtung Terrasse rollen, da war ich mir sicher.

Langsam stand ich auf und wischte mir noch ein paar Krümel von der Hose. Auf der Terrasse gab es noch einige freie Tische. Ich begab mich dorthin und erwischte einen der letzten Schattenplätze. Hinter den dunklen Gläsern meiner Gucci Sonnenbrille schloss ich die Augen und ließ alles, was mir seit Australien und der Prophezeiung von Eerin widerfahren war, Revue passieren. Ich sollte alles aufschreiben, dachte ich bei mir. Es wäre besser, für den Fall, dass ich etwas vergessen würde.

Die Sonne schien bereits stärker und erwärmte die noch frische Morgenluft. Ich atmete tief ein und wühlte entschlossen in meiner Handtasche, um einen Kugelschreiber und etwas Papier zu finden.

Evangelista fehlte mir in diesem Moment. Ich überlegte kurz, ob ich sie anrufen sollte, um ihr alles zu erzählen. Sie hätte bestimmt einige Antworten parat gehabt.

Unentschlossen spielte ich mit dem Kugelschreiber. Wie umschrieb ich das alles nur, es war ziemlich kompliziert und mittlerweile auch etwas verworren. Erst mal die Stichpunkte sammeln und dann versuchen, das Ganze zu analysieren.

Eerins Prophezeiung Delphi
Erscheinen der Göttin Pallas Athene
Rückführung zur Pythia
Traum Unterricht
Erklärung meiner Wichtigkeit/Glaukos
Neue Prophezeiung John, Lazarus?
»So lasse mich reden, aufgrund deiner Frage eine Antwort dir geben, finden du kannst das Geliebte nur dann, wenn du begriffen hast der Liebe Bann.«

Na super, meine Stichpunkte brachten mich kein Stückchen weiter.

Es war mir immer noch nicht klar, auf was das alles hinauslief. Ich sollte die Auferstehung aller Seherinnen und Heilerinnen sein? Im Schwarzsehen war ich ja schon einsame Spitze. Ich kicherte albern vor mich hin.

Vielleicht war das die neue Marktlücke: »Schwarzseher-Seminare für Pessimisten« oder »Schwarzsehen leicht gemacht«. Und dafür würde ich ganz viel Geld nehmen und die Menschen von ihrem Geiz heilen. Oder Kurse in rhetorischem Zynismus, die müssten doch super laufen. Ich schmunzelte bei diesem Gedanken, der mir ziemlich gut gefiel.

Die neue Prophezeiung verstand ich absolut nicht.

Was ist *der liebe Bann*? Und wie kann ich etwas begreifen, was ich nicht verstehe? Wie werde ich es je finden, wenn ich es nicht begreife? Hallo, ihr Wesen da oben und in meinem Kopf, geht das alles etwas klarer?

Demotiviert steckte ich meine Schreibutensilien wieder in die Handtasche und überlegte, was ich mit dem frühen Tag anfangen könnte.

»Mrs. Cross«, unterbrach Kosta meine Gedanken, »entschuldigen Sie bitte, dass ich Sie störe. Doch wollte ich Sie informieren, dass in fünfzehn Minuten der Bus in Richtung Strand fährt und Sie gegen 18:00 Uhr wieder abholen wird. Falls Sie mitfahren möchten, würden wir Ihnen gern ein Lunchpaket mitgeben.«

Überrascht sah ich zu dem Kellner, der mich mit einem liebenswürdigen Lächeln anblickte. Ich hatte ganz vergessen, dass ich mir heute einen Strandtag gönnen wollte. Ich hoffte, dass es für Glaukos auch okay war.

»Ja, gern, Kosta, danke für die Erinnerung. Ich bin in zehn Minuten wieder in der Lobby.«

Schnell sprang ich auf, um mich umzuziehen. Ich konnte ja auch am Strand meine detektivische Forschungsarbeit weiterführen. Ich freute mich schon, mein neues Strandkleid anzuziehen. Es war ein bodenlanges Neckholderkleid im Batik-Look, indem sich die Farben

Grün und Orange zu einer grandiosen Spirale auf der Vorderseite vermischten. Bewaffnet mit einer großen bunten Strandtasche begab ich mich zur Rezeption.

»Oh, Cassy, wie wundervoll Sie heute wieder aussehen«, hörte ich von Weitem die nervige Stimme von Ferfried.

Er schaffte es wieder, dass mich fast alle Menschen in der Lobby anstarrten, als ob ich von einem anderen Stern wäre. Mir wurde in diesem Moment bewusst, dass ich ihn nicht mochte. Ich konnte nicht erklären, was mir außer seiner schleimigen Art, sich bei mir einzuschmeicheln, nicht gefiel.

»Oh, hallo Ferfried, guten Morgen«, zwang ich mich zur Antwort, wobei mein Lächeln aussah, als ob ich gerade in eine Zitrone gebissen hätte.

Er schien es nicht zu bemerken oder meine große Sonnenbrille verdeckte meine Mundwinkel, denn Ferfried setze zu einer Umarmung an.

Hilfe!, schrie ich laut im Geiste.

»Was ist passiert?«, hörte ich Glaukos' Stimme, in der wirklich eine Spur von Sorge klang. »Igitt, du lässt dich ja von jedem umarmen«, folgte sogleich ein trockener Kommentar.

»Danke, Glaukos, das baut mich auf«, antwortete ich schmollend.

In diesem Moment schrien zwei Frauen begeistert auf. »Oh, schaut doch nur, eine kleine süße Eule.«

Ferfried vergaß seine Umarmung und drehte sich suchend nach der kleinen, süßen Eule um.

Ich nutzte den Moment, um mich aus seiner Reichweite zu entfernen und mich Richtung Rezeption zu bewegen.

»Glaukos, du bist einfach genial«, sprudelte es aus mir hervor. »Du hast mir heute den Tag gerettet. Ich könnte dich knuddeln.«

»Contenance, meine Liebe«, hörte ich Glaukos, und wenn mich nicht alles täuschte, lag ein Hauch von Stolz in seiner Stimme.

Ein paar der Frauen liefen nach draußen, um weiterhin nach der Eule zu sehen. Ferfried wurde mittlerweile von einer drallen Brünetten eingehakt und weggezogen. Ich war also für den Moment gerettet. Tief Luft holend, um dieses merkwürdige Bauchgefühl loszuwerden, hielt ich Ausschau nach Kosta, um mein Lunchpaket entgegenzunehmen und auch nach einem mietbaren Strandlaken zu fragen.

Wenige verschwitzte Minuten später saß ich in dem Bus, der uns zum Badestrand von Arkitsa fuhr. Ich liebte die Ägäis, diese Liebe war schwer in Worte zu fassen. Evangelista lachte mich immer aus, wenn ich sehnsüchtig von den blau-grünen Schattierungen dieses Meeres sprach. Sie war der festen Ansicht, dass ich in einem vorherigen Leben eine Meerjungfrau gewesen sein musste. Mir fiel wieder ein Roman von Ilias Venesis ein, den ich vor ein paar Jahren gelesen hatte. Ich rezitierte in Gedanken einen Auszug aus dem Buch, das mich seinerzeit intensiv berührt hatte und genau das widerspiegelte, was dieses Meer mit mir anstellte.

»Die Ägäis ist nicht nur Licht und Meer. Sie dringt ins Herz der Menschen ein, wird zuerst ein Schlag, dann wieder einer, bis sie zu allen Schlägen des Herzens wird. Sie dringt in die Adern ein und wird zu Blut. Das Blut brennt. Sie dringt in die Erinnerung ein, und bis zur Stunde des Todes vermag

nichts mehr sie auszulöschen. Die Ägäis ruft ohne Unter-lass.«[1]

Dies war die optimale Beschreibung des Meeres, das in seinen Wellen und Schaumkronen vom Anbeginn der Zeit sang.

»Oh, das hast du aber schön gesagt«, hörte ich Glaukos mit vernehmbar zittriger Stimme. »Das ist die schönste Huldigung der Ägäis, die ich in den letzten Jahrhunderten gehört habe. Ich muss ihr das heute unbedingt mitteilen, sie wird sich unendlich freuen. Ich hätte ja gar nicht erwartet, dass du federloses Dingelchen so viel Poesie in dir trägst. Ach, ich bin immer noch ganz ergriffen. Du bringst mich dazu, dich in einem anderen Licht zu sehen. Kann es denn wirklich sein, dass ich zu voreilig mit meiner Beurteilung deines vorlauten Charakters war? Ach, ich werde alt. Bitte sei doch so freundlich und rezitiere dieses Gedicht noch einmal.«

Ich trug nochmals den Textauszug aus dem Roman vor und legte all meine Liebe, die ich für dieses strahlende Wasser empfand, in meine geistige Stimme.

Es herrschte eine entspannte Stille zwischen Glaukos und mir und trotz dieser Stille bekam ich das Gefühl, eine neue intensive Verbindung zu ihm aufgebaut zu haben.

»Glaukos?«

»Hmm?«

»Ich mag dich.«

»Ich dich auch, Federlose.«

---

[1] **Ilias Venesis:** Äolische Erde: Roman einer griechischen Kindheit, Insel Verlag, 2001

Die Ägäis singt

Die Sonne tanzte auf den wogenden Wellen und zauberte Hunderte von kleinen Regenbogen über das Wasser. Ein strahlendes Glitzern ging vom Meer aus und zog mich wie von selbst in seinen Bann.

Ich stand am Strand und überlegte, wohin ich mich legen sollte. Es waren etliche Liegen für das Hotel reserviert und der Badestrand war so gut wie leer. Die Gruppe um Ferfried legte sich weiter oben an den Strand, sodass mir meine Entscheidung leicht fiel. Ich zog meine Flip-Flops aus, ließ den warmen weißen Sand durch meine Zehen rieseln und begab mich, Ferfrieds Rufen ignorierend, zu den Liegestühlen, die fast im Wasser standen. Hier war ich richtig. Weiße, leichte Tücher waren um den Sonnenschirm gebunden und flatterten spielerisch im lauen Wind. Die Liege war recht luxuriös. Große Bambusrohre zu einer Liege zusammengebunden, auf der eine weiche Auflage zum Ausruhen einlud.

Ich zog mich aus, cremte mich schnell ein, um eine eventuelle Hilfeanfrage von Ferfried zu vermeiden. Die Liege war genial. Ich rekelte mich darauf und holte meine Notizen aus meiner Strandtasche hervor.

Zweiter Versuch einer Zusammenfassung.

Ich hatte schon begriffen, dass es eine Ahnenreihe gab, die nicht unterbrochen werden durfte, konnte jedoch beim besten Willen nicht nachvollziehen, wo jetzt meine Stärken dabei liegen sollten. In die Vergangenheit reisen oder Farben zu erschnüffeln, ich war mir nicht sicher, was ich damit anfangen sollte. Und inwiefern dies der Ahnenreihe helfen würde, konnte ich auch nicht nachempfinden.

Ich sollte eher meine offenen Fragen notieren, anstatt zu versuchen, die bisherigen Informationen zu verstehen.

Frage 1: Welche Gaben habe ich?
Frage 2: Was soll ich überhaupt machen?
Frage 3: Wer wird Mr. Right?

Dies waren bisher die dringendsten Fragen, die ich hatte. Wie ich die Pythia kontaktieren konnte, hatte ich mittlerweile begriffen. Ich musste nur noch üben, es auch allein zu bewältigen und nicht auf Abruf bereitzustehen, bis ich »hinübergeholt« wurde.

»Vorsicht, Schleimer kommt«, hörte ich plötzlich laut und warnend Glaukos' Stimme. Ich schlug schnell mein Heftchen zu und griff zum Pareo, als ich schon die Stimme von Ferfried vernahm.

»Hallo, schöne Frau, so allein hier?«

»Nein«, zischte Glaukos, »sie ist nicht allein, du Schnösel. Ich bin da, und falls es nötig ist, rufe ich alle Windgeister und Meermädchen, die dir gehörig in deinen Allerwertesten treten, wenn du sie weiterhin schleimig anmachst.«

Ich musste kichern und merkte leider zu spät, dass Ferfried dies als Aufforderung verstand, sich neben mir auf der nächsten Liege niederzulassen.

»Ja, liebe Cassy, es ist schön, dass du dich endlich mal für mich habe«, lächelte Ferfried breit und zeigte wirklich so weiße Zähne, dass ich mich kurz fragte, ob ich mich darin spiegeln könnte.

Vielleicht gibt es ja eine Zahnpasta ... »Esoweiß, die Zahnpasta für den spirituellen Blender«. Ich hatte den Satz kaum zu Ende gedacht, als ich ein schallendes Lachen in meinem Kopf hörte. Ich sah förmlich, wie Glaukos sich vor Lachen schüttelte und seine Federn durcheinanderwirbelten.

Ich wusste gar nicht, was ich antworten sollte, und entschied mich, ihn nur anzulächeln. In der Hoffnung, dass Männer wie er nur daran interessiert waren, sich selbst reden zu hören, und ich wurde nicht enttäuscht.

»Du bist ja wirklich eine höchst interessante Frau«, lächelte mich Ferfried breit an. »Interessant und geheimnisvoll.«

»Ja, danke, Ferfried«, erwiderte ich zögerlich und überlegte verzweifelt, wie ich ihn wieder loswerden oder das Thema in eine andere Richtung lenken konnte.

Doch Ferfried war gerade erst warm gelaufen. »Es würde mich sehr interessieren, was du so im spirituellen Bereich machst.«

»Ich?«, fragte ich total verdutzt.

»Nun ja, oder warum bist du auf einer spirituellen Rundreise und wirst gleichzeitig von unserem Alleswisser, Mister John, so in Beschlag genommen?«

Ein kleines, hinterhältiges Grinsen entblößte seine Zähne, die mir jetzt eher wie Hauer vorkamen, die jeden Moment zuschnappen wollten.

»Sorry, Ferfried, muss man denn ein spiritueller Mensch sein, um an einer Reise wie dieser teilzunehmen?«, antwortete ich verärgert auf seinen plötzlichen verbalen Angriff.

»Nun«, Ferfried schaute gelangweilt auf seine Fingernägel, »was sollte man sonst sein? Eine neugierige, reiche Frau, die sich den Luxus leistet, mal etwas anderes zu tun? Das glaube ich nicht. Diese Art von Menschen, die im Geld schwimmen, interessieren sich nicht für das Geistige.«

Ferfried spuckte die Sätze mit einer Abscheu aus, dass man seinen Neid auf Wohlsituierte schon fast körperlich spüren konnte.

Ein übler Druck auf meinen Magen machte sich breit und ich hatte das Gefühl, als ob meine ganze Lebenskraft aus mir herausfloss. Dieses Gespräch erschöpfte mich immens und ich schloss für einen kurzen Moment meine Augen in der Hoffnung, Ferfried wäre nicht mehr da, wenn ich sie wieder öffnete. Eine dunkelgraue Wolke schwebte spiralförmig auf mich zu, sodass ich erschrocken meine Augen öffnete und Ferfried dabei ertappte, wie er mich lauernd betrachtete.

»Was willst du eigentlich von mir, Ferfried?«, keifte ich ihn an. Angriff ist immer noch die beste Verteidigung und ich würde mir doch von diesem Möchtegern-Esoteriker nicht meinen Strandtag verderben lassen.

»Aber ich bitte dich, Liebste«, säuselte Ferfried. »Was sollte ich denn von dir wollen? Ich wollte nur wissen, welche spirituellen Stärken du hast und welche Thematiken du unterrichtest.«

»Unterrichten? Lieber Ferfried, ich glaube, du verrennst dich da in etwas. Ich habe keine Ahnung von deinen spirituellen Thematiken. Ich weiß nicht, was es alles gibt und ich habe wirklich keine Lust, mich mit dir über etwas zu unterhalten, von dem ich nicht weiß, worauf es hinausläuft. Wo ist dein Problem, Ferfried? Dass ich mich mit John angefreundet habe?«

Verdutzt starrte mich Ferfried für einen kurzen Moment an und ich konnte erkennen, wie es hinter seiner Stirn arbeitete.

»Ach, du bist keine spirituelle Lehrerin? Hm, deine Ausstrahlung sagt aber etwas anderes. Ja, dann verstehe ich, warum John dich unter seine Fittiche nimmt. Du bist ja noch so bereit für all das Wissen und für alle Seminare. Aber lass dir sagen, meine Liebe, dass man nicht aufgrund einer Urlaubsbekanntschaft einfach seinen Lehrer wählen sollte.« Ferfried blähte seine Brust auf. »Ich zum Beispiel unterrichte seit über dreißig Jahren internationales Publikum. Du solltest dich vielleicht mal etwas mehr mit mir unterhalten. Wer weiß, was ich dir nicht alles beantworten könnte.« Dabei lachte er wohlgefällig und sah rundum mit sich zufrieden aus.

Ich konnte den plötzlichen Sinneswandel nicht ganz nachvollziehen und ehrlich gesagt hatte ich momentan auch nicht die geringste Lust dazu. Ich musterte Ferfried von der Seite und wusste nur, dass ich keine Minute länger an seiner Seite bleiben wollte und konnte. Doch das Schicksal hatte heute kein Mitleid mit mir.

Ferfried blähte sich noch mehr auf, wobei ich mir innerlich wünschte, es würde dabei einfach peng machen und er wäre geplatzt und beugte sich zu mir herüber.

»Cassy«, säuselte er, »ich glaube, ich habe mich falsch ausgedrückt. Ich war der felsenfesten Ansicht, dass auch du, wie die meisten hier, ein spiritueller Lehrer bist, der diese Reise gebucht hat, um seine Energien aufzufrischen. Ach, du kannst dir ja gar nicht vorstellen, welchen Energieverlust wir Lehrer immer haben, da wir uns unaufhörlich um unsere Schüler und auch Klienten kümmern müssen. Ich glaube, ich habe dir bisher noch nicht erzählt, was ich alles unterrichte.«

Er blähte sich noch weiter auf. Gebannt erwartete ich den großen Knall, der leider ausblieb und so ertrug ich stoisch den weiteren Vortrag.

Mit glänzenden Augen schaute Ferfried mich an und begann, mir von oben herab alle seine Titel aufzuzählen. »Cassy, ich bin Reiki Großmeister und Lehrer für energetische Heilmethoden. Selbstverständlich channele ich auch Erzengel und kann deine Aura von Fremdenergien reinigen.«

Pause … Unglaublich, Ferfried machte eine Pause, sah mich währenddessen jedoch beifallheischend an. In mir spielten gerade zwei Buchstaben auf meiner Zunge und ich musste mich überwinden, um nicht ein begriffsstutziges »Hä?« auszusprechen. Genau das war das Wort, das mir derzeit durch den Kopf ging. Ein »Hä« und vielleicht auch ein intelligentes »Wie bitte?«.

Ich verstand absolut nichts von alledem, was Ferfried mir da auftischte. Was um Gottes willen ist ein Reiki Großmeister und was bedeutet »channeln«? Und das mit den Fremdenergien in meiner Aura? Ich war einfach überfordert von den ganzen neuen Begriffen. Und gleichzeitig spürte ich, wie Ferfried es gelungen war, meine Neugierde zu wecken.

Meine Abscheu ihm gegenüber unterdrückend, sah ich ihn fragend an. »Ferfried, ich habe ehrlich gesagt von all dem, was du mir erzählst, nichts, aber auch wirklich gar nichts verstanden. Dass ich hier in einer spirituellen Reisegruppe gelandet bin, hat nichts mit einem Interesse an dieser Materie zu tun.« Ich würde Ferfried bestimmt nichts von der Prophezeiung von Eerin erzählen. »Ich habe auch keine Ahnung, was ein Reiki Großmeister ist und was das Wort ›channeln‹ im Zusammenhang mit Erzengeln bedeutet. Ich kenne zwar Chanel, aber ich glaube nicht, dass du das Mode-label meinst. Langsam vermute ich, dass du etwas in meine Person hineininterpretierst, was ich nicht bin.«

Ferfried nickte bestätigend. »Ja, o ja, das ist mir mitt-lerweile auch bewusst geworden.« Ein unechtes Lachen erklang. »Nimm es mir bitte nicht übel, aber wir Sensi-tiven sind halt etwas empfindlich, und ich dachte wirk-lich, dass du eine spirituelle Lehrerin aus Australien bist. Es hat uns gewundert, dass John dich so in Be-schlag nimmt und dir bestimmt einiges erklärt.«

Lauernd musterte mich Ferfried und langsam fing ich an zu begreifen, um was es hier ging. »O nein, mein lieber Ferfried«, säuselte ich ihn an, »da täuschst du dich. John hat mir nur etwas über diese Gegend erzählt und was man als Tourist besichtigen sollte. Von diesem esoterischen Kram hat er mir so gut wie nichts erzählt.«

Ich würde mich hüten, Ferfried irgendetwas Privates zu erzählen. Doch ich hatte nicht mit seiner Hartnäckig-keit gerechnet.

»Ja, dann bitte ich darum, derjenige zu sein, der dir etwas über die spirituelle Welt erklärt. ›Esoterischen Kram‹ kann man es aber nicht nennen. Es ist eine wunderbare Zwischenwelt und nicht jedem Sterblichen ist es vergönnt, sich einfach zwischen den göttlichen Welten und der irdischen zu bewegen. Und Reiki hast du ja selbst intensiv für einen kurzen Augenblick ge-spürt.«

Gewinnend sah mich Ferfried an und ich wusste gerade nicht, ob ich Respekt vor seiner Hartnäckigkeit haben oder ob ich schreiend davonlaufen sollte. Der Ge-danke, ihn zum Schreien zu bringen, tauchte kurz in meinen Gedanken auf.

»Daher bin ich der Meinung«, sprach Ferfried weiter und beachtete mein Schweigen als Zustimmung, weiterzuerzählen, »dass ich dir gern eine Reiki Behandlung schenken würde und dich auch gleichzeitig heute vor dem Abendessen im Hotel zu unserem Meditationskreis einlade, den ich heute auch leite.«

Pause die zweite. Mit einem »Ich bin gerade so was von begeistert von mir und meiner Genialität«-Lächeln beglückte mich Ferfried und erwartete meine Zustimmung.

Ich verkniff mir ein Seufzen. Wenn dies der Preis sein sollte, den ich zu zahlen hatte, um ihn loszuwerden, so würde ich bereitwillig alles tun, nur damit er mich endlich in Ruhe ließ.

Das Seufzen entstieg doch leise aus meiner Kehle und ich blickte Ferfried fast leidend an, in der Hoffnung, er würde bemerken, dass er mich gerade an die Grenzen meiner Geduld und Höflichkeit gebracht hatte.

»Danke, lieber Ferfried. Wenn ich dich damit zufriedenstellen kann, nehme ich gern dein Angebot an, doch jetzt brauche ich dringend ein Bad im Meer. Wir sehen uns dann später zum Meditieren.«

Ich sprang auf, ließ den Pareo auf der Liege und lief, man könnte fast sagen, ich rannte um mein Leben in Richtung Wasser.

Die Ägäis nahm mich auf und ich spürte einen kurzen, kalten Schauer auf meiner warmen, aufgeheizten Haut. Es war eine kühle Erfrischung, die mein erhitztes Inneres gerade brauchte. Es wunderte mich, dass um mich herum keine Wasserblasen und Dampf hochschossen.

Mit ein paar kräftigen Schwimmbewegungen entfernte ich mich zügig vom seichten Wasser und trieb ins tiefere Meer hinein. Befreit atmete ich auf und schwamm auf der Stelle. Meine Fußspitzen berührten eine Anhebung. Tief sog ich den salzigen, lebendigen Geruch des Wassers in mich hinein und für einen Augenblick spürte ich wieder dieses Gefühl, eins zu sein mit dem Meer. Das Gefühl, das Meer selbst zu sein, eine Welle, ein Tropfen. Ich war zeitlos und gab mich ganz der Strömung hin. Alles in mir wurde durchlässiger, meine Gedanken, mein Körper. Nichts war wirklich wichtig in diesem Moment. Alles eine Illusion, nur der Herzschlag des Wassers zählte. Und ich gab mich ihm hin, diesem Herzschlag, diesem Ruf. Ich schloss die Augen und versuchte, wie es mir Lazarus beigebracht hatte, die Farben des Wassers zu erkennen.

Kaum hatte ich mich konzentriert, traf mich eine übermächtige, türkisblau schimmernde Energiewelle. Urgewaltige Energien durchströmten mich und für einen Moment raubte es mir die Sinne. Rote Schlieren umtanzten meine Wahrnehmung, und die Angst, im Wasser ohnmächtig zu werden, nahm überhand.

Ich konzentrierte mich auf meine Füße und verankerte sie stärker im Sand. Wie ein willenloses Treibholz bewegte sich mein Körper mit den Wellen und die Energie steigerte sich wie eine Monsterwelle aus flirrendem Licht und reiner Energie. Und in dem höchsten Moment der Dynamik, von der ich erwartete, in Tausende von atomaren Stücken zerrissen zu werden, genau in dem Moment, in dem ich aufgab, meinen Körper kontrollieren zu wollen, genau da floss eine unendliche Sanftheit aus der Welle. Das Licht durchdrang meinen Körper und ich war das Meer. Es war unbeschreiblich, unglaublich.

Ich spürte und verstand plötzlich, warum unser menschlicher Körper zu siebzig Prozent aus Wasser bestand. Es waren Gefühle aller Art, aller Menschen seit Anbeginn der Zeit. All diese Empfindungen, die gestauten, die nicht ausgesprochenen, wurden durch den stetigen Wellengang in Bewegung gebracht. Das Salz des Wassers summte Lieder von alten Zeiten und heilen Welten. Ich verstand in dem kurzen Moment eines Atemzuges mehr, als in all den Jahren zuvor. Ich verstand, warum die Ägäis diese magische Anziehungskraft hatte. Sie war die nicht manifestierte Form der Barmherzigkeit und des Trostes. Sie war der Mutterleib, der ihre geborenen und ungeborenen Kinder umarmte und heilte. Sie war der Fixstern für die Seelen auf der Wanderschaft nach ihrem Selbst.

»Poseidon?«, fragte ich leise und erschrak über die brachiale Trauerbewegung der Wellen. Der Sand unter meinen Füßen dehnte sich aus und ich verlor kurz den Bodenkontakt.

Eine wilde, salzige Schaumwelle umspülte mein Gesicht und im gleichen Moment vernahm ich viele traurige Stimmen atemlos singen: »Poseidon schläft, o Hüterin der Ahnen, er schläft, und vergessen hat er sein Reich und seine Kinder. Das Meer stirbt langsam, ohne die schützende Hand seines Schöpfers.«

»Wer seid ihr?«, fragte ich leise in die Wellen hinein.

»Wir sind die Nereiden, o Seherin.«

Ich spürte ihre tiefe Einsamkeit und dunkle Trauer und mir fehlten Worte, die trösten konnten. Langsam ließ ich mich treiben, in einem Meer voller Tränen.

Ist die Ägäis das Sammelbecken aller Tränen, die je in dieses Wasser gefallen sind?, fragte ich mich.

»O ja, es wurden viele Tränen geweint und verschmolzen mit uns«, wisperten die Nereiden in die salzige Gischt hinein. »Tränen der Heroen und Seefahrer, die ihren Weg in die Heimat suchten. Tränen der Frauen und Kinder, die Ausschau hielten nach ihren Liebsten. Tränen der Liebenden, die Händchen haltend an unseren Gestaden saßen und weinten, da sie wussten, dass ihre Liebe nicht gestattet war.

Und nun vermischen sich auch die Tränen jener, die unser Sterben beobachten. Wir heilen diese Tränen, indem wir sie mit unserer unsterblichen Essenz vermischen und ihnen den Klang der Wellen überreichen. Selene, die Mondgöttin, unterstützt uns, indem sie nächtens ihre silbrigen Strahlen auf unser Gewässer scheinen lässt und das Gefühl der unendlichen Weite vermittelt.«

Die Ägäis hatte mittlerweile die Farbe verändert. Ein dunkles, klares und intensives Blau schimmerte in allen Facetten aus der Tiefe empor. Ich verstand plötzlich den wahren Wert dieser Meere. Sie heilen den emotionalen Bereich der Menschheit. Es wurde ja immer gesagt, dass Salz reinigend und desinfizierend wirkt, doch man vergaß in all den Jahrtausenden, dass diese Reinigung tiefer ging, als nur Entzündungen und Krankheiten zu heilen. Die wahren Krankheiten und Entzündungen sind die des verletzen Herzens und der gebrochenen Gefühle. Das sind die wahren, eitrigen und schwärenden Wunden in uns. Daher erfolgt der Ruf des Meeres, um uns diese Gifte zu nehmen und zu behandeln. Und durch diese unendliche Güte der Natur erfolgt für unsere Seele Heilung.

All dieses Wissen über die Ägäis durchfloss jede Zelle in mir und die wahre Essenz der Ozeane und Meere wurde mir vermittelt. Tausende Bilder umspülten, wie

Tausende Wassertropfen eine große Welle ausmachten, mein Inneres und eine tiefe Demut erfüllte mich.

»Wie kann ich euch helfen?«, flüsterte ich in das Wasser hinein, zu den Nereiden, deren Anwesenheit ich erfühlte.

»Erinnere ihn, nicht einzuschlafen, wenn die Zeit des Träumens gekommen ist. Ermahne ihn, dass er nie die Augen schließen darf.«

Und wie um mein Versprechen zu besiegeln, schien ein großer Sonnenstrahl auf mein Gesicht und ich hörte die Menschen am Strand rufen: »Delphine, oh, schaut nur, dort schwimmen Delphine.«

Antworten, die neue Fragen suchen

Frisch geduscht und eingecremt lag ich entspannt auf meinem Bett und ließ die eindrucksvollen Bilder und Gefühle, die ich in der Ägäis erlebt hatte, Revue passieren.

Es war unglaublich gewesen und mir fehlten noch immer die Worte, diese unbeschreibliche Schönheit und auch die tief greifende Trauer zu beschreiben. Immerhin hatte mich dieses Erlebnis heute sehr bestärkt, mein Ahnenerbe zu bejahen und mich auf dieses Abenteuer einzulassen. Es schien nicht sonderlich schwer und die Übungen, die Energiefelder der Natur und Nahrung zu sehen und zu deuten, machten mir Spaß. Ich war schon sehr gespannt, wohin dies alles führen würde.

Die Träume in meiner Kindheit, die Gespräche mit meiner Großmutter ergaben nun alle einen Sinn. Es war, als ob ich plötzlich ein Puzzle in meiner Erziehung erkennen konnte. Und dass meine Fantasiegestalten und imaginären Spielfreunde Wirklichkeit waren und nicht meiner Fantasie entsprangen, wie meine Mutter immer meinte. Es war meine Oma, die mich bestärkte, daran zu glauben und diesen »imaginären« Freunden einen festen Platz in meinem Leben zu geben. Doch nach ihrem Tod wollte ich nichts mehr davon hören und begrub die geistigen Freunde und Botschaften tief in meinem Unterbewusstsein. So tief, dass ich mich erst jetzt wieder an sie erinnerte.

Es waren immer mystische Wesen, die ich zu meinen Freunden zählte. Die Erinnerungen brachen ungestüm aus mir hervor, und ich sah geflügelte Pferde und Zentauren, die ich zu meinen persönlichen Beschützern berufen hatte.

Die Sagen der Antike, die meine Oma mir vorgelesen hatte, hinterließen großen Eindruck und beeinflussten damals stark meine Spielwelt. Ich erinnerte mich kichernd, wie meine Oma, während sie kochte, nebenbei bemerkte, ich solle doch mal mit Feen und Naturwesen spielen, anstatt die Zentauren immer in ihrem Wohnzimmer herumtrampeln zu lassen. Ich fand sie damals total cool. Meine Mutter schüttelte dann immer verzweifelt den Kopf und schimpfte mit ihr, dass sie mir solche Flausen in den Kopf setzte. Oma zwinkerte mir meist zu und murmelte, dass es doch schade wäre, dass diese Gabe immer eine Generation überspringt. Jetzt verstand ich, was sie gemeint haben musste.

Ich ging hinüber zu dem kleinen Balkon und atmete tief die würzige Pinienluft ein. Automatisch schloss ich die Augen und ließ die Energien sichtbar werden. Es geschah sofort, und ich befand mich in einem Sog der Abenddämmerung, die sich in tiefen Blautönen mit leichten Goldtupfern bemerkbar machte. Tief durchdrangen mich die Farben und ich spürte, wie sich ein innerer, nie gekannter Frieden in mir ausbreitete.

Wer noch aus meiner Familie hatte diese Gabe?, kam mir gerade in den Sinn. War ich die Einzige? Ich musste unbedingt nachforschen und ein paar Gespräche mit meinen Cousinen führen.

Ich öffnete meine Augen und genoss den atemberaubenden Sonnenuntergang. Schade war nur, dass ich heute weder Lazarus noch John gesehen hatte, obwohl Lazarus sich doch mit mir treffen wollte. Auch an der Rezeption war keine Nachricht für mich hinterlassen worden. Vielleicht sollte ich später einen kleinen Spaziergang zu Lazarus' Taverne machen und ihm von den Erlebnissen des heutigen Tages erzählen.

Ich hatte bemerkt, dass es mir leichter fiel, Lazarus davon zu berichten als John. Obwohl John wirklich ein wandelndes Lexikon war, hatte ich bei ihm immer so ein ehrfürchtiges Gefühl. Ich konnte es mir nicht richtig erklären, außer, dass ich an sich nichts von ihm wusste. Wirklich gar nichts. Wer war er eigentlich? Professor für mythologische Geschichte? Ich konnte mich nicht genau erinnern, was er beruflich machte. Ich musste Lazarus auf jeden Fall aufsuchen und ihn über John ausfragen.

Ich seufzte tief auf, trotz dieses wunderbaren, inneren, friedlichen Gefühls schlich sich immer lauter eine Erinnerung ein, die ich am liebsten ausradieren würde. Ich hatte Ferfried zugesagt, an der Gruppenmeditation teilzunehmen, und mir war klar, dass Ferfried mich nicht aus meinem Versprechen entlassen würde. Okay, ich würde es überleben. Zur Not könnte ich ja so tun, als ob ich meditierte und diese Stunde über mich ergehen lassen.

Schmunzelnd kam mir der Gedanke, mich etwas »esoterischer« zu kleiden, um Ferfried damit zu begeistern. Ich besaß ein wunderbares Kleid, von Eerin geschneidert. Auf verwaschenem, dunkelblauem Leinen streckte sich eine handbemalte Eidechse, die in dem typischen Aborigine-Stil gezeichnet war. Dann mein Aborigineschmuck aus Natursteinen, auf denen mit vielen kleinen Punkten Spiralen dargestellt waren.

Ich stand vor dem großen Garderobenspiegel und bewunderte Eerins Arbeit. Die Eidechse sah bei jeder Bewegung so lebendig aus, dass man erwartete, sie würde gleich aus dem Stoff springen und davonhuschen. Ich fühlte mich wohl und stellte fest, wie sehr diese Talismane der Aborigines schon zu meinem eigenen Leben gehörten. Eerin hatte mich stark geprägt mit ihren alten Erzählungen über die Traumpfade und die große Regenbogenschlange.

»Eerin, ich hoffe, du hörst mich«, wisperte ich in den Raum. »Dein Kleid steht mir wirklich wunderbar und ich wünsche mir für heute, dass die große Regenbogenschlange mich weiter beschützt.«

»Wieso soll dich eine Regenbogenschlange beschützen, wenn du mich an deiner Seite hast?«, hörte ich die wie immer ironisch angehauchte Stimme von Glaukos. »Und du musst mich nicht Eerin rufen, ich bin zwar klein, aber dennoch gefährlich«.

Ich hörte das Rauschen von Federn und sah, wie Glaukos elegant durch die offene Balkontür hineinflog und sich auf den Nachttisch neben die Obstschale setzte.

»Wie bitte?«, fragte ich entgeistert. »Ich verstehe dich jetzt nicht, mein lieber Glaukos. Ich sprach nicht über dich, sondern über meine Schneiderin in Australien.«

»Ach so«, brummte es in meinem Kopf. »Ich dachte nur, weil du mich als kleine graue Eule betitelt hast.«

»Kleine graue Eule?«, fragte ich konsterniert.

»Oh, Menschenkind, jetzt stell dich nicht so dümmlich an. Eerin bedeutet kleine graue Eule und du musst ja wohl zugeben, dass ich weder grau noch klein bin, du Federlose, du.«

Verblüfft starrte ich Glaukos an. Mir war nicht bewusst gewesen, dass der Name von Eerin diese Bedeutung hatte und ich fragte mich gerade, ob es hier einen Zusammenhang gab. »Glaukos, bitte glaube mir, dass mir das nicht bekannt war. Ich bekam von Eerin eine

Prophezeiung, die mich hierher nach Griechenland brachte.«

»*Du verlierst den Weg zu deinen Ahnen, die Wurzeln sind geschwächt, der Weg des Traumes dringt nicht zu dir durch. Entscheide dich schnell und kehre zurück. Die Erde ruft …*« Das war die Prophezeiung, die ich bekam, und ich fragte mich mittlerweile, inwiefern hier Zusammenhänge bestanden, von denen ich nichts wusste.

»Ah ja, das ist wirklich eine gute und sehr treffende Prophezeiung«, giggelte Glaukos und ich sah, wie seine Deckfedern sich hoben und senkten. »Die jungfräuliche Göttin ist wirklich sehr weise in ihren Entscheidungen und Planungen. Ach, wie bin ich wieder begeistert von ihrer Weitsicht. Das Universum hat dir die ganze Zeit eine Eule an deine Seite gestellt und Pallas Athene hat diese Energie genutzt, um sich mit dir in Verbindung zu setzen. Du musst wissen, falls du es bis jetzt nicht verstanden hast, dass die jungfräuliche Göttin durch jede Eule auf der Welt in jedem Zeitraum, mit wem auch immer, kommunizieren kann. Ach, Federlose, hast du immer noch nicht begriffen, dass, wenn man den wahren Namen kennt, auch Macht darüber erhält? In euren Namen steht euer Schicksal, liebe Kassandra.«

Fassungslos sah ich Glaukos an. Kassandra, die Seherin, mein Name machte Sinn und die Prophezeiung jetzt auch. Überwältigt von dieser Erkenntnis, setzte ich mich auf den kühlen Marmorboden und versuchte, den gewaltigen, eindringenden Strom meiner Gedanken und Schlussfolgerungen Herr zu werden. »Der Weg des Traumes«, damit waren die Reisen in die Vergangenheit gemeint und »die Erde ruft« kann nur die Erkenntnis sein, dass die Natur ihre eigenen Farben hat und man dadurch erkennen kann, was gut und förderlich für einen ist und was man meiden sollte. Den Weg zu meinen Ahnen hatte ich ja auch wieder gestärkt. Ich hatte die Prophezeiung begriffen und ich fragte mich, ob ich sie sogar schon erfüllt hatte. Fragend blickte ich Glaukos an.

»Was guckst du fragend und fragst nicht fragend?«, hörte ich seine süffisante Stimme.

»Glaukos, lieben Dank für die Information bezüglich der Namen. Ich habe die Prophezeiung nun begriffen, doch frage ich mich, ob ich sie jetzt auch erfüllt habe. Mein Urlaub hat sich schon bezahlt gemacht und ich wüsste gern, wie es weitergeht.«

»Nun, wie es weitergeht, ist doch klar. Du wolltest noch zu Lazarus' Taverne und danach zu deinem neuen Freund …« – Gekicher – »… Ferfried.«

Gerade eben war ich noch voller Stolz und Freude gewesen, das Rätsel gelöst zu haben, und irgendwie hatte ich erwartet, dass Pallas erscheinen und mich loben würde, doch nach Glaukos' Antwort zu urteilen musste ich etwas übersehen haben. Wie es aussah, hatte ich mich wohl zu früh gefreut.

»Ach Glaukos, kannst du nicht einmal etwas ernster sein und mich nicht andauernd necken?«, fragte ich genervt.

»Seit wann bist du denn so empfindlich geworden?«, kam die prompte Antwort. »Nun gut, ich wurde dir ja zur Seite gestellt, um behilflich zu sein, und niemand soll sagen, dass wir Eulen nicht helfen. Also hör zu! Ja, du hast verstanden, um was es in der Prophezeiung geht, doch du hast nicht verstanden, was du damit anfangen sollst. Dies ist der zweite Schritt und den solltest du jetzt bewusst beschreiten.«

Resigniert seufzte ich auf. Was sollte ich machen? Was wurde denn von mir erwartet?

Ich hatte keine Lust mehr, diesen Gedanken zu verfolgen. Für diese paar Tage hatte ich schon sehr viel erreicht und mein Magen knurrte mittlerweile ziemlich laut und unterbrach den Strom meiner Gedanken.

»Zuerst gehe ich essen und werde anschließend darüber nachdenken.«

»Dies, meine Liebe, ist wahrhaftig weise und einer Seherin würdig.« Mit einem lauten Gelächter flog Glaukos aus dem Zimmer.

Noch mehr Fragen, noch mehr Antworten

Außer dem Personal befand sich niemand im Foyer des Hotels. Aus der Küche hörte ich das Klappern von Geschirr und einen laut schimpfenden Koch.

Die meisten Touristen waren wohl noch in ihren Zimmern oder unterwegs. So konnte ich unbehelligt das Hotel verlassen und mich zügig zu Lazarus' Taverne begeben. Ich hoffte auch, dort keinen aus der spirituellen Gruppe anzutreffen, um ungestört etwas Zeit mit Lazarus zu verbringen. Vielleicht ergab sich aus dem Gespräch mit ihm ein Hinweis, dem ich folgen konnte.

Mittlerweile war mir klar, dass ich auf die Farbschwingungen achten musste. Ich wusste zwar nicht, welche Farben, zu welchen Eigenschaften passten, doch ich vertraute hier auf meinen Instinkt. Die Intuition, die mir jedes Jahr half, die optimalen Kollektionen für meine Boutique einzukaufen und mich zu einem modischen Vorreiter in Melbourne zu machen.

Die Taverne schien jedoch, außer einem Kellner, der gelangweilt an seinem Frappé nippte, leer zu sein.

»Hallo, ist Lazarus da?«, fragte ich zaghaft auf Griechisch.

»Cassy«, hörte ich hinter mir den angenehmen Bariton von Lazarus. »Wie schön, dass du da bist. Komm, komm, setz dich zu mir.«

Verdutzt drehte ich mich um und sah Lazarus unter einer großen violetten Bougainville sitzen. Lächelnd ging ich auf ihn zu und wurde gleich an seine breite Brust gedrückt. Sein Körper verströmte den Geruch von wildem Thymian und Maiglöckchen.

Am liebsten wäre ich einfach in dieser Umarmung verblieben.

Lazarus musste meine Niedergeschlagenheit gespürt haben und hielt mich sanft im Arm. »Hey, Kleines, was ist los mit dir? Du bist doch nicht niedergeschlagen, weil ich heute unsere Verabredung nicht eingehalten habe? Mich überkam das Gefühl, dass du heute allein sein solltest. Dann kam leider auch noch eine große Lieferung an, die ich erst später erwartet habe, sodass ich mich bei dir nicht mehr melden konnte.«

Ich fühlte mich wie ein kleines, beschütztes Kind in seiner sanften Umarmung.

Lazarus öffnete seine Arme und sah mir in die Augen. »Komm, Cassy, setz dich und erzähl mir einfach alles. Ich habe Zeit, die Taverne öffnet erst in drei Stunden.«

Widerstrebend löste ich mich aus der warmen und sicheren Umarmung und nahm unter der Bougainville-Pergola Platz. Es fühlte sich an, als ob ich mich unter einem Blütenmeer versteckt hätte und in einer fernen Märchenwelt verweilte. Ich nahm den leichten Duft der Blumen tief in mir auf und fühlte, wie mich Lazarus' Anwesenheit zutiefst beruhigte und meinen Humor wiederbelebte.

Lächelnd sah er mich an und nahm meine Hand. »Lass uns einen griechischen Mokka trinken und etwas Süßes für unsere Sinne zu uns nehmen. Vielleicht lässt sich ja aus dem Kaffeesatz deine Zukunft herauslesen. Und in der Zwischenzeit erzählst du einfach.«

Lazarus war ein guter Zuhörer, er unterbrach mich nur, wenn meine Gedanken zu sehr hin und her sprangen und er dadurch die Orientierung innerhalb der Geschehnisse verlor. Eine gute halbe Stunde und zwei Mokkas später hatte ich Lazarus alles bisher Erlebte erzählt. Dabei hatte ich nichts ausgelassen. Eine wohlige Stille lag über uns und Lazarus spielte mit seinen Lederarmreifen. Wieder bewunderte ich seine schlanken, feingliedrigen Hände, die so gar nicht zu einem Koch oder einem Biker passten.

Lazarus atmete tief ein. »Cassy, ich danke dir für dein Vertrauen und es ehrt mich zutiefst, dass du mich als Freund siehst und an der wunderbaren Geschichte deines Erwachens teilhaben lässt. Was du erlebst, ist wirklich ein großer Segen und ich freue mich, miterleben zu dürfen, wie sich alles für dich entwickelt. Aber lass mich dir kurz meine Geschichte erzählen, die deiner nicht unähnlich ist. Vielleicht ergeben sich Antworten für dich.

Mein Name ist nicht Lazarus, diesen Namen habe ich angenommen, als ich mein jetziges Leben begann. Vor Lazarus war ich – nun, ich denke, ich bin es immer noch – ein bekannter Chirurg. Die Fähigkeit, an den Menschen Farben zu erkennen, hatte ich bereits als Kleinkind. Doch wie vielen anderen Kindern vor mir, wurde diese Gabe wegerzogen. Aber sie schlummerte in mir und wurde wieder aktiviert, als mein Berufswunsch, Menschen zu heilen, immer stärker wurde. Ich sah während der Operation die Farben und eine innere Stimme leitete mich. Intuitiv wusste ich, wo und wie ich den Schnitt ansetzen sollte. Mein Spitzname, der Chirurg mit den heilenden Händen, sprach sich schnell herum.

Doch trotz all dieser Erfolge fühlte ich mich sehr einsam und auf dem falschen Weg. Ich begann, excessiv zu leben. Keine Sportart war mir zu gefährlich. Doch die Farben und die innere Stimme ließen nie zu, dass ich mich in direkte Gefahr begab.

Kurz vor meinem dreiunddreißigsten Geburtstag traf ich John während eines Abenteuerurlaubs in Asien. Es ergab sich, dass ich ihm meine Lebensgeschichte erzählte, so, wie du mir jetzt deine. Ich verschwieg ihm nichts und Johns Antwort half mir, mein Leben neu zu gestalten und erfüllt zu leben. Er gewährte mir Einblick in die Welten des Geistigen, nicht den Billig-Esoteriktourismus und seinen falschen, in die irreführenden Aussagen, sondern in die Welt der alten Weisheitslehren. Endlich verstand ich, dass diese innere Stimme die Stimme meines Schutzengels war und die Gabe, Farben an Menschen zu erkennen, eine Gabe der alten Heiler zu Zeiten der Essener, eine spirituelle Gemeinschaft in Israel, war. Es war die Zeit, in der Jesus lebte, heilte und lehrte. Ich hatte nach diesem Gespräch das Gefühl, endlich verstanden worden zu sein, und fühlte mich wie neugeboren. Laut John sollte man nicht sein Leben aufgeben, sondern seine Gabe einfach in das jetzige Leben einfügen.

Ich arbeite auf Abruf immer noch als Chirurg und investiere mein Geld in Projekte, um Menschen weltweit zu helfen. Ich bin bei ›Ärzte ohne Grenzen‹ dabei und arbeite kostenlos in Kliniken in diversen Entwicklungsländern. In meiner knappen Freizeit bin ich Lazarus, der Wiedergeborene, und versorge meine Gäste mit heilender Nahrung. Durch die Gabe der Sichtigkeit erkenne ich, welche Farben ein Mensch braucht, um von verschiedenen Krankheiten geheilt zu werden, seien es Krankheiten innerer Natur oder die des Körpers. Hier heile ich auch. Zwar anders und nicht immer bemerkbar, jedoch wird ein innerer Heilungsprozess in Gang gesetzt. Verstehst du? Es geht nur um die Integration deiner Gabe in dein jetziges Leben. Du musst nicht alles aufgeben, doch du kannst es, wenn du es für passend hältst.

Ich denke, dass dies genau auf dich zutrifft. Bleibe, wie du bist. Bejahe Pallas und deine Mitarbeit, dann wird das Universum dich weiter leiten und führen. Es geschieht nie etwas, das uns schaden könnte. Nein, du wirst dich sogar noch viel lebendiger fühlen. Und ganz ehrlich, ich beneide dich so sehr, dass du die Gabe hast, mit Naturwesen zu kommunizieren.« Lazarus lachte leise auf. »Vielleicht lädst du sie alle hierher zum Essen ein und als Bezahlung darf ich mit ihnen reden.«

Ich hatte so viele Fragen, so viele Fragen, die nach Antworten suchten. Ich musste breit grinsen und stellte mir vor, wie Lazarus und ich an einem gedeckten Tisch für mehrere Personen saßen und Gespräche mit für andere unsichtbare Wesen führten.

Lazarus' Geschichte zu hören tat gut und gab mir das Gefühl, nicht der einzige Mensch mit Gaben oder Fähigkeiten zu sein. Es musste ja ein erfülltes Leben sein, wenn man die Möglichkeit hatte, vielen Menschen zu helfen. Vielleicht ging es auch nur um diese Einfachheit, seinen Mitmenschen im passenden Moment die richtige Farbe zu servieren. Ich sah meinen Beruf mit anderen Augen an und überlegte, ob Heilung, so wie Lazarus sie praktizierte, auch mit farbiger Kleidung möglich wäre. Vielleicht sollte ich anfangen, einige heilende Kleidungsstücke zu designen.

Plötzlich fiel es mir wie Schuppen von den Augen: Die sakralen Motive der Aborigines waren ja nichts anderes als heilende Motive. Ich musste bei meiner Rückkehr unbedingt mit Eerin sprechen.

Meine Gedanken stockten für einen Augenblick und kehrten ins Hier und Jetzt zurück, zu Lazarus und seinem Treffen mit John. Es war schon interessant, wie die beiden sich kennengelernt hatten.

Genauso, wie ich mich auf einer Urlaubsreise befand, war für meine Verhältnisse Delphi ein komplettes Abenteuer, dafür musste ich nicht ins asiatische Hinterland reisen.

»Lazarus«, fragte ich, »wer ist eigentlich John?«

»Ja, wer ist John Archos?«, sinnierte Lazarus. »Ich kann es dir nicht sagen, da ich es nicht weiß. Die Farben um seinen Körper sind so strahlend und von Gold durchdrungen, dass sie fast wie ein Heiligenschein um ihn wirken. Ich glaube auch, dass ich ihn nie gefragt habe, was er beruflich macht, und dabei kenne ich ihn nun seit fünf Jahren. Wenn er da ist, ist es für mich, als ob ich alles von ihm wüsste und mir fällt erst jetzt durch deine Fragen auf, dass ich an sich nicht viel von ihm weiß.«

»Für mich riecht er immer nach wildem Honig und Weihrauch«, antwortete ich.

»Ach, das hast du mir ja gar nicht gesagt, dass du die Persönlichkeitsgerüche an Menschen riechen kannst.«

»Oh, ich dachte, das gehört mit zu den Farben, die man sieht.«

»Nein, nein«, widersprach Lazarus, »die Seele oder unsere höhere Persönlichkeit hat ihren eigenen Geruch. Die Farben, die man sieht, ändern sich je nach der momentanen Gefühlslage, außer in der Natur und bei Tieren. Flora und Fauna sind nicht launisch wie der Mensch«, schmunzelte Lazarus. »Wenn du dir nicht sicher bist, ob die Farben, die du bei einem Menschen siehst, vielleicht nur vorgetäuscht sind, dann halte dich an seinen Geruch. Der kann nicht manipuliert werden. Der sogenannte Seelengeruch ist die Zutat, die uns als

Mensch von der höheren Ebene mitgegeben wurde. Auch wenn Menschen eine dunkle oder negative Farbe in sich tragen, kann der Seelengeruch trotzdem sehr schön sein. Weißt du, manchmal gibt es Situationen, da entscheidet sich eine Seele, in einer Inkarnation böse zu werden und fügt anderen Menschen unheilbaren Schaden zu. Doch dies geschieht nur, damit die Menschheit die Augen für Barmherzigkeit und Mitgefühl offen hält. Wahres Böses kann nur dort existieren, wo der Mensch sein Herz verschlossen hat gegenüber den Aspekten der schlichten Menschlichkeit. Die Faktoren der Liebe, der Barmherzigkeit und des Teilens.«

»Ja, aber Lazarus, ist das nicht dasselbe, was Esoteriker so gern predigen? Du entschuldigst damit jede böse Tat und stellst sie als eventuell gute, geistige Absicht dar.«

»O nein, nein, das ist wahrlich keine Entschuldigung. Denn hinter jeder bösen Absicht steht immer, und glaube mir, immer die Möglichkeit, Barmherzigkeit in sein Herz fließen zu lassen, sodass es nicht zu negativen Aktionen kommen kann. John erklärte mir, dass der griechische Begriff *Metanoia* eine höhere Ebene der Vergebung bedeutet. Dies ist die Ebene der Selbsterkenntnis und Reue. Auf dieser Ebene besteht die Möglichkeit, dass Huren zu Heiligen werden können, der Saulus zum Paulus. Vergehen an der Menschheit sind abgrundtiefe, bösartige Aspekte und die meine ich hier auch nicht.«

Ich verdaute alles Gehörte und atmete tief ein. Mein Entschluss, alles Neue zu bejahen, wurde immer drängender in mir.

Lazarus spielte mittlerweile mit seiner Mokkatasse und sah nach Antworten suchend in den Kaffeesatz.

»Soso, wilder Honig und Weihrauch, sagtest du. Das ist natürlich die Ausstrahlung einer intensiven und fortgeschrittenen Persönlichkeit. Jetzt würde ich auch zu gern wissen, wer John Archos ist.«

Ferfried darf zeigen, was er kann, John erzählt, was er weiß

Langsam schlenderte ich den Weg zurück ins Hotel, um mein Versprechen bei Ferfried einzulösen. Das Gespräch mit Lazarus hatte mir gutgetan und die Entscheidung, Pallas Athene heute Abend mein »Ja, ich bin bereit« zu geben, fiel mir leicht. Ich hatte verstanden, dass man mich weder verändern noch aus meinem gewohnten Umfeld herausnehmen würde, solange ich dies nicht aus freien Stücken tat. Endlich fühlte sich mein Leben wertvoll an und nicht wie vor einer Woche noch substanzlos und langweilig. Ich war mittlerweile wirklich dankbar für diese neue Erfahrung und brannte darauf, die Fertigkeiten der Zeitreisen oder Exosomatose, wie Pythia sie nannte, zu vervollkommnen.

»Glaukos, hörst du mich?«, fragte ich in Gedanken.

»Immer in deiner Nähe, meine Federwachsende«, hörte ich seine Stimme.

»Oh, das ist ja ein liebes Kompliment. Federwachsende, hm, das hört sich richtig gut an. Wie komme ich zu diesem Titel?«

»Den hast du dir redlich verdient, meine Liebe. Deine Erkenntnis und deine Bereitschaft, heute deinen Lebensplan anzunehmen, fühlt sich an, als ob dir Federn wachsen würden und du bald in der Lage bist, deine eigenen Flüge und Reisen zu unternehmen. Dass ihr Menschenkinder so schnell flügge werdet, hätte ich mir nie träumen lassen. Doch jetzt schnell, schnell zu deiner Verabredung. Ich freue mich total, später Pallas herbeizurufen«, fügte er mit stolzgefärbter Stimme hinzu.

Ich hörte schon von Weitem Ferfried laut meinen Namen rufen.

Gereizt ging er vor dem Hotel auf und ab und wedelte hektisch mit den Armen. »Ach, da bist du ja endlich, ich suche schon die ganze Zeit nach dir.« Seine Stimme klang aufgebracht. »Wir wollten schon eher anfangen, aber du warst ja nirgendwo aufzufinden.«

Hörte ich da Vorwürfe in seiner Stimme?

»Komm jetzt, schnell, die Gruppe wartet schon auf dich. Wo warst du überhaupt? Also wirklich, das gehört sich nicht, seinen Meditationslehrer warten zu lassen.«

Ich spürte, wie ein grollender Ton in mir anschwoll. Ferfried hatte durch sein Herumkommandieren einen wunden Punkt getroffen. Was ich auf den Tod nicht ausstehen konnte, war, herumkommandiert zu werden, und die Verdrehung von Tatsachen, denn als meinen Meditationslehrer hatte ich ihn mir bestimmt nicht auserkoren und es war die ganze Zeit nur von einer Einladung die Rede gewesen und von nichts anderem. Ich wurde immer gereizter und die dunklen Farben, die seinen Körper umgaben, machten es für mich nicht leichter, ruhig zu bleiben.

»Sorry, Ferfried, ich glaube, du hast gerade einen Realitätsverlust«, ging ich zum Angriff über. »Wann willst du gehört haben, dass ich dich zu meinem Meditationslehrer erkoren habe? Falls du meine Teilnahme an irgendwelche Bedingungen knüpfst, von denen ich nicht informiert wurde, dann ist es wohl besser, dass ich nicht an deinem heutigen Auftritt teilnehme.«

Ferfried drehte sich erschrocken um und für einen kurzen Moment sah ich, wie sich sein Gesicht aggressiv verzog, doch er hatte sich schnell wieder unter Kontrolle und zeigte sekundenschnell das gewohnte, strahlende Lächeln.

»O mein Gott, nein, nein, Cassy, entschuldige bitte meine falsche Wortwahl. O nein, so war das nicht gemeint.« Er drehte sich zu mir um und hakte sich gönnerhaft ein. »Ich habe mich wohl sehr unglücklich ausgedrückt und außerdem war ich in Sorge, als ich dich nirgends fand. Bitte verzeih mir meine Unbeherrschtheit. Wie rücksichtslos von mir, dich in meine Sorge einzubeziehen. Ach wirklich, es tut mir sehr leid.«

Ich ertrug das ganze Entschuldigen nicht mehr, denn wenn jetzt noch eine Entschuldigung kam, stand ich kurz davor, mich schuldig zu fühlen. Ich musste mir unbedingt diesen Trick des Dauerentschuldigens merken und bei meiner Ma einsetzen, wenn sie mich wieder ermahnte, nicht zu spät zu den Familientreffen zu erscheinen.

»Ist schon gut, Ferfried, ich habe nur einen kleinen Spaziergang gemacht und dabei nicht auf die Uhr gesehen«, flunkerte ich frech und hoffte, dass meine Farben nicht gerade aufleuchteten und mich als Lügnerin entlarvten.

Erleichtert atmete Ferfried auf. »Dafür siehst du heute einfach umwerfend aus. Dein modischer Geschmack übertrifft alle meine Erwartungen, meine Liebe. Dieses Kleid sieht unbezahlbar aus und dein geschmackvoller Aborigineschmuck ist genau das i-Tüpfelchen für dein heutiges Outfit.«

Bevor ich antworten konnte, zog Ferfried mich in den Frühstücksraum, der für die Meditation umgeräumt worden war. Die Stühle waren alle im Kreis aufgestellt und überall auf den Tischen, die an der Wand standen, flackerten unzählige Kerzen. Eine leichte, melodiöse Musik erklang sanft im Hintergrund und gab dem Raum ein romantisches Flair. Das Flüstern verstummte sofort, als die Gruppe mich im Schlepptau von Ferfried erblickte.

»Oh, Sie sind doch gekommen«, rief die dralle Brünette, an deren Namen ich mich nicht mehr erinnern konnte. »Wir haben schon gewettet, dass Sie unserem lieben Ferfried durch die Lappen gegangen sind.«

Tosendes Gelächter erscholl, Ferfrieds Gesichtszüge entglitten ihm und seine Haut färbte sich rötlich.

Ah, so läuft das hier, schmunzelte ich innerlich, man kannte also Ferfried und seine aufdringliche Art zur Genüge, sich an neue potentielle »Schüler« heranzumachen.

Ferfried hob die Arme. »Ruhe bitte, beruhigt euch. Das war ja gar nicht lieb von dir, werte Christine. Wie könnt ihr denn so etwas auch nur denken? Nächstes Mal, wenn ich deine Aura von Fremdenergien reinigen werde, weiß ich ja, wer diese negativen Anhaftungen erschaffen hat. Bitte Cassy, lass dich nicht von unserer lieben Christine und ihrem«, er überlegte kurz, als suchte er nach der richtigen Formulierung, »ja, derben Humor irritieren.«

Die liebe Christine zwinkerte mir spitzbübisch zu und klopfte auf die Sitzfläche des freien Stuhles neben ihr.

Lächelnd nahm ich Platz und war immer noch erheitert, dass diese Gruppe doch nicht so esoterisch abgehoben war, wie ich innerlich befürchtet hatte.

Ferfried setze sich, atmete mehrere Male tief ein und aus und schloss beeindruckend die Augen, wobei er seine Hände dramatisch über seinen Kopf hielt. Dabei atmete er weiter überdeutlich ein und aus, wobei ich heimlich beobachtete, dass etliche in der Gruppe ihn nachahmten. Einige hielten die Hände im Schoß und bei anderen sah ich ungewöhnliche Handverrenkungen. Langsam füllte sich der Raum mit lautem Atmen, einige grunzten dabei beim Atmen, andere stießen die Luft derart laut aus den Mündern, dass es mir vorkam, als würde ich in einem Kreis voller Blasebälge sitzen.

»Schließt eure Augen und atmet tief ein und aus«, begann Ferfried die Meditation.

Vielleicht sollte er erwähnen, dass leises Atmen auch zum Ziel führt, dachte ich bei mir.

Das ganze Schnaufen und Prusten ging mir gehörig auf die Nerven und ich fragte mich gerade, wie man bei solch einer Lautstärke überhaupt zur Entspannung kommen sollte.

»Euer Körper fühlt sich ganz leicht an und ihr seid vollkommen eins mit dem Universum.«

Da hatten wir es, eins mit dem Universum, wie stellte sich Ferfried das vor? Das Universum mit unserer Milchstraße und seinen Millionen von Galaxien, und ich sollte mit diesen unendlich vielen unbekannte Objekten eins werden. Würde ich mich dann in eine Sternschnuppe verwandeln?

Ich blinzelte etwas, um zu beobachten, was die anderen Teilnehmer machten, doch um mich herum ging das laute Atmen und Schnaufen weiter. Scheinbar waren alle gerade irgendwo zwischen Venus und Jupiter, dachte ich spöttisch.

»... und nun stellt euch vor, ihr befindet euch in einem Wald und legt euch auf einen grünen, satten Rasen.«

Super! Ich hatte vor lauter Selbstgesprächen verpasst, wann wir wieder auf der Erde gelandet waren und in welchem Wald ich mich jetzt befand. Auf den Rasen legen sollte ich mich. War der Rasen nass, feucht, trocken? Wie war er? Musste er gemäht werden? Was war, wenn ich mich jetzt auf einen Ameisenhügel legen würde?

Meine Fantasie und mein Humor waren mittlerweile auf ihrem inneren Höhenflug angelangt. Ich sah mich innerlich, bewaffnet mit einem Mückenspray, auf dem Rasen liegen und Ausschau nach Insekten halten, die sich an meinem Körper laben wollten.

»Ihr alle seid Licht und Liebe«, säuselte Ferfried gerade weiter.

Ha, da war er, der ultimative Esoteriker Satz: »Licht und Liebe« – sagte ich nicht zuvor, dass ich zu einer Sternschnuppe mutieren würde und voller Liebe hier verstrahlte?

Kaskadenartig stieg ein Lachen in meiner Kehle empor und ich musste mich zusammenreißen, nicht lauthals loszulachen. Licht und Liebe und Fülle. Oh, Vorsicht, Cassy, er will, dass du eine dicke Sternschnuppe wirst.

»Visualisiert euch in Licht, Liebe und Fülle.«

Eine dicke, rosafarbene Sternschnuppe flog vor meinem inneren Auge umher und ich musste mein Lachen in ein leises Husten umwandeln. Langsam wurde ich unruhig und rutschte auf meinem Stuhl hin und her, doch Ferfried reiste weiter.

»Atmet ein und aus und spürt nun, wie sich um euren Körper Energien bilden.«

Ich öffnete meine Augen und blinzelte in die Runde. Alle Teilnehmer saßen mit geschlossen Augen und leicht verzückten Gesichtern da, während sie tief in der Übung versunken waren. Mir fiel gerade Evangelista ein, die mich nach Feierabend gern zu den Treffen der Upperclass mitnahm. Meditieren und autogenes Training waren gerade der Renner in Melbourne. Selbstverständlich mit Champagner und anderen teuren Leckereien danach. Doch so albern und übertrieben, wie Ferfried es anging, hatte ich es dort nicht erlebt. Es waren eher Übungen, um ruhiger zu werden und den Körper zu entspannen. Auch die Textmeditationen waren keine Reisen zu unbekannten Planeten, sondern zu Orten, die man kannte und an denen man sich wohlfühlte. Ich konnte mir jedoch gut vorstellen, dass etliche Teilnehmer von Ferfrieds Meditation begeistert waren. In einer Dauerliebeswolke eingehüllt zu werden, verschließt ja jeden noch so klaren Funken Verstand.

Cassy, jetzt wirst du aber gemein, schalt ich mich und schloss wieder meine Augen.

»Öffnet eure Augen und bleibt noch einen Moment sitzen. Lasst die Energien weiterhin durch diesen Raum hinaus bis ins Universum wandern«, schloss Ferfried die Meditation.

Geschafft, endlich fertig, jubilierte ich und wartete höflich, bis die ersten Teilnehmer sich erheben und den Raum verlassen würden. Doch alle saßen noch leicht entrückt lächelnd auf ihren Stühlen und keiner machte Anstalten aufzustehen.

Ich spürte Ferfrieds Blicke auf mir und schloss sofort meine Augen. Es dauerte nicht lange, und ich hörte, wie Stühle gerückt wurden und das Scharren von Schuhen. Augenblicklich erhob ich mich und verließ zügig den Raum, bevor Ferfried auf den Gedanken kam, mich wieder in Beschlag zu nehmen.

»Cassy, so warte doch. Cassy«, hörte ich ihn laut nach mir rufen.

Doch ich wusste, mich jetzt umzudrehen wäre der größte Fehler, den ich diesen Abend noch bewusst begehen konnte. Ich beschleunigte meine Schritte. Böse Zungen würden wohl davon berichten, dass ich zu einem sportlichen Sprint ansetzte, und raste, so schnell ich konnte, durch die geöffnete Hoteltür nach draußen in die kühle Dämmerung. Schnell noch um die Ecke und ab hinter den großen Rosenbusch. Dort war ich sicher.

Schwer atmend setzte ich mich auf eine kleine, grazile Parkbank, die dort ihren Platz hatte. Die rasenden Ereignisse des Tages überwältigten mich langsam und ich spürte den unendlichen Drang, mich in irgendeiner Höhle zu verstecken und endlich Ruhe in meinem Kopf zu finden, um alles Erlebte und Besprochene neu zu sortieren und zu verinnerlichen. Die Meditation von Ferfried hatte dabei nicht geholfen, dass es friedlicher in meinen Gedanken zuging.

Ich atmete intensiv die würzige Abendluft ein und ließ den Sauerstoff durch meinen Körper fließen. Die ganzen neuen Informationen waren zwar spannend und hatten mich doch schon irgendwie verändert, aber ein Teil in mir fand das alles viel zu viel und schrie nach einer Auszeit. Mir fehlte meine Freundin an meiner Seite, mit der ich alles in Ruhe hätte besprechen können. Wenn doch alles so einfach war, warum erschien Pallas mir nicht in Melbourne, sondern jagte mich quer um den Globus hierher, damit ich erkennen sollte, welche Gaben in mir schlummerten? Diese ganzen Götter, die dank unseres Glaubens an ihre Existenz noch lebten, flößten mir schon etwas Angst ein.

Wo war eigentlich der Gott meiner Kindheit? Der Vater von Jesus? Wie konnte er überhaupt zulassen, dass die anderen Götter neben ihm existierten? Oder hatte ich etwas falsch verstanden? Pallas erwähnte zwar, dass ihre Funktion eher der eines aus dem Christentum bekannten Engels entspräche, doch die Frage die daraus resultierte, war, wo waren dann die christlichen Engel? Warum sah und hörte ich sie die ganze Zeit nicht? Oder gab es diese christlichen Wesenheiten gar nicht und alles, was existiert, sind die Götter unserer Kulturen und Wunschvorstellungen?

Ich konnte mir nicht richtig vorstellen, dass der christliche Glaube eine PR-Erfindung irgendwelcher schlauen Menschen war. Christ zu sein und an Jesus zu glauben, erschien mir immer richtig. Doch wenn ich jetzt für antike Gottheiten irgendwelche Jobs annahm, ging das nicht gegen meine christliche Einstellung?

Alles fühlte sich gerade falsch an und am liebsten hätte ich jetzt in diesem Moment meine Koffer gepackt und wäre wieder nach Hause geflogen. Mittlerweile waren einfach sehr viele Fragen aufgetaucht, die ich nicht mehr mit meiner christlichen Erziehung vereinbaren konnte, und ich brauchte dringend Erklärungen.

Gut Cassy, lobte ich mich selbst, schalte deinen Verstand ein und bewerte das Erlebte noch einmal rational.

Vielleicht hatte Gott einfach keine Lust mehr, sich um seine Schöpfung zu kümmern und ganz ehrlich, wenn ich Jesus wäre, würde ich auch nicht ein zweites Mal erscheinen. Das erste Mal gekreuzigt zu werden war humaner, im Gegensatz zu dem, was man heute mit ihm anstellen würde. Ich konnte mir gut vorstellen, dass man Jesus heute nicht akzeptieren würde und ihn entweder in irgendeiner Irrenanstalt unter Psychopharmaka einsperren oder Wissenschaftler würden ihn zu gern im Namen der Kirchen sezieren, um herauszufinden, wo sich der Heilige Geist versteckt hält. Die Kirchen würden sich doch nicht das Zepter aus der Hand nehmen lassen und auf all ihren Pomp verzichten. Vorneweg die katholische Kirche, die sich ja als Vertreter Gottes auf Erden ansah. Da hatte es die orthodoxe Kirche etwas leichter, da sie sich nicht als Vertreter ansah. Wer von den sogenannten Würdenträgern verzichtete schon freiwillig auf den Mercedes, die Pradaschuhe und den Goldschmuck?

Die Dekadenz, die in den Kirchen und verschiedenen Religionen herrschte, hatte überhandgenommen. Ein eventuelles Erscheinen von Jesus würde wohl nichts mehr ändern. Keiner, ich war hier bereit, auf mein Leben zu schwören, so sicher war ich mir, keiner würde seinen Prunk und Pomp und die errungene Macht abgeben.

Traurig schüttelte ich den Kopf. Diese Gedanken waren nicht gerade sehr erfreulich, doch wenn ich mir das ganze Gotteskonzept so ansah, war es schon clever, wenn der christliche Gott, der Allmächtige, seine Familie schützte und daher die antiken Gottheiten die Erhaltung des Planeten Erde in ihre Obhut nahmen. Diese Gedanken, laut ausgesprochen, würden mich bestimmt als Ketzer und Gottesleugner abstempeln, der Rauswurf aus der Kirche wäre der nächste Schritt. Vor ein paar Jahrhunderten hätte man mich wahrscheinlich dafür verbrannt. Vielleicht würden einige Atheisten mich verstehen, die der Ansicht waren, Gott gibt es nicht.

Ich fragte mich abrupt, wie meine Oma damit umgegangen wäre. Wenn ich die ganzen Erinnerungen und Puzzleteile zusammenfügte, so gehörte sie zu den Hellsichtigen, und scheinbar kannte sie sich, so wie Lazarus, auch mit energetischer Heilung aus. Sie bereitete ja allerlei Heilungstees zu, die weit über die Grenzen der kleinen Stadt bekannt waren. Es ärgerte mich mittlerweile, dass ich nicht aufmerksam genug gewesen war, um zu erkennen, was meine Oma machte. Nachdenklich spielte ich mit dem Medaillon herum, das ihr gehört hatte.

Ach Oma, wenn du mich nur hören könntest und mir jetzt eine Antwort geben würdest, wie ich zu handeln habe. Ich glaube, ich habe mich in Tausenden von irreführenden Gedanken verstrickt und ein Teil von mir hat Angst, einen neuen, unbekannten Weg zu beschreiten. Was würde ich jetzt nicht alles dafür tun, um einen guten Ratschlag von einer neutralen Person zu bekommen?

»Oh, hallo, ich habe dich hier nicht sitzen sehen, ich hoffe ich störe nicht.«

Der kleine glühende Funken einer Zigarette wurde sichtbar und gleich darauf erkannte ich die liebe Christine.

»Nein, nein, ist schon in Ordnung, du kannst dich ruhig zu mir setzen«, antwortete ich höflich.

Diese Höflichkeit würde mich irgendwann einmal mein Leben kosten. Ich quälte mir ein Lächeln auf die Lippen und hoffte, dass sie in der Dunkelheit nicht sofort erkennen konnte, dass diese Einladung eher halbherzig war.

Christine setze sich neben mich und streckte ihre Füße aus. »Ich hoffe, es stört dich auch nicht, dass ich rauche?«, kam die nächste Frage, die von dem Inhalieren der Zigarette unterbrochen wurde.

Jetzt, Cassy, spornte ich mich an. Lerne, deine Meinung sofort zu äußern. »Nun ja, ehrlich gesagt ...«, stotterte ich, »ehrlich gesagt stört es mich schon.«

»Oh, entschuldige, ich mache sie sofort aus.« Christine zog noch einmal tief und hastig ein und löschte die Zigarette. »Du bist ja ziemlich schnell verschwunden.«

»Ja, das stimmt. Ich brauchte dringend frische Luft«, log ich unverblümt.

»Ach so, ich dachte eher, du wärst vor Ferfried und der übertriebenen heilen Weltmeditation weggelaufen«, gluckste Christine.

Verwundert sah ich sie von der Seite aus an. Diese ganze Esoterikgruppe überraschte mich immer mehr. »War das denn so offensichtlich?«, fragte ich etwas verschämt.

»Aber nein, die meisten von denen schweben auf einer rosaroten Wolke und haben bestimmt nicht einmal gemerkt, dass du dabei warst.« Christine lachte plötzlich laut auf. »Du wunderst dich jetzt bestimmt, dass ich so eine negative Meinung von der Gruppe habe. Aber ich habe mit diesem ganzen esoterischen Firlefanz à la Ferfried nicht viel am Hut. Weißt du, es gibt verschiedene Wege, eine spirituelle Richtung einzuschlagen. Einer ist der Pfad, den Menschen, die etwas naiver sind, das Portemonnaie zu erleichtern, so wie Ferfried es handhabt. Ein anderer ist der des Herzens und der intensiven Eigenarbeit. Es gibt sehr viele und gute spirituelle Lehrer, die extrem viel positives Material hinterlassen haben. Doch wie gesagt, ohne die Eigenarbeit, die nichts anderes ist als die Läuterung seiner dualen und negativen Eigenschaften, wirst du nie und nimmer einen Engel sehen.« Christine nahm sich eine neue Zigarette aus ihrer Tasche und zündete sie, ohne nachzudenken, an.

Es war sehr interessant, was sie gesagt hatte und es machte mir jetzt auch nichts mehr aus, dass sie rauchte.

Ist das der Grund, warum man keine Engel sieht?, fragte ich mich. Der einfache und logische Grund, dass Engel eine höhere Art von innerer Reinheit brauchten? Das würde ja sogar einen Sinn ergeben. War dies die Antwort, die ich gerade erfleht hatte?

Mein sarkastischer Humor war weit davon entfernt, als rein definiert zu werden. Dann müsste ich mich also gar nicht wundern, dass ich diese himmlischen Helfer nicht zu Gesicht bekam. In diese Liga war ich nicht aufgestiegen. Und bis ich in der Lage war, etliche meiner negativen Charaktereigenschaften in den Griff zu bekommen, hätte ich das Ahnenzepter schon in andere Hände gegeben.

»Oh, entschuldige bitte, ich vergaß, dass du Zigarettengeruch nicht magst.«

»Nein, nein, es geht schon«, lenkte ich ein. »Rauch ruhig zu Ende, du hast mir einiges zum Nachdenken gegeben, und falls du nichts dagegen hast, hätte ich noch mehr Fragen.«

Christine seufzte theatralisch auf. »Wie, noch mehr Fragen? Ich bin im Urlaub, junge Frau«, tadelte sie mich lachend. »Klar, bitte stell deine Fragen, und falls du dich fragst, was ich hier suche, ist die Antwort wirklich einfach. Diese Rundreise wollte ich schon vor Jahren unternehmen und es passte mir gut, dass es von einem spirituellen Reiseunternehmen organisiert wurde. Ich bin hauptberuflich Yogalehrerin und in einer normalen Reisegruppe würde ich mich nicht wohlfühlen. Ferfried kenne ich schon etwas länger. Er war wirklich mal ein guter Lehrer, bis ihn das große Monster mit dem Namen Macht, Ansehen und Geld besuchte. Was im Klartext heißt, dass er bei der Versuchung der Macht, der jeder auf dem Weg der Erleuchtung begegnen wird, versagt hat. Er hat sich für die dunkle Seite der Macht entschieden, wie Meister Yoda sagen würde.«

Christine wurde mir immer sympathischer und ich bekam das Gefühl, dass sie mir geschickt wurde, um mir meine Unsicherheiten zu nehmen. Ich überlegte, ob ich sie zu den antiken Gottheiten fragen konnte, ohne zu viel von dem zu verraten, was ich gerade erlebte.

Entspannt sah mich Christine an. »Was hältst du davon, wenn ich im Hotel nachfrage, ob man uns einen kleinen Abendsnack zusammenstellen kann? Ich habe noch nichts gegessen und ich glaube nicht, dass du noch an der weiteren Reiki-Session von Ferfried teilnehmen möchtest.«

»Das ist eine geniale Idee«, stimmte ich sofort zu und merkte, dass ich heute schon wieder zu wenig gegessen und getrunken hatte.

Christine stand auf und eilte schnellen Schrittes in Richtung des Hotels. Es dauerte nicht lange und sie kam zurück, die obligatorische Zigarette in der Hand und in der anderen Hand zwei Gläser, deren milchiger Inhalt sehr nach einem Ouzo on the Rocks aussah.

»Habe Glück gehabt und meinen Lieblingskellner Kosta getroffen. Er macht uns ein paar kleine Mézes fertig und bringt sie uns hierher.«

Verblüfft blickte ich sie an. »Wie hast du das denn geschafft?«, fragte ich sie.

Christine gab mir eines der Ouzogläser. »Ich habe ihn lieb gefragt und erwähnt, dass du dich vor dem Verrückten da drin hungernd hier draußen versteckst.«

Wir lachten beide gleichzeitig auf. Es war nur zu logisch, dass Kostas Beschützerinstinkt geweckt wurde. Ein Grieche würde doch nie eine Landsmännin verhungern lassen.

»Jamas, Cassy, auf dein Wohl und einen schönen Urlaub.«

Der Ouzo wärmte mich auf und meine zweifelnden Gedanken lösten sich immer mehr auf. Ein paar Minuten später kamen drei Gestalten zu uns. Ich erkannte Kosta, der einen großen Picknickkorb trug, eine junge Küchenkraft, die einen kleinen Klapptisch schleppte und wenn mich nicht alles täuschte, kam auch John, einen Stuhl hinter sich herziehend, dazu.

»Meine Damen, die Küche hat Ihnen noch ein paar Kleinigkeiten zubereitet. Ich hoffe, es reicht aus, um ihren kleinen Hunger zu stillen.«

Wie durch Zauberhand füllte sich der Tisch mit kleinen Leckereien der mediterranen Küche.

Kosta zwinkerte mir zu. »Wir wollen doch nicht, dass unsere Gäste hier verhungern, und ich hoffe, es ist für Sie in Ordnung, dass ich Herrn Archos Ihr Versteck, ähm, ich meine, Aufenthaltsort, verraten habe?«

Gedämpftes Gelächter begleitete Kostas Rede.

Versteck war schon sehr gut erkannt. John setze sich auf den mitgebrachten Stuhl und bevor wir uns bei Kosta bedanken konnten, verschwand dieser zügig mit der jungen Küchenhilfe.

Christine war begeistert, dass John uns Gesellschaft leistete, und rutschte unruhig auf der Sitzfläche hin und her. »Herr Archos, wir wurden uns noch nicht vorgestellt, dabei habe ich schon so viel von Ihnen und Ihrem Wissen gehört. Mein Name ist Christine Besançon«, stellte sie sich, aufgeregt wie ein junges Mädchen bei ihrer ersten Verabredung, vor.

Ich war erstaunt, dass allein die Nennung von Johns Namen bei einigen in dieser Gruppe so extremes und aufgeregtes Verhalten auslöste.

»Nennen Sie mich ruhig John«, unterbrach John den aufgeregten Redefluss von Christine. »Siezen ist so unpersönlich und wir möchten doch gern gemeinsam und persönlich den Abend in eurem Versteck genießen.« Fragend und mit lachenden Augen sah John mich an. »Cassy, was ist denn passiert, dass Kosta mir erst nicht verraten wollte, wo du steckst und dann etwas von Verhungern und von komischen Touristen, die anständige griechische Mädchen belästigten, faselte.«

Ich verschluckte mich prustend an meinem Ouzo und sah Christine strafend an. »Lass dir die ganze Geschichte lieber von Christine erzählen, ich muss jetzt erst etwas in den Magen bekommen.«

Christine kam der Aufforderung sofort nach und erzählte John von dem Abend mit Ferfrieds Meditation und wie wir uns letztendlich hier hinter der Rosenhecke gefunden hatten.

Mittlerweile probierte ich von dem Bauernsalat und dem warmen Olivenbrot.

Zwischenzeitlich endete Christine die Geschichte, die sie dramatisch ausgeschmückt hatte.

John sah mich amüsiert an. »Herzlich willkommen, liebe Cassy, in der Welt der falschen Propheten. Nehmt es Ferfried nicht übel, tief in seinem Wesen ist er, wie wir alle, eine lichtvolle Seele, die auf dem Weg durch die Dualität seine Erfahrungen sammeln muss.«

Fasziniert klebte Christine schon fast an Johns Lippen und seufzte auf. »Das hast du so treffend und klar gesagt, lieber John, andere würden darüber Bücher schreiben, über das Wesen von Karma. Doch es bestätigt sich wieder. Wer die Wahrheit kennt, muss nicht viele Worte machen. Er kann sie in einem Satz dem Menschen ins Herz bringen.«

»Wenn das Herz bereit ist, universelle Wahrheiten zu begreifen, dann braucht man keine dicken Bücher, doch leider bedarf es meistens vieler kleiner Sätze, um die Sturheit des Egoismus der Menschen zu besänftigen, damit sie die Wahrheit in dem Geschriebenen begreifen.«

Christine kam aus dem euphorischen Kopfnicken nicht mehr heraus und ich überlegte, ob ich sie vor HWS-Schäden warnen sollte, die durch hektisches Nicken hervorgerufen werden können.

Ich war wieder entspannt, gesättigt und durch den Ouzo innerlich aufgewärmt, bereit, den Geschichten zu lauschen, die uns John erzählen würde. Ich sollte ihn nach Gott fragen, schoss es mir durch den Kopf.

»Wie war dein Tag heute, Cassy? Ich konnte mich leider nicht mit dir und Lazarus treffen, da ich zu einer Taufe eingeladen wurde. Ich liebe Taufen über alles und konnte einfach nicht absagen. Es ist ein so wunderbarer Anblick, wenn die Seele eines Kindes durch den Heiligen Geist berührt wird und die Gnade der Vergebung der Dualität in ihm wirken.«

»John, da sprichst du etwas an, das mir den ganzen Abend durch den Kopf geht.«

»Was geht dir denn durch den Kopf, Cassy?«, fragte mich John direkt.

Ich erzählte beiden eine Zusammenfassung meiner Gedanken über Gott und seiner Existenz und die Frage nach den anderen Göttern. »Gibt es Gott wirklich?«, fragte ich abschließend. Zwischen uns war es sehr still geworden und Christine blickte mich überrascht an.

»Du hast ja schwierige Fragen auf Lager«, meinte sie salopp, was ich mittlerweile auch von mir dachte. »Wenn es mich nicht täuscht, hast du gerade mit deinen Fragen die komplette Existenz der Christenheit angezweifelt, wenn nicht sogar die Glaubensfrage schlechthin gestellt. Ich habe mich auch häufig gefragt, wo Gott steckt und warum so viel Leid auf Erden passiert. Mittlerweile tröste ich mich mit Antworten aus dem Buddhismus und der Erklärung des Karmas, dem Gesetz von Ursache und Wirkung.« Christine lachte auf. »Ist das nicht witzig? Wenn wir die gesuchten Antworten nicht in unserer Religion finden, weichen wir aus und kehren wieder in den Schoß unserer Christenheit zurück.«

John hielt die Augen geschlossen und sein Körpergeruch verstärkte sich. Ich musste der Versuchung widerstehen nachzuprüfen, welche Farbe sein Körper angenommen hatte. Der Geruch nach Honig und Weihrauch intensivierte sich weiter und ich stellte mir vor, in einer großen orthodoxen Kirche zu stehen, und alle Augen der Heiligen auf den Ikonen würden mich beobachten. Ich schüttelte mich leicht, als mir die Tragweite meiner Frage bewusst wurde.

Was wäre, wenn die Antwort schlicht und einfach ist, es gibt keinen Gott? Alles erstunken und erlogen von den Pharisäern, die uns, den kleinen Menschen, immer unterdrücken wollten?

Was wäre, wenn es keine Wiedergeburt gibt? Einmal tot, immer tot. Ein One-Way-Ticket.

Was wäre, wenn …?

Ich kam nicht dazu, meinen Gedanken zu Ende, zu denken, da John plötzlich anfing zu lachen. Ich hatte John noch nie so tief und ansteckend lachen gehört. Es schüttelte seinen ganzen Körper und Christine ließ sich nach wenigen Sekunden davon anstecken. Dann hatte es auch mich erwischt und wir drei lachten lauthals. Selbst als wir aufhörten, brach es nach einer kurzen Pause erneut aus uns hervor. Es dauerte ziemlich lange, bis wir uns einigermaßen beruhigt hatten und es wunderte mich, dass keiner zu unserem Versteck hinübergelaufen kam. Das Lachen musste bestimmt bis zum Hotel zu hören gewesen sein. Christine wischte sich ein paar Lachtränen aus den Augen und kicherte immer wieder auf.

»John, jetzt weih uns ein. Was war denn an Cassys Fragestellung so witzig, dass du derart lachen musstest?«, fragte Christine und nahm mir damit die Frage aus dem Mund.

»Ja, bitte erzähl«, unterstütze ich Christine, neugierig geworden.

»Meine Damen, die Frage, ob es Gott gibt, stellt sich gar nicht, denn etwas, was es gibt, muss nicht infrage gestellt werden. Nur weil du Gott nicht erkennen kannst, heißt es nicht, dass es ihn nicht gibt. Kennst du dich zum Beispiel mit dem menschlichen Körper aus? Wusstest du, dass viele Aspekte, wie die die Thymusdrüse, immer noch nicht erforscht sind? Und was heißt das für uns? Dass es die Thymusdrüse nicht gibt? Oder ein besseres Beispiel: Kennst du alle Völker auf Erden? Nur, weil du nicht alle kennst, heißt das auch, dass es sie nicht gibt?

Nur, weil wir etwas nicht sehen oder von deren Existenz nichts wissen, ist es kein Indikator, dass es nicht vorhanden ist. Selbst auf die Frage: ›Warum lässt Gott zu, was auf Erden geschieht?‹, ist die Antwort ganz leicht. Räumst du auf der Straße den Müll auf, den andere hinterlassen? Warum sollte sich also Gott, der die Allweisheit und Allliebe in Person ist, die Putzfrau für den emotionalen und auch verdorbenen Müll der Menschheit sein? Wenn nicht mal ihr in der Lage seid, aufgrund von Faulheit, egoistischen Motiven oder Ähnlichem, es nicht besser zu machen? Freier Wille heißt soviel wie: Mache deine eigenen Erfahrungen, so lang, und so viel du willst, und meckere nicht herum, wenn dir das Spiel deines Lebens mit deinen eigenen Regeln nicht mehr gefällt.

Wenn wir sagen würden, Gott ist das Leben, dann würdest du jetzt erkennen, dass der blühende Rosenbusch, unter dem wir sitzen, in Wahrheit Gott ist. Alles, was lebt und atmet in seiner ureigenen Frequenz, ist Gott. Das versuchte uns Delphi vor Tausenden von Jahren mitzuteilen. Wir sind Götter, da wir durch unsere Gedanken unsere eigene Realität erschaffen.

Ja, es existieren auch sogenannte andere Götter, seien es die aus der Antike oder aus anderen Glaubensrichtungen. Alles, aber auch wirklich alles, an das wir glauben, nimmt Gestalt an. Wir hauchen ihr den Odem des Lebens ein. Wir sind Schöpfer und Erschaffer, Mutter und Vater. Wir sind kleine Götter im Kindergarten, die gerade dabei sind, ihre Fähigkeiten zu testen und ihre Fühler auszustrecken, um die große weite Welt zu erobern, mit all ihren Emotionen, die Kleinkinder eben haben.

Die Menschheit, meine Liebe, ist auf dem Niveau eines Kindergartenkindes. Der Aufbau einer Ameisenkolonie beinhaltet mehr Weisheit, als die menschlichen

Gesetze es je haben können. Und ich bejahe es noch einmal: Es gibt Gott, der über uns steht, und nein, er schläft nicht und er träumt nicht und er hat die Menschheit nie im Stich gelassen. Doch auch in dieser Welt des Absoluten gibt es eine Hierarchie, die sich durch die Erzengelränge und höhere Wesenheiten zeigt, wie die Cherubime und Seraphime, es gibt noch etliche andere himmlische Würdenträger. Und um Erzengelränge zu kontaktieren, muss man wirklich frei sein von menschlichen, dualen Eigenschaften. Emotionale Eigenschaften, die nur den Hauch von Negativität in sich tragen, behindern jede Kontaktaufnahme.

Nimm das menschliche Beispiel eurer Präsidenten. Kannst du ihn einfach so anrufen und ihm deine Fragen stellen? Nein, du hast eine komplette Prozedur zu durchlaufen, um überhaupt deine Frage zu stellen, und am einfachsten wäre es, wenn du in einem ähnlichen Rang stehen würdest, nicht wahr? Könnt ihr mir noch folgen?«, unterbrach John kurz seine Erklärung.

Christine fuchtelte mit ihren Armen. »Jaja, nur nicht aufhören, wir sind voll dabei, nicht wahr, Cassy?«

Ich nickte, überwältigt von seinem tiefen Verständnis der Schöpfung.

»Gut,« lächelte John, »genauso ist es bei der Kontaktaufnahme zu Gott und seinen himmlischen Boten. Mikrokosmos gleich Makrokosmos, innen wie außen, oben wie unten. Die Regeln der hermetischen Philosophie beschreiben alle Ebenen des Seins. Solltet ihr einmal lesen und dann versuchen, mit den Augen des Herzens neu zu begreifen. Aber ich weiche aus, entschuldigt bitte. Also, so wie die Kontaktaufnahme zu euren Präsidenten und Königen für den einfachen Menschen nicht möglich ist, beziehungsweise erschwert ist, so verhält es sich mit der göttlichen Kontaktaufnahme. Die Erzengel wiederum erschaffen Kraft ihrer Gedanken Engel und das sind die Boten zwischen Himmel und Erde, salopp gesagt. Es erheitert mich immer, wenn ich von sogenannten Medien höre, die Kontakt zu der Welt der Engel und den Erzengel anbieten. Alles falsche Propheten, die ihre selbst erschaffenen Konstrukte anbeten und ihnen Namen von Erzengeln geben und hoffen, dass sie dem toten Lehm doch mehr Bewegung einhauchen. Bitte glaubt mir, wenn ich euch sage, dass der Kontakt zu einem Erzengel nicht einfach ist und eine gehörige Portion an Altruismus vorausgesetzt wird. Und jetzt kommt das große Mysterium, nicht ihr könnt den Erzengel kontaktieren, sondern, wenn ihr eure Farben in der Aura auf ihre Frequenz erhebt, kontaktieren sie euch«.

John lächelte in sich hinein, und ich stand kurz davor, ihn zu fragen, ob er ein Engel sei.

Nach dieser intensiven Unterweisung herrschte eine fast göttliche Stille zwischen uns, die nur von den Geräuschen unseres Atems unterbrochen wurde.

Christine durchwühlte ihre Handtasche und holte Stift und Papier hervor, um sich Notizen zu machen. Ich verstand nun, warum alle so wild auf die Freundschaft mit John waren und war Gott und seinen elysischen Helfern dankbar, dass ich ihm begegnen durfte.

Wow, ich glaube, ich könnte das nicht mehr wiederholen, was er gerade gesagt hat, beziehungsweise wäre meine Wiederholung nur der eine Satz: Gott gibt es, ich weiß es.

»John?«, fragte ich, die Stille unterbrechend. »Entschuldige, dass ich doch noch ein paar Fragen offen habe, aber was hat es genau mit den antiken Göttern auf sich? Was wäre, wenn dir einer erscheint und dich bittet, etwas zu tun?«

»Wer hat dich denn um etwas gebeten?«, fragte John und blickte mich aufmerksam an.

Ich war mir nicht sicher, ob ich vor Christine mein Geheimnis preisgeben sollte. Doch war es mir schon wichtig, Antworten zu bekommen.

»Die Freundin mit der Prophezeiung, von der ich dir erzählte habe«, flunkerte ich vor Christine, ich wollte wirklich nicht, dass sie mehr von mir erfuhr.

Doch Christine hörte gar nicht zu. Sie war zu sehr mit ihren Notizen beschäftigt.

Erstaunt hob John eine Augenbraue und sah mich fragend an.

Ich nickte einmal und sah zu Christine. »Sie erzählte mir, dass Pallas Athene ihr erschienen sei und sie bat, ihr Ahnenerbe anzunehmen. Angeblich sei sie die letzte der Ahnenreihe von Heilerinnen und Seherinnen. Man hat ihr auch beigebracht, wie sie in die Vergangenheit reisen soll, damit sie von der Pythia unterrichtet wird.«

John starrte mich fassungslos an. »Wann ist das denn passiert?«, fragte er mit angespannter Stimme.

»Die letzten Tage, soweit ich mir sicher bin«, erzählte ich wie nebensächlich und hoffte, dass Christine nicht hellhörig wurde. »Sie erzählte auch, dass die antiken Götter eine ähnliche Funktion wie die Engel haben, nur dass sie einen Teil ihrer Dualität behalten haben und als Wächter der Erde fungieren.«

»Ja, das ist richtig so«, bestätigte John meine Geschichte. »Es stimmt alles, was die Wesenheit ihr erzählt hat. Die Götter der Vergangenheit, die aus der Anbetung des ersten Menschen entstanden sind, existieren in einer energetischen Form. Je höher die Anbetung, umso, sagen wir mal, ›realer‹ wirken sie. Einige haben sich dem Plan Gottes angeschlossen, nachdem sie erkannt hatten, dass ihre Existenz nur aufgrund einer Anbetung geschah und dadurch haben sie sich in sich weiterentwickelt. Nur die Zeitreisen bergen eine Gefahr in sich. Wenn man nicht richtig ausgebildet ist und weiß, wie man sich zwischen den Welten und der Raum-Zeit zu bewegen hat. Ansonsten würde ich deiner Freundin empfehlen, ihr Erbe anzunehmen. Die Pythia ist in der Tat eine weise Frau und eine sehr gute Lehrerin.«

»Sag mal, John«, fragte ich nochmals, »wenn alles durch die Anbetung noch existiert, galoppieren dann immer noch goldene Kälber umher?«

John lachte schallend auf. »O ja, meine Liebe, und einige haben sich zu gewaltigen Hornochsen weiterentwickelt.«

Wir ließen den Abend sachte ausklingen, und ich war unwahrscheinlich dankbar, dass John viele meiner entstandenen Zweifel ausgeräumt hatte. Er war wirklich ein wandelndes Lexikon und ich könnte mich schon wieder ohrfeigen, ihn nicht gefragt zu haben, was er beruflich macht und wo er genau herkommt. Ich musste ihn morgen unbedingt darauf ansprechen. Mein kleiner Aufenthalt in Delphi näherte sich bald dem Ende und ich würde danach meine Familie in Veria besuchen. Mit John und Lazarus in Kontakt zu bleiben, wäre eine enorme Bereicherung in meinem Leben.

Nach vielen Umarmungen und Küssen verabschiedeten wir uns für die Nacht und ich lag endlich, körperlich erschöpft, aber sehr glücklich, im Bett.

Von falschen Entscheidungen

»Glaukos, bist du in der Nähe?«, rief ich in Gedanken, während ich gähnte.

»Ja, Federwachsende, immer in deiner Nähe«, hörte ich Glaukos laut und deutlich.

Ein lautes Geräusch der sich im Wind bewegenden Flügel unterstrich seine Ankunft in meinem Zimmer. Wie selbstverständlich nahm Glaukos Platz an meinem Nachttisch.

»Du hast ja heute viel gelernt und gehört. Ein wertvoller Unterricht«, lobte er mich.

»Ja, es war ein eindrucksvoller Tag voller Wunder und Erfahrungen, und ich kann gar nicht glauben, wie viel ein Mensch an einem einzigen Tag erfahren und lernen kann.«

»O ja, das kann der Mensch, wenn er wirklich möchte. Doch nicht alle Menschen sind dazu bereit. Es erfordert ja, dass man still ist und zuhört. Doch der Mensch hat sich seit der Antike nicht groß weiterentwickelt. Im Gegenteil, wenn ich mir die heutige Nahrung anschaue, würde ich sagen, sogar zurückentwickelt.«

»Ich möchte unbedingt heute aus eigener Kraft zur Pythia und ihr mitteilen, dass ich mein Ahnenerbe antreten werde«, unterbrach ich Glaukos. »Ich möchte es ihr persönlich mitteilen und morgen früh rufen wir beide die jungfräuliche Göttin herbei und weihen sie ein. Was hältst du davon?«

Glaukos starrte mich an. Mich verunsicherte, keinerlei Emotion, weder in seiner Haltung noch in den Gedanken, zu fühlen.

»Bist du dir denn wirklich sicher, dass es heute sein muss? Du hast schon genug erlebt und dein Körper ist erschöpft. Und im Übrigen hast du heute auch Alkohol getrunken. Ich denke nicht, dass deine Idee einen Platz im Buch der Weisheiten finden würde«, schlug Glaukos meine Bitte ab.

»Das war kein Alkohol, mein Lieber, das war ein Glas Ouzo, mit Wasser vermischt. Da ist so gut wie kein Alkohol drin und daher bin ich nicht so betrunken. Außerdem bin ich auch nicht zu müde dafür. Es wäre ja auch nur ein kurzer Besuch.«

»Meine Liebe, wie stellst du dir das eigentlich vor? Du weißt doch bis jetzt gar nicht, wie man mit den Zeitreisenden Kontakt aus eigenem Antrieb herstellen kann, oder sollte ich mich da täuschen?«

»Nein, ich weiß es nicht, aber ich bin mir sicher, dass du es weißt, oder sollte ich mich in dir täuschen?«, konterte ich.

»Natürlich weiß ich, wie das funktioniert«, blieb Glaukos ernst. »Doch glaube mir, ich habe das noch nie in meinem unsterblichen Leben praktiziert. Es gab kein Interesse, das Vergangene nochmals anzusehen, wenn man es bereits erlebt hat. Und es gibt auch Regeln, die man einhalten muss. Zum Beispiel nicht einzugreifen, um den Lauf der Zeit nicht zu verändern. Dies kann schwerwiegende Folgen haben.«

»Welche denn?«, fragte ich, neugierig geworden.

»Nun ja, die Erde könnte wieder zur Scheibe werden«, antwortete Glaukos todernst.

Prustend warf ich mein Kopfkissen nach Glaukos, der jedoch schneller war und auf den Schrank flog. Leises Kichern begleitete seinen Flug.

»Ach Glaukos, du nimmst mich nicht ernst. Es ist mir wirklich wichtig, Pythia meine Entscheidung mitzuteilen, und du bist hier und kannst auf mich aufpassen oder mich wieder zurückholen. Außerdem, wann soll ich das denn sonst lernen? Irgendwann muss doch ein Anfang gemacht werden?«

Glaukos gab keine Antwort, und ich dachte, er wäre einfach eingeschlafen und ignorierte mich. Doch ich hatte mich getäuscht.

»Ganz wohl ist mir bei dem Gedanken nicht, das muss ich dir deutlich sagen. Jedoch hast du schon recht damit, dass du es lernen musst. Wir müssen einige Sicherheitsvorkehrungen treffen. Lass mich bitte nachdenken.«

Ich ließ Glaukos in Ruhe und begab mich ins Bad, um mich etwas frisch zu machen. Ich spürte eine leichte Anspannung, ja, Aufregung in mir. Stand ich doch kurz davor, mein Ahnenerbe anzunehmen, und damit hatte die Prophezeiung von Eerin ihr Ziel erreicht. Ich hatte mich meinen Wurzeln wieder genähert und in kurzer Zeit mehr über das Wesen Gottes erfahren, als mir die orthodoxe Kirche oder meine Eltern je hätten beibringen können.

Ich verstand immer mehr die Aufgabe, die meine Oma innehatte und die Wichtigkeit von Harmonie und Barmherzigkeit. Ich durchschaute die Verlogenheit der Kirchen und ihrer Dogmen, die nur das Ziel hatten, sich an dem naiven Glauben ihrer Anhänger zu bereichern. Die spirituelle Szene mit ihren schwarzen Schafen und dazwischen warmherzige Menschen wie Lazarus oder Christine und John nicht zu vergessen.

Ich begriff, wie wichtig die Essenz der Barmherzigkeit auf Erden ist und nicht eine Arbeit von Nonnen in der

Dritten Welt war, sondern eine Eigenschaft auf Erden, die sich ausbreiten musste. Ausbreiten, um dem Krieg Paroli zu bieten.

Ein grummelndes Donnern schreckte mich auf und ich blickte aus dem Fenster. Ich sah von Weitem helle Blitze. Ein Sommergewitter war nicht selten im Süden. Ich schlüpfte in mein mit Spitze versehenes Nachthemd und ging wieder zu Glaukos.

»Hübsch siehst du aus, meine Zweibeinerin. Nun, ich habe mir Folgendes überlegt. Ich gebe dir eine Feder von mir mit, die schon auf deinem Kopfkissen liegt. Falls du merkst, dass etwas nicht stimmt, knicke die Feder ein und ich werde es hier sofort spüren. Dann werde ich dich aus der Meditation wieder herausholen, indem ich dich ganz einfach zwicke.«

»Du willst mich beißen?«, fragte ich überrascht.

»Ja, Schmerz ist eine sichere Methode, aus der Exsosomatose zurückzukehren, und unabhängig davon beiße ich nicht, sondern habe einen Schnabel und der kann nur zwicken. Beißen, wie peinlich, als ob ich ein räudiger Hund wäre. Also, noch einmal, ich denke, zehn Minuten müssten vollkommen ausreichen.«

»Gut, ich habe verstanden. Und was mache ich jetzt?«

»Du legst dich hin und atmest tief ein und aus. Sende dabei deine Gedanken zur Pythia, stelle sie dir vor, wie sie aussieht und wo ihr euch getroffen hattet. Dann visualisiere, wie du aus deinem Körper austrittst und dich in die Vergangenheit begibst. Entweder funktioniert es oder wir müssen Pallas morgen fragen, wie du es am besten lernen sollst. Wenn du bereit bist, sag mir bitte Bescheid.«

Ich legte mich auf mein Bett und deckte meine Beine zu. Kalte Füße waren das Schlimmste, was ich mir vorstellen konnte. Die weiche, kleine Feder von Glaukos hielt ich ganz sachte in meiner Hand. Das konzentrierte Atmen fiel mir relativ leicht und in kurzer Zeit merkte ich, wie sich mein Körper entspannte und meine Glieder schwerer wurden. Meine Gedanken verstummten und all das Erlebte des Tages verschwamm vor meinen Augen.

»Pythia, wenn du mich hören kannst, ich möchte dich heute treffen und mit dir sprechen. Pythia, falls du mich hören kannst, ich werde an dem kleinen Teich auf dich warten.«

Ich visualisierte den Teich und plötzlich spürte ich, wie mein Körper sich aufbäumte und ich fast gestolpert wäre.

Gestolpert?

Erschrocken öffnete ich meine Augen und sah, dass ich vor dem Teich stand und die Pythia lächelnd ihre Arme nach mir ausstreckte.

»Geschafft«, jubilierte ich laut. »Ich habe es von allein geschafft.« Lächelnd ging ich auf sie zu, als sich plötzlich ihre Mimik änderte.

»Raus hier, Kassandra, schnell, verschwinde. Lauf weg und schütze dich.«

Um mich herum verschwand alles und eine tiefe, schwere Dunkelheit hielt mich gefangen. Ich war bewegungsunfähig, wie gelähmt und hatte Angst.

Teil 2

Vergangenheit: Delphi

»Jede Bewegung verläuft in der Zeit und hat ein Ziel.«
Nikomachische Ethik X, Kap. 4, 19f, 1174a

Gefangen zwischen den Welten

Meine Augen waren geöffnet, doch konnte ich in der mich umgebenden Dunkelheit nichts erkennen. Vorsichtig fühlte ich nach der kleinen Feder, die Gott sei Dank noch in meiner Hand lag. Erleichtert seufzte ich auf. Sobald ich die knicken würde, wäre alles gut. Mein Körper lag auf einem kalten, steinigen Untergrund. Von irgendwoher streichelte ein Lufthauch mein Gesicht. Es roch nach verfaulten Eiern und verbranntem Holz.

Wo war ich verdammt noch mal? Was war passiert?

Ich setzte mich auf und versuchte, in der Dunkelheit etwas zu erkennen. Nichts, es war nichts zu sehen. Eine lähmende Angst durchdrang mich und verhinderte jeden Ansatz logischen Denkens. Beim Aufstehen stieß ich mir den Kopf an Stein. Befand ich mich in einer Höhle?

»Hallo, ist hier jemand?«, rief ich mit schriller Stimme in die Finsternis hinein. »Das ist nicht lustig und ich habe keinem etwas getan. Hallo!«, rief ich lauter. »Bitte, hört mich denn keiner?«

Ich ging wieder in die Hocke und umarmte zitternd meine Knie. Tränen rannen über mein Gesicht und ich fühlte mich allein gelassen.

Die Feder ... Wie konnte ich Glaukos' Feder vergessen?

Ich tastete mit meiner freien Hand sachte nach der kleinen Feder in meiner Handinnenfläche und knickte sie mit aller Kraft zusammen.

»Glaukos!«, schrie ich. »Glaukos, bitte hilf mir.« Weinend brach ich zusammen und ließ zu, dass die Angst sich zu einem paranoiden Wesen entwickelte, das mich fest im Griff hatte.

Wo blieb nur Glaukos? Was war passiert?

Ein heller Lichtschein leuchtete vor meinen Augen auf, und ich sah eine Laterne oder Fackel, es war nicht klar zu erkennen. Langsam kroch ich auf das Licht zu. Dabei bohrten sich viele spitze Steine in meine Knie. Die Sicht wurde immer klarer und ich erkannte, dass ich tatsächlich in einer großen Höhle war. Da die Decke höher wurde, stellte ich mich auf. Die Feder von Glaukos lag immer noch zerdrückt in meiner verschwitzen, dreckigen Hand.

In der Mitte der Höhle stand ein riesiger Amboss und aus der Wand gegenüber lief ein schmaler Streifen Lava herunter. Wenn es hier Geräte gab, hieß das im Klartext, dass es hier auch einen Ausgang geben musste. Dieser Gedanke gab mir neuen Mut.

Suchend drehte ich mich um und starrte in die dunklen Augen eines Mannes. Erschrocken schrie ich auf, stolperte rückwärts und knickte mit meinem Knöchel um. Ein brennender Schmerz durchfuhr meinen Körper und erneut schossen Tränen in meine Augen.

»Hallo, Kassandra, wie schön, dich endlich begrüßen zu dürfen«, hörte ich eine klangvolle Stimme.

»Wer bist du und warum bin ich hier?«, fragte ich ängstlich. Ich war gefangen in einer Höhle mit einem Fremden, der meinen Namen kannte.

»Nun, vorgestellt wurden wir uns noch nicht.« Der Unbekannte schnippte mit den Fingern und in der runden Höhle flammten zeitgleich mehrere Fackeln auf.

Vor mir stand Hugh Jackman, der Hollywood-Schauspieler. Ich konnte es nicht glauben und war mir sicher, dass ich alles nur träumte. Ich schloss meine Augen, zählte bis drei und öffnete sie wieder. Ich war immer noch in der Höhle und auch der Mann, der diesem Hollywood-Star auffallend ähnlich sah.

»Hast du dich überzeugt, dass dies alles kein Traum ist? Falls ja, dann lass uns doch Platz nehmen und ein bisschen weiterplaudern.«

Auf ein zweites Fingerschnipsen hin erschien ein Tisch mit zwei Stühlen mitten in der Höhle.

»Bitte setz dich doch. Ein Glas Wein?«

Ein weiteres Schnipsen erklang und eine goldene Weinkaraffe mit zwei Pokalen erschien auf dem Tisch.

Unsicher nahm ich Platz, beobachtete aber weiterhin argwöhnisch meine Umgebung.

Die weiteren Abschnitte der Höhle lagen im Dunkeln, sodass ich nicht mehr viel erkennen konnte. Aber der vorherrschende faulige Geruch lag mittlerweile auf meiner Zunge und erschwerte mir das Schlucken.

»Entspann dich bitte, es tut mir leid, dass unser Treffen, nun, sagen wir mal, etwas intensiv verlaufen ist, aber du hast es ja provoziert.«

Inzwischen gelang es mir, mich zu fangen, und ich bekam es sogar hin, meiner Stimme einen forschen Klang zu geben: »Wer bist du?« Dabei hielt ich immer noch die Feder von Glaukos in der Hand und ein Teil in mir hoffte, dass er aufgrund der Zeitverschiebung den Rückholbefehl nicht sofort gespürt hatte.

»Wer ich bin, meine Schönheit? Das ist eine der leichtesten Antworten, die du heute bekommen wirst. Ich bin Ares, der Sohn des Zeus und der Hera. Man nennt mich auch den Kriegsgott.«

Er deutete eine Verbeugung an und nahm Platz. Spöttisch beobachtete Ares, wie ich ihn taxierte. Ares war ein unverschämt schöner Mann. Lange, schwarzglänzende Haare wurden mit einer Goldspange gehalten. Bei jedem anderen würde das albern aussehen, doch bei ihm unterstrich es einfach nur seine wie gemeißelte Schönheit. Seine hohen Wangenknochen lagen im bläulichen Schatten eines sehr gepflegten Dreitagebartes. Er hatte wirklich etwas von Hugh, nur seine Augen wirkten irgendwie kalt und metallisch glänzend. Breite Schultern sprengten fast den Maßanzug, der, wenn mich nicht alles täuschte, ein Anzug von Brioni war, einem der teuersten Hersteller der Welt.

Je länger ich ihn beobachtete, umso mehr sah er wie ein Männermodel in Designergarderobe aus als ein Kriegsgott. Sein Handgelenk schmückte eine breite Platinuhr von Patek. Unbezahlbar für unsereins. Gepflegte Hände mündeten in makellos polierten Fingernägeln, die so gar nicht zu einem Kriegsgott passen wollten. Das war ein Mann, der Frauenherzen höherschlagen ließ und weiche Knie verursachte. Ich konnte mich von dieser hypnotisierenden Männlichkeit nicht abwenden. Es waren jedoch die kalten Augen und mein mittlerweile pochender Knöchel, die meine Wachsamkeit schärften.

Ares schenkte mir Wein ein und schob mir den mit Juwelen besetzten Pokal zu. »Trink, meine Schöne, und entspann dich. Je eher du dich beruhigst, umso schneller werden wir das Loch meines Bruders Hephaistos verlassen.« Er hob seinen Pokal und nahm einen tiefen Schluck von dem Wein.

»Du bist ganz schön modern für einen Gott der Antike«, entfuhr es mir. »Ich kann mir nicht vorstellen, dass du mich wegen einer Stilberatung entführt hast.«

»Entführt ist etwas theatralisch, meinst du nicht auch?«, antwortete er spöttisch und das süffisante Lächeln ließ ein Grübchen an seiner rechten Wange erscheinen. »Und eine Stilberatung, nein, die brauche ich tatsächlich nicht. Mir gefällt deine Epoche sehr gut. Hervorragende Stoffe, schöne Anzüge und die Schwertschmiedekunst sind fast perfektioniert. Warum sollte ich mich nicht so kleiden, wie es zu mir passt?«

»Es ist mir egal, wer du bist, ich verlange, dass du mich sofort freilässt.«

»Sonst noch was, meine Liebe? Möchtest du mir, kleiner Erdling, mir, dem unsterblichen Gott des Krieges, drohen? Falls ja, dann bist du mir ja ähnlicher, als ich dachte, denn die Drohung ist ein Attribut des Krieges.«

Ein zynisches Lächeln überzog das sonst so makellose Gesicht, schmälerte jedoch nicht seine maskuline Ausstrahlung.

Er ist nicht dein Typ, Cassy, reiß dich zusammen, der Kerl hat dich entführt und du weißt nicht einmal, wo du steckst.

»Nun gut, dann möchte ich dir sagen, was ich von dir erwarte und du wirst ein braves Mädchen sein und das tun, was ich dir vorschlage. Dann darfst du wieder artig in dein Bett und deinen Urlaub genießen.«

Sprachlos sah ich ihn an. Angesichts dieser triefenden Arroganz erkannte ich, dass sein Auftreten nur dem Zweck diente, mir Angst einzujagen und mich kleinzuhalten.

Doch der liebe Ares hatte sich in mir getäuscht. Mit seiner Art jagte er mir keine Angst ein, sondern brachte vielmehr meinen angeborenen, griechischen Sturkopf hervor. Doch war mir klar, dass ich weiterhin wachsam sein musste, wenn ich nicht in diesem Loch vermodern wollte.

»Und was erwartest du von mir, dass du dir derart große Mühe machst, mich in dieser stinkenden Höhle festzuhalten?«

»Diese stinkende Höhle, wie du sie nennst, wäre dann in Zukunft dein Aufenthaltsort, solange du lebst. Selbstverständlich würde ich, soweit es meine Geschäfte zulassen, dich hier ab und zu besuchen und dir ein paar Neuigkeiten aus der Welt der Lebenden mitbringen. Vielleicht lasse ich dich auch frei und du darfst deine ersten und letzten Erfahrungen in der Welt der Antike ohne Zahnseide und Antibiotika machen. Du kannst also einen Dauerurlaub gewinnen oder eine sichere Heimkehr.«

Mir stockte der Atem und ich musste all meine Selbstbeherrschung mobilisieren, um nicht in Panik zu geraten und hysterisch loszuschreien. Die diffuse Dunkelheit raubte mir die Kraft und ich fühlte mich dreckig und zerrissen. War dies denn überhaupt möglich, in der Vergangenheit gefangen gehalten zu werden? Was wurde dann aus meinem Körper in meiner Zeit. Worum ging es hier überhaupt?

»Ares, du bist ein wahrer Gentleman, mir so viele Möglichkeiten anzubieten. Es ist an der Zeit, mir zu erklären, um was es genau geht. Und ein bisschen mehr Licht wäre mir auch ganz recht. Du schnippst doch so gern mit den Fingern«, antwortete ich genauso provozierend wie er.

Es war mir schon bewusst, dass es gefährlich war, einen Kriegsgott zu reizen, doch ich musste herausfinden, ob meine Chancen wirklich so schlecht standen, wie er es mir weismachen wollte.

Ares stand auf und stellte sich hinter mich, seine Hand spielte mit meinen Haaren. »Du gefällst mir.

Deine kämpferische Art und deine stolze Haltung sind die einer Königin. Ich verstehe langsam, warum meine Schwester dich erwählt hat.«

Sein Mund war ganz nah an meinem Ohr und ich roch das erdige Aftershave von Paco Rabanne. Ares ging um mich herum und klatsche in die Hände. Der Raum erhellte sich sofort.

Also doch kein Schnipsen, grinste ich in mich hinein.

Es war überdeutlich, dass Ares sowohl eitel als auch modebewusst war und hier kamen mir meine Modekenntnisse zu Hilfe. Alles an ihm bestand aus teuren Markenartikeln und vielleicht war die Eitelkeit des Kriegsgottes auch seine Achillesferse.

Ich erinnerte mich an ein Buch, das ich vor Jahren gelesen hatte. Es hieß »Sunzu, die Kunst des Krieges«. Ganz besonders erinnerte ich mich an folgenden Satz: Wenn du dich und den Feind kennst, brauchst du den Ausgang von hundert Schlachten nicht zu fürchten.

So oder ähnlich lautete die Botschaft in dem Buch, die mich derart begeisterte, dass ich sofort Mitglied im nächsten japanischen Schwertklub wurde. Zur Freude meiner Neffen und zum Leid meiner Eltern. Die Euphorie meinerseits hielt sogar drei Jahre an.

Die Höhle war jetzt fast taghell erleuchtet und auch der Teil, der vorher im Dunkeln lag, wurde nun sichtbar. Überall entdeckte ich herumliegende Gerätschaften, die von einer dicken Staubschicht umhüllt waren. In einer Ecke lagen unzählige von alten Schwertern und Speeren.

Zwischenzeitlich hatte Ares das Jackett ausgezogen. Unter dem blütenweißen Hemd erkannte ich einen gestählten Oberkörper. Das war der Sixpack-Körpertraum eines jeden Mannes, da war ich mir sicher. Er hatte ja auch ein paar Jahrtausende Zeit gehabt zum Trainieren. Da konnte man nur gut aussehen.

»Ares, es bringt nicht viel, mir Angst einjagen zu wollen. Du müsstest doch mittlerweile wissen, dass die Frauen in meiner Epoche durchaus selbstbewusst und gradlinig sind. Wir glauben an die Emanzipation und nicht an die alten Götter der Antike. An deiner teuren und hochwertigen Kleidung erkenne ich auch in dir einen Mann, der sicher in der Auswahl seiner Kleidung ist und sich in meiner Zeit zu bewegen weiß. Brioni und Patek, nicht wahr?« Die Gelassenheit einer Unternehmerin, die es gewohnt war, kostspielige Sachen für noch teureres Geld zu verkaufen, klang aus mir heraus. Schmeichelnd fügte ich noch hinzu: »Es steht dir ausgesprochen gut, nur würde ich kein Paco Rabanne als Aftershave benutzen. Du bist ein umwerfend schöner Gott. Da wäre ein sinnlicher und nicht erdiger Duft angesagt. Nun lass uns endlich darüber sprechen, was du von mir möchtest.«

Ich hatte Ares' Neugierde geweckt. Mit wenigen Schritten stand er vor mir und starrte mich überrascht an. »Du hast einen scharfen Blick, meine Schöne.«

Sein Lächeln war umwerfend und ich konnte mir sehr gut vorstellen, wie er damals die Massen in seinen Bann gezogen hatte und alle freiwillig in den Krieg zogen.

»Und du hast recht, die Drohungen der alten Zeiten sind nicht mehr wirkungsvoll im heutigen Zeitalter, vor allem nicht bei einer wahren Kriegerin, wie du eine bist. Unerschütterlichkeit gefällt mir. Ja, es ist eine Patek-Uhr. Dass du darauf geachtet hast, imponiert mir. Nicht jeder achtet auf die Kleinigkeiten, wenn er in Angst gefangen ist. Kleinigkeiten, die doch so wertvoll sein können. Das Innenleben dieser Uhr ist so genial, dass sie mich an meinen schlafenden Bruder erinnert. Nun gut, dann lass uns klar und deutlich sprechen, Kassandra. Der Deal ist folgender: Verzichte darauf, dein Ahnenerbe anzutreten, und ich lasse dich unbehelligt zurück in deine Zeit. Sehr gern können wir über die Option einer Freundschaft nachdenken. Ich wäre ein gutzahlender Kunde in deinem Geschäft«, lächelte Ares mich gewinnend an.

Ich war sprachlos. Der ganze Aufstand, der ganze Stress, die ganzen Drohungen, die blauen Flecken, nur um mich aufzufordern, diese Ahnenreihe einschlafen zu lassen? Ich musste ihn völlig entgeistert angestarrt haben, denn Ares sah zu Boden und ließ sich nicht die kleinste Regung eines Gefühls anmerken. Das konnte nicht sein Ernst sein. Alles nur eine riesige dramatische Show wegen einer einfachen Frage? Die hätte er mir doch auch in Delphi stellen können.

»Moment mal, welche Tragweite hätte meine Entscheidung überhaupt? Warum, Ares? Du wirst doch nicht diesen kolossalen Aufwand betrieben haben, nur damit ich mein Ahnenerbe nicht annehme. Wenn du schon dabei bist, etwas von mir einzufordern, dann pack aus und erkläre mir, was alles für dich dabei herausspringt. Und warum es für dich so wichtig ist, dass du mich in dieses stinkende Loch entführt hast und mir stundenlang irgendwelche Drohungen unter die Nase reibst. Was ist so wichtig an diesem Erbe?«, schrie ich ihn an, mittlerweile in Rage gekommen.

Ares beobachtete mich lauernd. »Meine Schöne, ich brauche dir nichts zu erklären, sondern ich fordere dich auf, dein Erbe nicht anzunehmen. Da ich jetzt aufgrund wichtiger Geschäfte dringend woanders erwartet werde, kannst du dir in den nächsten Tagen gern überlegen, ob du weiterhin hier verbleiben möchtest oder einfach, ohne zu hinterfragen, einwilligst. Ich denke, den Weg hinaus findest du allein. Viel Spaß in deinem Urlaub in der Antike.«

Einen Augenblick später war er verschwunden und ich allein in der Höhle.

Edel gekleidet, Übles im Sinn

Es war nicht zu fassen. Ich saß allein in dieser stinkenden Höhle. Wie gelähmt und festgenagelt klebte ich an dem Stuhl. Meine Hände zitterten und ich fühlte, wie ein dumpfer, übler Druck sich vom Magen aus über meinen ganzen Körper ausbreitete.

»Nur nicht ohnmächtig werden, Cassy«, flüsterte ich mir zu, um wenigstens eine Stimme zu hören. »Nur nicht ohnmächtig werden und ja nicht in Panik verfallen.«

Ich atmete hektisch ein und aus und versuchte, den aufsteigenden Eigenschaften von Angst und Hysterie Herr zu werden. Der faulige Geruch in der Höhle trug nicht unbedingt dazu bei, dass es mir besser ging.

»Aufstehen. Aufstehen und die Höhle durchsuchen. Komm, Cassy, der Kerl blufft nur. Einatmen und Übelkeit zurückweisen und einen klaren Verstand behalten.«

Oma hatte mir als Kind beigebracht, dass Probleme leichter zu lösen waren, wenn man über sich in der dritten Person sprach. Es würden dann andere Kräfte in uns wirken und helfen, war ihre felsenfeste Meinung.

Ich hatte ihr das damals mit den Kräften nicht sonderlich geglaubt, aber mir diese Technik dennoch angeeignet. Als Erwachsene las ich später etwas über Autosuggestion und war begeistert, was Oma alles konnte.

»Also noch einmal tief durchatmen und nachdenken. Ares sagte, ich finde hier auch allein heraus. Ergo gibt es einen Ausgang.«

Ich stand auf, nahm mir die nächstgelegene Fackel und sah mir den Raum genau an. Es hatte den Anschein, als ob ich in einer uralten Schmiede wäre. Der faulige Geruch kam von dem stetigen kleinen Lavastrom, der sich in einem Becken vor dem riesengroßen Amboss ansammelte. Unzählige metallische Gegenstände lagen auf dem Boden. Ich sah mir alles genau an. Es waren Handschienen, Schwerter und Dolche in allen möglichen Variationen. Unter einer dicken Staubschicht lagen weitere Rüstungsteile, Brust- und Rückenpanzer, teilweise mit wundervollen Intarsien und Edelsteinen, soweit ich es erkennen konnte. Speere und Schilde in verschiedenen Größen und Mustern lagen wohlgeordnet daneben, als ob sie darauf warteten, abgeholt zu werden.

Die Höhlenwände glitzerten im Schein der Fackeln, und ich erkannte Goldadern, die sich durch das Gestein schlängelten. An der anderen Wandseite schossen Bergkristalle wie Stalagmiten aus der Wand. Große, runde, grüne und rote Steine wirkten wie eingehämmert. Davor standen riesige Weidenkörbe mit faustgroßen weiteren Edelsteinen. Ich hatte in meinem ganzen Leben nie so große Rubine und Smaragde gesehen und nur ein Stein davon würde mir ein Leben in Luxus und Dekadenz bescheren. Fasziniert ging ich umher und vergaß für einen Moment, in welch einer Situation ich mich gerade befand.

Vor mir lagen verschiedene Formen von Sandalen und weitere Kleidung. Alles sah wie neu und ungebraucht aus und ohne die dicke Staubschicht wäre ich davon ausgegangen, dass gleich der nächste Gott um die Ecke käme und sich fragte, was ich hier machte.

War ich wirklich in der Schmiede des Hephaistos gefangen? Hatte er seine Werkstatt stillgelegt?

Ich ging weiter und traute mich nicht recht, die Gegenstände zu berühren. Eine leuchtende Rüstung erweckte meine Aufmerksamkeit. Zögernd ging ich ein paar Schritte darauf zu. Sie war durch und durch aus Gold geschaffen und auf dem Brustpanzer sah ich die Heldentaten des Herkules. Eine große Hydra war in der Mitte eingearbeitet und man hätte glauben können, dass sich ihre Köpfe gleich bewegen würden. Diamanten funkelten mit Rubinen und Saphiren um die Wette. An der Rüstung klebte kein einziges Staubkorn.

Unsicher hob ich meine Hand, um sie zu berühren, und hörte in diesem Moment das Raunen von einem Chor unsichtbarer Stimmen: »Unsterblich bist du, der Götter Liebling.«

Sofort riss ich meine Hand zurück. Wer weiß, welche Magie in diesem Brustpanzer steckte. Forschend sah ich mich weiter um.

Ein spürbarer Lufthauch ließ beim Weitergehen die Fackel züngeln. Dort, wo die Luft herkam, musste auch ein Ausgang sein. Aufgeregt folgte ich, die Fackel immer in Luftrichtung und in der anderen Hand die zerdrückte Feder von Glaukos haltend, dem immer stärker werdenden Luftstrom. Ich konnte endlich durchatmen und meine Schritte wurden immer schneller. Von Weitem konnte ich bereits einen Lichtschein ausmachen.

Ich steckte die Fackel in eine Verankerung, die an einer Stelle in der Höhlenwand eingearbeitet worden war und lief, nicht mehr auf meine nackten Füße achtend, den Weg hinaus.

Gleißende Sonnenstrahlen blendeten mich. Vor lauter Erleichterung, der Höhle entkommen zu sein, schossen mir unaufhaltsam Tränen in die Augen.

Völlig erschöpft setzte ich mich auf den warmen Boden. Mein weißes Nachthemd war verdreckt und zerrissen. Schluchzend legte ich die Arme um meine zitternden Beine.

Sollte ich Ares rufen und einfach einwilligen? Dann wäre ich bald wieder in meinem Bett. Sollten sich die Götter und Wesenheiten doch jemand anderen aussuchen.

Der Tränenstrom versiegte langsam und meine innere Anspannung entkrampfte sich wieder. Forschend sah ich mich um. Wo war ich hier? War dies meine Zeit oder hing ich wirklich in der Antike fest?

Suchend sah ich mich um und entdeckte nur dichte, grüne Vegetation. Ich saß mitten auf einer Lichtung auf einer blühenden Blumenwiese. Hinter mir befand sich der Eingang zur Höhle, der kaum sichtbar war. Ich hatte das Gefühl, dass die Farben der Blätter intensiver leuchteten, als ich es gewohnt war, und einige der kleinen Blumen auf der Wiese kannte ich gar nicht.

Frustriert seufzte ich auf und starrte auf die zerdrückte Feder in meiner Hand. Warum war Glaukos nicht erschienen? Was war schiefgelaufen? Nachdenklich zupfte ich an den kleinen Federstielen.

Die Luft um mich herum begann zu flimmern, und ein kreischendes Geräusch, das mit dem Aufklatschen eines Körpers einherging, erfolgte. Genauso schnell, wie das Geräusch gekommen war, so schnell wurde es wieder still.

»Verdammich«, hörte ich die bekannte Stimme von Glaukos.

»Glaukos?«, schrie ich aufgeregt und sprang auf. Hektisch lief ich in die Richtung, aus der das Geräusch gekommen war. Wo war er nur?

Eine Lawine von Blättern und Zweigen prasselte auf mich herab. Schützend hob ich die Arme über meinen Kopf und blickte zu den Baumwipfeln hinauf. Glaukos hing mit geöffneten Flügeln unglücklich zwischen zwei großen Ästen und versuchte, sich aus dieser misslichen Lage zu befreien. Wütend hackte er mit dem Schnabel auf die Zweige ein und die nächste Ladung Blätter und Äste fiel zu Boden. Glaukos schüttelte sich und hüpfte unsicher hin und her.

»Was hast du angestellt?«, schrie er mich im Geiste an. »Verdammich noch mal, was hast du angestellt?« Er kreischte und schüttelte sich vor lauter Wut.

Ich wich sicherheitshalber ein paar Schritte vor ihm zurück und wartete ab, bis er sich beruhigt hatte.

Eines war klar: Er wusste auch nicht, was passiert war oder wo wir steckten, sonst würde er sich bestimmt nicht so aufregen.

Glaukos hüpfte ein paar Mal empor und setzte dann zum Flug an. Er stieg sehr hoch hinauf und ich fragte mich, ob Eulen wirklich so hoch fliegen konnten. Die Flügel weit ausgestreckt, verschwand er in der Ferne.

Das half nicht gerade, meine Stimmung zu bessern. Hinzu kam, dass mich langsam der Durst quälte. Meine Mundhöhle war ausgetrocknet und alles in mir schrie nach Wasser.

»Glaukos, wenn du mich hören kannst, wird es Zeit, dass wir uns beratschlagen, wie es hier weitergeht, und außerdem verdurste ich mittlerweile«, fügte ich jammernd hinzu.

»Ich komme gleich, ich muss herausfinden, wo genau wir sind«, kam die prompte Antwort, und wenn ich mich nicht täuschte, hörte sich seine Stimme wieder etwas entspannter an.

Es dauerte nicht lange und Glaukos kam mit ausgestreckten Schwingen gleitend auf mich zu. Es sah einfach nur wunderschön aus, dieser kleine, schneeweiße Kauz, der auf den Winden lautlos segelte.

»Danke, ich hab das gehört und du kannst es ruhig des Öfteren sagen. Nicht dass es heißt, wir Eulen wären eitel, doch hier und da ein Lob hilft, wenn die Situation nicht mehr zu retten ist«, fügte Glaukos düster hinzu. »Jetzt erzähl mir bitte genau, was passiert ist, denn ich kann mir bis jetzt kein Bild machen und auch nicht nachvollziehen, warum ich hier gelandet bin. Lass keine Kleinigkeit aus.«

»Glaukos, ich bin ausgetrocknet, ich kann nicht mehr reden, ich brauche Wasser.«

»Papperlapapp, kau an einem Grashalm, das wird helfen, und jetzt beherrsche dich und erzähl endlich.«

Der bittere Saft des Grashalms trieb meinen Speichelfluss an, sodass ich etwas zum Hinunterschlucken hatte. Mein Hals fühlte sich wie ein Reibeisen an und ich versuchte, so schnell wie möglich Glaukos alles zu erzählen. Ich verschwieg nur meine fast ausbrechende Hysterie, die im Hintergrund lauerte und versuchte, die bröckelnden Fesseln meines Verstandes zu sprengen.

»Hast du von dem Wein getrunken?«, unterbrach Glaukos mich aufgeregt, als ich ihm erzählte wie Ares mich empfangen hatte.

»Nein, wieso?«, erwiderte ich irritiert.

»Gut, gut, es hätte sein können, dass es der Wein des Vergessens war und dann hätten wir in ein paar Stunden noch mehr Probleme als bisher.«

Glaukos trippelte unruhig hin und her und machte mich noch nervöser, als ich es schon war.

»Glaukos, hast du eine Ahnung, was passiert ist und wo wir jetzt stecken?«

Wenn Eulen einen vorwurfsvoll anschauen konnten, war dies der Moment. Die kleinen, bernsteinfarbenen Augen musterten mich bewegungslos und ich spürte eine Woge voller unausgesprochener Vorwürfe. Solche Sätze wie »Ich hatte es ja gesagt, dass dies eine dumme Idee ist, aber nein, du wusstest es ja besser« bis zu »Dummer Zweibeiner, und federlos dazu«.

Recht hatte er ja, es war eine dumme Idee gewesen, auf geistiger Ebene ohne richtige Anleitung zwischen den Zeiten zu reisen. Andere verfuhren sich trotz Navigationssystem auf den Straßen Australiens, und ich war so arrogant zu denken, dass mir nichts geschehen könnte.

Glaukos räusperte sich. »Wir stecken in der Vergangenheit fest und mein Rundflug hat bestätigt, dass wir uns nicht weit von Delphi befinden. Dass ich dich nicht orten konnte, lag an der Magie des Ares, aber auch an der Höhle. Hephaistos hat alle seine Werkstätten mit einem Unsichtbarkeitszauber belegt, daher konnte ich deinen Rückkehrbefehl nicht empfangen. Ich habe gespürt, dass etwas nicht stimmte und dir ein paar feste Kniffe zugefügt, um dich wachzurütteln, aber du hast wie tot dagelegen. Als ich die jungfräuliche Göttin rufen wollte, zog mich ein immenser Schmerz an meinen Federn in deine Aura und katapultierte mich hierher in meine alte Zeit. Die wichtigste Frage ist: Warum will Ares, dass du deine Gabe nicht annimmst? Was hat er denn zu gewinnen oder zu verlieren?«, sinnierte Glaukos in meinen Gedanken.

Doch mich hatte eine andere Bemerkung in Panik versetzt und die Fesseln meines Verstandes fingen an, sich aufzulösen. Hatte Glaukos gerade von *Wir sitzen hier fest und keiner weiß Bescheid* geredet?

»Und was passiert nun mit unseren Körpern?«, fragte ich im Anflug der aufkeimenden Überreizung.

»Im schlimmsten Fall wird morgen irgendjemand den regungslosen, kalten Körper einer Blondine mit einer starren Eule auf der Brust finden«, keckerte Glaukos und, ich sah ihm an, dass er die Situation mittlerweile wieder zum Lachen fand, ganz im Gegensatz zu mir.

»Kann uns denn die Göttin hier nicht helfen?«, fragte ich mit aufkeimender Hoffnung.

»Oh, bei allen fliegenden Geschöpfen auf Erden, das dürfen wir gar nicht in Erwägung ziehen. Die Göttin in diesem Zeitraum ist noch sehr jung und ungeduldig. Sie weiß nicht einmal, dass sie aus der Kraft der Gedanken besteht. Wenn wir ihr das erzählen würden, könnte ein eventueller Wutausbruch ihrerseits uns in ein Häufchen Asche verwandeln. Weiterhin würden wir die Gegenwart und die Zukunft auflösen, denn wir wissen nicht, welche Auswirkungen unser Gespräch hätte. Nicht einmal mir, meiner Wenigkeit, darf ich begegnen.«

»Das hat Ares clever durchdacht«, fügte ich deprimiert hinzu.

»Ja, das hat er wirklich, aber er hat die Weisheit einer Eule unterschätzt und er weiß nicht einmal, dass ich auch hier bin. Im Gegensatz zu dir kenne ich mich hier sehr gut aus und du hast vergessen, dass unsere liebe Freundin, die Pythia, weiß, wer du bist. Wenn uns jemand helfen kann, dann sie. Lass Ares ruhig zurückkehren, der wird Augen machen, dass du nicht heulend in der Höhle hockst und auf seine Majestät wartest«, kicherte Glaukos schadenfroh. »Komm, mein Kindchen, lass uns Delphi besuchen und ein bisschen Spaß haben.

Nur so, wie du jetzt aussiehst, kannst du dich dort nicht blicken lassen, wir müssen in die Höhle hinein und etwas Passendes aussuchen, damit du nicht weiter auffällst.«

»Ich soll bei meiner Größe und meinen blonden Haaren nicht auffallen?«, fragte ich zweifelnd.

»Schätzchen, du bist im Land der Hellenen, hier sind fast alle blond und großgewachsen. Dass der Grieche später klein, krumm und dunkelhaarig wurde, lag an der Vermischung der Gene mit diversen anderen Völkern. Also ein bisschen mehr Sachverstand wäre nicht übel, nicht, dass wir wegen deines nicht vorhandenen Wissensstandes am nächsten Baum hängen.«

Es dauerte einige Zeit, bis Glaukos mit meiner Verkleidung einverstanden war. Ich trug über meinem weißen Nachthemd einen leichten anschmiegsamen Brustpanzer aus weichem Ziegenleder mit den Intarsien der Göttin. Glaukos bestand darauf, dass ich unbedingt die Eule auf der Brust trug. Kniehohe Sandalen umschnürten meine Waden und ein kleines Messer steckte an der Seite der Wade. Ein wunderschön gearbeitetes Kurzschwert und ein Dolch mit kleinen Edelsteinsplittern steckten an meinem breiten Bronzegürtel und der Waffenrock fiel in langen, einzelnen Lederstücken herunter. Jedes einzelne Lederstück war sorgfältig mit kleinen Bronzestücken verziert. Ein kleiner Lederbeutel mit Goldmünzen und ein weiterer Beutel mit wertvollen Edelsteinen, versteckt in meinem Lederwams, kamen noch hinzu. Ein dunkles Tuch lag über meinen Schultern und verdeckte etwas von meiner Gestalt.

»Können wir jetzt los?«, fragte ich ungeduldig, denn der faulige Gestank und die Erinnerung an diese Höhle halfen nicht, mein Wohlgefühl zu steigern.

Glaukos starrte mich an und schüttelte den Kopf. »Wir brauchen einen Goldreif für deine Haare. Das ist hier gerade der letzte Schrei«, schmunzelte er und pickte einen goldenen, schlichten Haarreif auf, der mit anderen wunderschönen Kostbarkeiten in einem alten Weidenkorb lag. »So, jetzt gibt es nichts mehr an deiner Kleidung auszusetzen. Sag mal, kannst du reiten?«

Auf nach Delphi

Wir wanderten mindestens eine Stunde, die mir jedoch vorkamen wie zehn Stunden. Alle paar Minuten schüttelte ich mir Steinchen aus den Sandalen und fragte mich, wie man in diesen Schuhen überhaupt marschieren konnte. Und bei diesem Schneckentempo war es überhaupt fraglich, wann wir Delphi erreichen würden.

Das Plätschern eines Baches wurde hörbar und ich sandte den Gedanken an Pause und Durst an Glaukos, der über mir schwebte.

»Nach der nächsten Biegung werden wir den Bach vor uns sehen«, antwortete Glaukos und flog aus meinem Sichtfeld.

Meine Schritte beschleunigend, lief ich so schnell, wie es die Steinchen in den Schuhen zuließen, auf den Bach zu. Eine laute Warnung von Glaukos hinderte mich daran, sofort in den Bach hineinzuspringen.

»Stopp, wage es ja nicht, da hineinzugehen«, krächzte Glaukos und bremste mich ab. »Du kannst nicht mit Ledersandalen in das Wasser. Sobald die Schnüre anfangen zu trocknen, ziehen sie sich in dein Fleisch hinein bis zu deinen Knochen und barfuß möchtest du bestimmt nicht in Delphi ankommen. Außerdem kann es sein, dass Wasserschlangen im Bach sind.«

Glaukos hielt seinen Schnabel in das Wasser und trank in kleinen Schlucken.

Schnell entknotete ich die Sandalen und hielt meine brennenden Füße in das kalte Wasser. Von Schlangen war weit und breit nichts zu sehen. Wie gut, dass ich eine kleine Bronzeschüssel eingesteckt hatte, die ich jetzt mit dem kühlenden Nass füllte und endlich meinen Durst löschen konnte.

Minuten später lag ich auf dem Rasen. »Glaukos, wie kann es sein, dass ich hier in dieser Zeit so real bin und alles fühlen kann?«, wandte ich mich an ihn.

»Das ist ein Teil der Exsomatose. Man kann sich manifestieren, wenn man möchte, oder aber auch nur in seiner Energiestruktur bleiben. Viele der mir bekannten Zeitreisenden nehmen die zweite Variante, da sie leichter zu kontrollieren ist. Die Manifestation des Körpers verbraucht viel Lebensenergie. Dies ist auch der Grund, warum wir schnell zurückkehren müssen.«

»Wer macht denn Zeitreisen?«, wollte ich, neugierig geworden, wissen und zog währenddessen die Sandalen an.

»Das werde ich dir erzählen, sobald wir zurück in unserer Zeit sind. Jetzt lass uns auf die Straße zurückkehren, denn wir werden schon erwartet. Ich habe mittlerweile Pythia geistig kontaktiert und sie über alles informiert. Sie schickt uns ihren besten und verschwiegensten Leibwächter, Leonidas, einen alten, erfahrenen Krieger, der die Regel ›Keine Fragen, keine Lügen‹ kennt. Er wird dich bis zur Pythia begleiten und dich sicher durch Delphi lotsen. Ich werde zwischenzeitlich versuchen herauszufinden, was Ares genau plant und sichergehen, dass wir ihm die Suppe versalzen.«

»Du lässt mich allein?« Schockiert starrte ich den kleinen Steinkauz an. Unglaublich, dass ich mich in der Gegenwart einer Eule sicherer fühlte als in der Begleitung eines erfahrenen Kriegers.

»Nicht direkt allein. Ich bin so weit in deiner Nähe, dass ich dich gedanklich sofort empfangen kann. Du brauchst dich nicht zu fürchten, solange du tust, was dir die Pythia anrät. Und jetzt stell dich bitte an den Wegesrand, ich höre schon die Pferde kommen.«

Glaukos flog hinfort und ich stellte mich wie ein Anhalter der Antike an den Wegesrand und wartete auf Leonidas. Eine Staubwolke wurde sichtbar und ich hörte das Schnauben der Pferde, die rasend schnell angaloppiert kamen.

Leonidas zügelte die Rösser und hielt vor mir an. Heißer Schweiß rann den Pferden durch das Fell und ich sah an ihrem Schaum vor dem Maul, dass sie bis zur Erschöpfung angetrieben worden waren.

Mit einem schnellen Satz sprang der alte, weißhaarige Krieger aus dem Sattel und kniete vor mir nieder. »Kyria, mein Schild und Schwert sowie mein Leben sind für deine Dienste vorgesehen. Meine Augen werden die Gefahr für dich erkennen, mein Mund schweigt. Es ist mir eine Ehre, der Schwester der Heiligen Pythia zu dienen. Selbstverständlich wurde mir aufgetragen, dass dieses Wissen über deine Person streng geheim ist, so hat es Athene befohlen. Bitte folge mir, Leonidas, deinem Diener und Beschützer.«

Kniend wartete Leonidas auf weitere Befehle meinerseits. Wow, war das toll. Ich war begeistert von der Rede. Leonidas war ein durchtrainierter, athletischer Mann. Sein Alter war schwer einzuschätzen, da ihn die weißen Haare älter aussehen ließen, als es den Anschein hatte. Seine Oberarme waren von weißen, fleischigen Narben übersät, die auf der sonnengebräunten Haut wie eine Landkarte hervortraten. Er trug auf dem Harnisch das unverkennbare Zeichen der Pythia, den dreibeinigen Schemel, auf dem zu Ehren Apollons eine Lyra lag. Wie es den Anschein hatte, gehörte Leonidas zur persönlichen Ehrengarde der Pythia und diese wurde von den Spartanern ausgebildet.

O Mann, was sollte ich denn jetzt antworten, ohne zu verraten, dass ich mein Wissen über diese Zeit von ein paar Hollywoodfilmen hatte? Die gescheiterten Versuche, Homer zu lesen, rächten sich jetzt.

»Danke Leonidas, mir wurde nicht zu viel versprochen. Meine Schwester hat weise gewählt, bitte führe mich zu ihr.«

Ich streichelte dem Pferd die weichen, schnaufenden Nüstern und blickte tief in die wachen braunen Augen. Es war ein edles Tier mit einem langen, sehnigen Hals. Seine Mähne und Schweif waren einen Ton heller als sein Hauptfell.

»Wie ist sein Name?«, fragte ich an Leonidas gewandt.

»Xenophon ist der Name des Rosses, Kyria.«

»Xenophon, so heißt du also, mein Schöner. Wie passend doch das Schicksal deinen Namen erwählt und mich zu dir geführt hat.«

Xenophon schnaubte leise und stupste mich an meine Schulter, so als wollte er mir mitteilen, dass ich doch endlich aufsitzen solle, damit das Abenteuer, für das er geboren wurde, beginnen konnte.

Schnell stieg ich in den Steigbügel und hievte mich in den Sattel.

Seit meiner Kindheit war Reiten eine meiner Lieblingsbeschäftigungen. Mein Vater hatte mich schon sehr früh auf ein Pferd gesetzt und so oft es ging, mit mir die Weiten Australiens erkundet. Ich fühlte mich wohl auf dem Rücken eines Pferdes und ich ließ es Xenophon spüren, indem ich ganz sacht mit meinen Waden seine Flanken berührte.

Ich spürte die bewachenden Blicke von Leonidas auf meinem Rücken, hielt die Zügel kürzer in der Hand und nahm eine gerade Haltung an.

»Ich bin bereit, reite vor«, gab ich einen kurzen Befehl. Leonidas reagierte sofort und trabte vor.

Es war sehr ungewohnt, ohne Reithosen zu reiten, und ich spürte schon nach kurzer Zeit meine gereizte Haut an den Oberschenkelinnenseiten. Die antike Kleidung machte es mir nicht unbedingt leichter. Das Kurzschwert schlug bei jedem Schritt auf den Oberschenkel und ich befürchtete, bald große, blaue Flecke zu bekommen. Mir fiel auf, dass Leonidas sein Schwert quer über die Schulter gehängt hatte.

Die Landschaft war atemberaubend. So sah also das antike Griechenland aus?

Ein kleiner Reitpfad führte uns an riesengroßen Farnen und wuchernden Schlingpflanzen vorbei. Ich konnte Palmen am Horizont ausmachen. Ich war fasziniert von der überwältigenden Farbenpracht und den Blumen, die ich nie zuvor gesehen hatte.

Was würde mich erwarten, wenn die Pythia alles wieder in Ordnung bringen könnte?

Die Gedanken an meine ausweglose Situation bekamen wieder Oberhand. Ich war gefangen in einer Welt, in die ich nicht hineingehörte und in der ich bestimmt ohne fremde Hilfe nicht lange überleben würde. Mein Körper in meiner Zeit würde wie im Komazustand vor sich hin vegetieren, obwohl das Leben hier auch seine Vorteile hatte. Ich konnte mich in der Höhle des Hephaistos mit Juwelen eindecken und mir hier eine kleine Villa am Meer mit Bediensteten leisten.

Beruflich konnte ich doch auch einiges anfangen, als Modedesignerin zum Beispiel oder als Pendant zur Pythia. Im Gegensatz zu ihr kannte ich mich ja bestens mit der Zukunft aus. Auf jeden Fall wäre meine erste Erfindung eine fabelhafte Sonnenbrille und Sonnencreme. Schmunzelnd ließ ich die Zügel etwas lockerer, was Xenophon sofort dazu nutzte, sein Tempo zu beschleunigen.

Es dauerte nicht lange und ich sah von Weitem Rauchwolken gen Himmel steigen. Gerüche von Kurzgebratenem lagen in der Luft. Ich spürte an meinem grollenden Magen nicht nur den großen Hunger, auch meine pelzige Zunge meldete sich zurück. Ein Himmelreich für eine Zahnbürste und Zahnpasta.

Leonidas hielt an und wartete, bis ich neben ihm ritt.

Vor uns lag Delphi. Ein atemberaubender Anblick. Die Stadt lag inmitten einer dicht bewaldeten Talmulde, umgeben von einer riesigen, kreisrunden Mauer. Es gab mehrere Eingänge in der Mauer. Das Ganze glich einer Ameisenkolonie.

Leonidas deutete auf die westliche Seite. »Wir reiten durch das seitliche Tor hinein. Von dort ist es kürzer bis zu den Gemächern der Obersten Priesterin.«

Ich nickte zustimmend und raffte die Zügel, was Xenophon mit einem aufgeregten Schnauben quittierte. Meine innere Erregung hatte sich komplett auf mein Pferd übertragen und ich spürte unter meinen Beinen das kontrollierte jedoch nervöse Zucken seiner Muskulatur.

Ruhig, Xenophon, sprach ich in Gedanken zu ihm und kraulte ihn leicht zwischen seinen Ohren. Ruhig, ich brauche dich jetzt ganz ruhig. Ich bin eine Fremde in diesem Land und vertraue auf deine Schritte. Es gibt später auch etwas ganz Leckeres, fügte ich lobend hinzu.

Xenophon schüttelte, als er hätte er mich verstanden, den Kopf, und ich spürte, dass seine Angespanntheit nachließ.

Kurze Zeit später kamen wir, vollkommen staubig, am westlichen Tor an. Soldaten patrouillierten mit erhobenen Speeren den kleinen Eingang entlang und salutierten, als sie Leonidas erblickten.

Ich hielt den Kopf erhoben und versuchte, nicht allzu neugierig zu wirken. Vielleicht sollte ich mich etwas arrogant geben, damit man erst gar nicht in Versuchung geriet, mich anzusprechen.

»Ab hier müssen wir zu Fuß weitergehen.« Leonidas stieg ab und reichte die Zügel seines Pferdes einem herbeieilenden Jungen.

Ich stieg ab und spürte schmerzhaft jeden einzelnen Muskel in meinem Körper. »Gib meinem Pferd eine große Portion Futter«, wies ich den Jungen an, »und dann komm zu mir, damit ich dich entlohnen kann.«

Große, dunkelbraune Augen blickten mich verzückt an und kleine, dreckige Finger griffen nach den Zügeln. »Ja, das werde ich tun, ehrenwerte Kyria.« Lächelnd zog der Kleine an den Pferden.

Ich glaubte, die Aussicht auf eine Belohnung hatte ihm den Tag verschönt.

Leonidas sah mich prüfend an. »Ihr habt ein edles Herz, ehrenwerte Dame. Möge es Euch immer leiten.«

Peinlich berührt schoss mir die Röte ins Gesicht, wie ich an meinen heißen Wangen spüren konnte. Komplimente zu bekommen und auf sein gutes Herz angesprochen zu werden, geschah zu meiner Zeit nicht alle Tage und es war mir schon peinlich, dass eine einfache

Handlung meinerseits so viel bewegen konnte. Und sei es in diesem Fall nur die unendliche Dankbarkeit in den Augen eines Kindes.

Leonidas ging zügig durch die Gassen und ich spürte die vielen beobachtenden Blicke, die mich taxierten. Ich konnte die Gedanken der Menschen förmlich spüren. Die Neugierde, wer ich sein könnte, dass ich von der Leibwache der Priesterin eskortiert wurde und nicht den Haupteingang benutzte, stand in der Luft geschrieben, genauso wie der immer stärker werdende Geruch von Gebratenem und Brot.

Die Gassen wurden immer breiter und ich bemerkte viele Menschen, die emsig hin und her liefen. Der Kleidung nach zu urteilen mussten es persönliche Diener sein. In meiner staubigen und nach Schweiß riechenden Kleidung kam ich mir mittlerweile sehr ärmlich vor.

Leonidas ging immer schneller und ich musste mein Tempo beschleunigen, um mithalten zu können.

Laute Geräusche und Gelächter aus einem offenen Haus hielten mich kurz auf und ich blickte neugierig hinein.

»Werte Herrin, das ist kein Ort, in den Frauen Eures Standes hineinschauen sollten«, mahnte mich Leonidas.»Ich glaube nicht, dass eine Taverne der Offiziere und deren leichten Mädchen Euch interessieren.«

Würden mich schon interessieren, dachte ich mir schmunzelnd, jedoch stand ja mein Ruf in der Antike auf dem Spiel. Lächelnd drehte ich mich um und stolperte direkt in zwei muskulöse, goldbraune Arme, die mich auffingen.

»Wohin des Weges, Schönheit? Möchtest du mir einsamen Wanderer nicht Gesellschaft leisten?«, flüsterte eine wohltönende Stimme an mein Ohr. Zwei unendlich blaue Augen strahlten mich frech an.

Heftig löste ich mich von dem Fremden und eilte zu Leonidas, der die kurze Szene nicht bemerkt hatte. Ich drehte mich noch einmal zu dem Unbekannten um.

Frech, in einen Umhang gehüllt, deutete er eine Verbeugung an.

Mist, er hat bemerkt, dass ich zurückgeblickt habe, ärgerte ich mich.

Ich trottete hinter Leonidas her und hatte keinen Blick mehr für die Gegend. Die kurze Begegnung mit dem Mann ging mir jedoch nicht aus dem Sinn. Ich hatte noch nie so atemberaubende Augen gesehen und ich spürte die Neugierde in mir aufkeimen, zu erfahren, wer er war, und gleichzeitig wurde mir klar, dass ich hier nichts zu suchen hatte, und dringend in meine Zeit zurücksollte.

Pythias Gemächer

Leonidas hielt vor einem, im Schatten alter Eichen liegenden Haus. Mehrere dorische Säulen umsäumten das Anwesen, sodass es eher wie ein kleiner Tempel wirkte. Auf dem Boden war mithilfe vieler kleiner Steine ein Mosaik zusammengefügt worden, dass von den großen Taten der Götter berichteten. Lapislazuli schmückte die Säulen und viele weiße und blaue Tücher wehten im warmen Wind. Vor dem großen Eingang warteten etliche junge Mädchen, die kichernd und singend um die Pythia herumschwirrten. Es wurde still, als sie uns ankommen sahen.

Leonidas kniete auf einem Knie und senkte den Kopf. »Werte Seherin, Euer Befehl wurde ausgeführt, ich habe Euren Gast sicher hergeführt. Es gab unterwegs keine sonderlichen Begebenheiten.«

Mit einer grazilen Bewegung stand die Pythia auf, und bat Leonidas, sich zu erheben. »Mein lieber Leonidas, du bist das wertvollste Geschenk der Götter an mich, ich danke dir für deine Hilfe. Bitte nimm diese kleine Schatulle als Zeichen meines Dankes an, und nein, mein Lieber, keine Widerworte«, lächelte sie sanft und drückte dem alten Haudegen ein Küsschen auf die Wange.

Unglaublich, der alte Krieger konnte noch erröten, erkannte ich und fand die ganze Situation unwahrscheinlich schön.

Leonidas bedankte sich mehrfach und ließ uns allein.

Mit erhobenen Armen kam mir Pythia entgegen. »Meine liebe Schwester, es ist wunderbar, dich nach all den Jahren doch begrüßen zu dürfen. Komm in meine Arme. – Spiele das Spiel bitte mit, Kassandra«, flüsterte mir Pythia zu. »Meine Dienerschaft weiß, dass du aus einem kleinen, behüteten Dorf kommst und noch nie die weite Welt gesehen hast. Es sei dir also vergeben, wenn du etwas falsch machst. Ansonsten sei nur nett und lächle und spiele einfach mit.«

Pythia drehte mich mehrfach um meine eigene Achse und stieß begeisternde Rufe aus.

Ich spielte mit, lächelte und nickte und ließ mir von den Mädchen Umarmungen und Streicheleinheiten gefallen.

»Oh, du musst hungrig sein, meine Kleine, hungrig und durstig. Was bin ich doch unhöflich. Sicherlich möchtest du ein Bad nehmen.«

Ein kurzes Klatschen in die Hände und die Mädchen führten mich lachend und kichernd in einen großen Raum. Schnipsen und in die Hände klatschen schien hier in der Antike der absolute Trend zu sein. Diese leichte Dekadenz gefiel mir immer mehr und ich merkte, wie der griechische Anteil meiner Persönlichkeit sich sehr wohlfühlte und sichtbarer wurde.

Minuten später lag ich in einem kleinen Bassin voller Rosenblüten und entspannte meine müden Knochen. Ich hatte darum gebeten, allein gelassen zu werden, mit der Begründung, dass ich mich noch schämte, mich nackt zu zeigen.

Die Mädchen erheiterte es ungemein, da sie es gewohnt waren, in ihren leichten, fast durchsichtigen Gewändern, die mich an Musselin erinnerten, gekleidet zu sein. Doch letztendlich hörten sie auf meine Bitten, legten mir frische Kleidung hin und ich war endlich allein.

Nachdem ich mich ausgiebig gereinigt hatte, schlüpfte ich in eine weiße Toga mit blumenartigen, goldenen Stickereien. Etwas unwohl fühlte ich mich schon in dieser Kleidung und kam mir eher wie für ein Kostümfest verkleidet vor. Schade, dass es hier keine Spiegel gab, ich war schon neugierig, wie ich aussah. Ich faltete meine Sachen zusammen und versteckte, so gut es ging, die Edelsteine.

»Du bist fertig?«, hörte ich hinter mir die Stimme der Pythia.

»Ja, so weit schon, ich würde nur zu gern diese Habseligkeiten von mir verstecken. Auch meine Kleidung von meiner … äh … du weißt schon, was ich meine.«

Pythia gab mir eine Schatulle, die reich mit Halbedelsteinen geschmückt war. Für so eine Schatulle würde ich ein Jahresgehalt ausgeben müssen. Sie war aus reinem Gold und ein großer Delfin schmückte den Deckel. Der Schnabel des Delfins hielt den Deckel zusammen.

»Hier, ich habe mir gedacht, dass es einiges gibt, das keiner zu Gesicht bekommen sollte. Nicht einmal ich. Wir dürfen keine Informationen aus deiner Zeit bekommen, da wir nicht wissen, wie sie sich auswirken könnten.«

»Du meinst, dass die Geschichte sich verändern würde?«

»Ja, das meine ich. Die Erde und alles, was sie je bewohnt hat. Das Chaos und seine dunklen Götter könnten zurückkehren. Der Tartarus könnte an Macht gewinnen. Nein, meine kleine Schwester im Geiste, nein, wir können das nicht zulassen.« Pythia hielt mich an meinem Oberarm. »Komm, du musst hungrig sein, und ich möchte genau wissen, was passiert ist und was ›er‹ zu dir gesagt hat.«

Schnell stopfte ich meine Habseligkeiten in die Schatulle und ließ mir zeigen, wie man sie verschloss. Den kleinen Beutel mit den Drachmen nahm ich mit mir. Siedendheiß fiel mir der kleine Junge ein und ich fragte Pythia nach ihm.

»Oh, dein kleiner Verehrer ist in der Küche und wird mit Fleisch und Honigküchlein versorgt. Du hast den kleinen mutterlosen Dimitrios sehr glücklich gemacht. Es war immer sein Traum, in meine Nähe zu kommen, und du hast ihm diesen Wunsch erfüllt. Es wäre für ihn anders nie möglich gewesen. Du siehst, das Universum wusste von Anbeginn der Zeit, wie die Schicksale miteinander verknüpft sind.«

Pythia führte mich in einen kleinen Garten, der von hohen Mauern umgeben war. Ein kleiner Teich zierte die Mitte des Rasens, auf dem majestätisch mehrere Pfauen flanierten. Langsam kam mir die Entführung durch Ares eher wie ein Glückslos vor als ein Drama.

Eine Decke, gefüllt mit etlichen verschiedenen Früchten und Nahrungsmitteln, lud zum Verweilen ein. Pythia setzte sich grazil hin und klopfte auf den freien Platz neben sich.

»Komm, setz dich zu mir und iss etwas, dein Körper braucht Nahrung und Energie.«

Das ließ ich mir nicht zweimal sagen und griff herzhaft zu. Ich wollte gar nicht wissen, was ich alles zu mir nahm. Es war einfach nur unbeschreiblich geschmackvoll und die Explosion der Farben in meiner Wahrnehmung förderte noch mein Wohlbefinden.

Es dauerte, bis ich wirklich gesättigt war und der Pythia erzählen konnte, was Ares mir vorgeschlagen hatte. Mittlerweile wurde es dunkel und die Mädchen brachten große Schalen, in denen Feuer entzündet wurden. Die leeren Teller wurden weggeräumt und die Karaffen mit Wein und Wasser aufgefüllt.

Pythia hielt ihre Augen geschlossen und schwieg. Sie sah aus wie eine in Marmor gemeißelte Statue.

Ich schloss ebenfalls die Augen und merkte, wie die Müdigkeit mich überkam und ich in einen tiefen Schlaf fiel.

Es war dunkel, als ich erwachte. Umhüllt von leichten Tüchern lag ich noch immer im Garten und spürte die wohlige Wärme des lodernden Feuers. Jegliches Zeitgefühl war mir abhandengekommen. Fasziniert blickte ich zum Himmel empor. Noch nie in meinem Leben hatte ich einen riesigen, sternenfunkelnden Himmel wie diesen gesehen. Er sah aus, als bestünde er aus Millionen glitzernden Strasssteinen, die um die Wette funkelten. Der Himmel war so klar und tiefblau-samtig, dass ich Ares zum zweiten Mal an diesem Tag dankbar war, hier sein zu dürfen.

Ich hörte leise Schritte und setzte mich sofort auf.

»Bitte, erschrick nicht, ehrenwerte Herrin. Ich bin Xenia, deine Dienerin. Die ehrenwerte Priesterin hat mich beauftragt, dich zu deinen Gemächern zu bringen, falls du magst. Du kannst aber auch gern hier liegen bleiben. Ich werde in deiner Nähe sein, falls du etwas brauchen solltest.«

Ein junges Mädchen, nicht älter als vielleicht sechzehn Jahre, sah mich lächelnd an. Xenia war eine kleine, junge Schönheit mit hellbraunem Haar, das in kleinen Locken um ihr zartes, helles Gesicht fiel. Am liebsten hätte ich sie einfach in meine Arme geschlossen. So jung und so wunderschön.

Ich lächelte sie liebevoll an. »Danke, liebe Xenia, das ist sehr freundlich von dir, und ich werde meiner Schwester berichten, wie gut du dich um mich kümmerst. Ja, lass uns bitte zu meinen Gemächern gehen. Ich spüre noch immer eine Müdigkeit in mir.«

Xenia errötete und führte mich barfuß durch das Anwesen, bis wir in einem großen Zimmer angekommen waren. Ein großes Bett lud mich mit seinen vielen Kissen zum Schlafen ein und so schlüpfte ich unter die Decken, die dezent nach Lavendel dufteten.

Ein Rascheln weckte mich auf. Seufzend öffnete ich meine Augen und hoffte, wieder in meinem Hotelzimmer zu liegen, und dass alles, was ich in den letzten Stunden erlebt hatte, nur ein intensiver Traum gewesen war. Doch ich wurde enttäuscht.

Ich lag in dem Raum, den Pythia mir zugewiesen hatte und das Rascheln waren die sich im Winde bewegenden Palmenblätter, die dekorativ um die Säulen meiner Liegestatt gewunden waren. Gestern Nacht war mir gar nicht aufgefallen, dass ich einen Palmenbaldachin hatte. Die Matratze, auf der ich lag, war mit Stroh gefüllt und dem Geruch nach zu urteilen mit Lavendel besprüht oder es befanden sich Lavendelblüten zwischen dem Stroh. Xenia bemerkte, dass ich wach war, und lächelte mich schüchtern an. Ich winkte ihr zu und stand auf. Es war bereits recht warm und die Kälte des Marmorbodens erfrischte mich sofort.

»Werte Herrin, die ehrenwerte Priesterin erwartet dich, nachdem du dich frisch gemacht hast.« Scheu sah

Xenia mich an und zeigte auf eine große, silberne Schale. »Ich habe das Wasser schon herbeigebracht. Wünschst du Hilfe beim Zurechtmachen?«, fragte sie, immer noch etwas zurückhaltend.

»Danke, Xenia, du kannst gern der ehrenwerten Priesterin ausrichten, dass ich in Kürze zu ihr kommen werde.«

Eine Katzenwäsche später ging ich auf die Suche nach Pythia. Ein lautes, klirrendes Geräusch ertönte aus der Halle. Alle Frauen des Haushaltes waren zum Kampftraining versammelt und Pythia ging zwischen den Reihen der Frauen und korrigierte hier und da. Es sah sehr kriegerisch aus. Die Frauen führten verschiedenen Waffen. Mit Kurzschwertern, langen Stäben und Dolchen schlugen sie mit aller Kraft aufeinander ein. Ich erkannte Leonidas, der unterrichtend bei den Kämpferinnen mit den Kurzschwertern stand und mir zuwinkte.

Pythia wurde auf mich aufmerksam und rief mich zu sich. »Du machst ein Gesicht, als ob dir ein Gott begegnet wäre«, lachte sie mich an.

»Wieso? Mache ich einen so überwältigten Eindruck?«, antwortete ich lachend.

»Ja, das tust du wirklich. Hast du gedacht, meine Diener verbringen ihre Tage mit Nichtstun? Das Leben einer Pythia ist sehr gefährlich und von daher brauche ich eine gute Leibwache. Sogar dein kleiner Dimitrios trainiert schon fleißig mit. Leonidas hat ihn unter seinen persönlichen Schutz gestellt.«

Ich blickte hinüber zu Leonidas und sah, wie er dem kleinen Dimitrios sachte über den Kopf streichelte. Der Junge hing mit strahlenden Augen an dem alten Kämpen.

»Weiß Dimitrios, dass er hierbleiben kann?«

»Ja, das wurde ihm mitgeteilt und du kannst dir sicherlich vorstellen, wie sehr ihm das gefiel«, schmunzelte die Priesterin. »Doch lass uns in den Garten gehen und etwas zu uns nehmen. Ich habe mir einige Gedanken über deine Situation gemacht, die ich dir gerne mitteilen möchte.«

Das Frühstück sah genauso gut aus wie das gestrige Abendessen. Es gab warmes Brot, Butter, Honig und Milch.

»Ich hoffe, du magst unsere Nahrung hier, sage mir ansonsten bitte, was du gern essen möchtest und meine Köche werden es für dich zubereiten.«

Ich winkte ab. »Das ist wirklich nicht nötig, es schmeckt mir alles wunderbar und glaube mir, in der Zukunft ist das Essen nicht so schmackhaft, wie ich es hier erlebe. Aber erzähl bitte, ich möchte zu gern erfahren, wie es weitergehen soll.«

Pythia sah sich nochmals um. Es war kein Bediensteter in der Nähe. »Ich glaube, dass ›Er‹ anfangen wird, nach dir zu suchen. Spätestens, wenn ›Er‹ feststellt, dass du nicht mehr in der Höhle bist. Mein Haus wie auch der Bezirk hier steht unter dem Schutz des Apollon und der Athene. Ich glaube nicht, dass ›Er‹ es wagen würde, einfach hier zu erscheinen. Das würde zu viele weitere Götter alarmieren und dann müsste ›Er‹ erklären, was hier gespielt wird.

Doch genau das ist es, was wir erreichen müssen. ›Er‹ muss sich offenbaren und von dir das Versprechen einfordern. Und dies muss öffentlich geschehen. Nur dann können wir die Götter um Hilfe bitten. Es ist eine der Möglichkeiten und das Risiko ist leider die Unberechenbarkeit der anderen Herrschenden. Sie werden wissen wollen, wie es in der Zukunft aussehen wird und welche Rolle sie dabei spielen. Denn sogar den Göttern ist es nicht erlaubt, den Nebel, der das Diesseits und das Jenseits mit der Zukunft verbindet, zu durchschauen. Die Moiren halten diese Informationen geheim. Es könnte im schlimmsten Fall zu einem Sturz im Olymp führen. Wie gesagt, im schlimmsten Fall.«

Ich atmete flach. Zu sehr war ich von den Auswirkungen überrascht und mir war nicht bewusst, welche dieser Informationen sich in meiner Zeit negativ auswirken würden. Vielleicht würde es mich gar nicht geben.

»Doch, dass du hier bist, ist schon längst vorhergesagt worden«, unterbrach Pythia meine Gedanken.

Fragend blickte ich sie an.

»Es wurde prophezeit, dass die Schwester im Geiste einen kleinen Jungen als Sohn in das Haus der Seherin bringt. Genau dies ist gestern mit deinem Erscheinen passiert. Du hast einen kleinen Jungen hergeführt und ihm in meinem Hause eine Wohnstatt gegeben. Er wird ab jetzt als der Ziehsohn meiner Schwester im Geiste erzogen. Vielleicht ist ›Er‹ der Spielball des Schicksals und es geschieht alles zu seiner Richtigkeit«, sinnierte sie laut.

»Du meinst, es sollte so sein, dass ich hierher verschleppt wurde, damit der kleine Dimitrios ein Heim bekommt?«, fragte ich sicherheitshalber nach.

»Ja, wir wissen zu wenig über die Geschicke der Schicksale und deren Verknüpfungen. Und meine Liebe, was dachtest du denn, was Zeit überhaupt ist? Zeit, die Menschen in Sonnenstunden berechnen oder in der Tag- und Nachthälfte, ist nur eine Erfindung deines Geistes, der nicht in der Lage ist, schnell im Fluss der

Bewegung in der Veränderung zu agieren. Das, was alle als Zeit betiteln, ist die Lethargie der Wahrnehmung. Zeit ist ein Kreis und du befindest dich als ein Punkt innerhalb dieses Kreises. Von diesem Punkt aus kannst du aufgrund der Schnelligkeit deiner Wahrnehmung entscheiden, wohin du dich bewegen willst. Der Punkt, an dem du selbst stehst, ist der sogenannte ›Ist-Punkt‹.

Alles, was sich hinter dir im Kreis befindet, nennen wir das ›Gestern‹ und vor uns den Kreisabschnitt nennen wir das ›Morgen‹. Eine Zeitreise ist nichts anderes, als von deinem jetzigen Ist-Punkt bewusst in andere Kreisabschnitte zu gehen. Nichts Besonderes, wenn man den Trick heraus hat«, fügte sie schelmisch hinzu und fing an, leise zu lachen. »Bleiben wir weiterhin bei unserem Thema. ›Er‹ scheint etwas zu wissen, das sogar mir nicht bekannt ist und wir müssen herausfinden, was es ist. Das ist seine Achillesferse. Vielleicht schaffen wir es, an mehr Informationen zu kommen. Ich habe etliche meiner verschwiegenen Diener ausgesandt und erwarte bald deren Rückkehr. Auch dein gefiederter Freund ist auf der Suche nach Lösungen. Du hast wertvolle Freunde, meine Liebe. Freunde, und ich hoffe, keine weiteren Feinde.«

»Kann ich denn nicht aus eigener Kraft wieder zurückkehren?«

»Selbstverständlich kannst du das. Du musst selbst deinen eigenen Weg finden, in dem Kreis zu agieren. Probiere es aus. Genauso wie du es geschafft hattest, mit mir in Kontakt zu kommen. Doch sollten wir auf jeden Fall herausfinden, was ›Er‹ im Schilde führt. Um deine materielle Substanz in deiner Zeit musst du dir erst einmal keine Sorgen machen, es vergeht kaum ein Sonnenstrahl dort. Noch nicht. Schau nicht so ängstlich, wir werden es nicht so weit kommen lassen, dass dir etwas zustößt, weder hier noch dort.«

»Und was mache ich so lange?«

»Genieße deine Zeit hier.«

Ich fand ihren Wortwitz gerade nicht so lustig.

Sie schien meinen missmutigen Blick zu bemerken und nahm mich tröstend in den Arm. »Jetzt sei doch nicht so verstimmt. Du wirst hier schneller wegkommen, als du es dir je gewünscht hast. Nutze die Zeit, um deiner Verantwortung gegenüber Dimitrios gerecht zu werden. Du musst entscheiden, was aus ihm werden soll.

Ich stelle dir Leonidas und zwei weitere meiner spartanischen Leibwachen zur Verfügung, sodass du geschützt die Stadt erkunden kannst. Ich muss mich leider gleich mit der Priesterkaste treffen und einiges besprechen. Wenn du etwas brauchst, sage Leonidas Bescheid, und Kassandra, gehe keinen Streit mit Anhängern des Kriegsgottes ein. Wir wollen ihn nicht allzu schnell bei uns haben.«

Pythia erhob sich, klatschte zweimal in die Hände und Leonidas erschien mit Dimitrios.

»Leonidas, mein Guter, bitte stelle noch zwei deiner besten Männer ab. Seid der Schatten und die Augen meiner Schwester. Hier, nimm diesen Beutel und bezahle all ihre Wünsche und wundere dich nicht, wenn sie dir wunderlich erscheinen. Das liegt bei uns in der Familie.«

Ein glockenreines Lachen ließ die Pythia in einem anderen Licht erscheinen. Sie hörte sich jung und unbelastet an, und ich spürte, dass ihr die ganze Situation, wie verworren sie auch zu sein schien, großen Spaß bereitete.

Ein kurzes Winken und wie auf einen unsichtbaren Befehl hin erschienen ihre Dienerinnen und geleiteten sie unter Tuscheln und Gelächter hinaus.

Ich sah zu Dimitrios hinüber, der sich halb hinter Leonidas versteckte. »Hallo, Dimitrios. Du musst dich doch nicht hinter Leonidas verstecken«, lächelte ich den kleinen Burschen an.

Leonidas trat zur Seite und schob Dimitrios zu mir hin. Gewaschen und mit sauberer Kleidung, sah der Kleine gleich ganz anders aus. Eine Stupsnase mit Sommersprossen und große, freche, braune Augen blickten mich unsicher an. Sein Körperbau war zart gebaut und ich sah ihm an, dass das Leben es nicht gerade gut mit ihm gemeint hatte. Doch ein paar Tage gutes Essen würden ihn kräftiger erscheinen lassen.

»Nun, wie du vielleicht schon weißt, darfst du ab jetzt in dem Hause meiner Schwester wohnen.«

Ein Lächeln überzog das Gesicht des Kleinen und es fühlte sich an, als ob ein Sonnenstrahl das Zimmer erhellte. Ich wollte ihn am liebsten in meine Arme nehmen und einmal fest drücken. Meinen Ziehsohn in der Antike.

»Weiterhin haben wir entschieden, falls du das auch möchtest, dass ich dich als meinen Ziehsohn annehme und du dadurch eine Ausbildung hier im Hause beginnen wirst, die deiner und auch unserer würdig sein wird. Bist du damit einverstanden?«

Kaum hatte ich den letzten Satz ausgesprochen, schrie Dimitrios auf und stürzte sich schluchzend in meine Arme. »Danke, danke, Kyria. Ich habe die Götter angefleht und die Seelen meiner Eltern, mich nicht allein zu lassen. Ich hatte solche Angst, allein zu bleiben. Oh, danke, danke, dass meine Gebete erhöht wurden. Ich werde der beste Sohn sein, den du dir je vorstellen kannst und alles lernen, was ich zu lernen habe. Ich werde dir keine Sorgen bereiten. Danke, Kyria.«

Heiße Tränen liefen ihm aus den Augen und ich fing an, mit zu weinen, so sehr berührten mich die Ängste und Nöte des kleinen Dimitrios. Fest umschlungen wiegte ich ihn in meinen Armen, um ihm etwas Trost und Liebe zu spenden. Der kleine zarte Körper bebte vor Tränen und ich spürte das unendliche Leid, das der kleine Bursche in seinen jungen Jahren schon erlebt haben musste.

Leonidas schien das Ganze auch nicht unberührt zu lassen, denn ich sah, wie er schnell eine Träne aus seinem Augenwinkel wischte.

»So, mein kleiner, tapferer Dimitrios, höre mir jetzt genau zu. Mein Schicksal wird mich in Kürze fortführen. Jedoch werde ich für dich sorgen und du wirst hier in diesem Hause als mein Sohn erzogen werden. Leonidas wird dich in die Kriegskunst einführen und meine Schwester wird aufgrund deiner Fähigkeiten entscheiden, wie dein weiterer Weg auszusehen hat. Halte dein Versprechen, dass du alles erlernen wirst, was es zu lernen gibt.«

Tränenschwere Augen blickten mich an und der kleine Lockenkopf nickte in einem fort.

»So, und jetzt wisch deine Tränen fort und gib mir einen Kuss.«

Ein feuchter Schmatzer landete auf meiner Wange und zwei kleine Arme umschlangen meinen Hals. »Danke, ich werde wirklich alles lernen, damit du stolz auf mich sein kannst, liebe Ziehmutter.«

Ich spürte die nächste Welle von Tränen hochsteigen und schob Dimitrios zu Leonidas rüber.

»So, genug geschmust und geweint, ab zu deinen Hausaufgaben.«

Strahlend ließ sich Dimitrios wegschieben und sein Gesicht war durchdrungen von Glück. Ich wusste, dass ich diesen Anblick nie mehr vergessen könnte und mein Herz wurde schwer bei dem Gedanken, dass meine Zeit in dieser Epoche nur geliehen war.

Leonidas' Augen strahlten mir Respekt entgegen und er verbeugte sich vor mir. »Edle Dame, er wird persönlich von mir erzogen. Er ist in guten Händen.«

Dankbar sah ich den alten Kämpen an und neigte meinerseits den Kopf.

Es wurde alles gesagt, laut ausgesprochen und im schweigenden Dialog geistig ausgetauscht. Ich würde die Juwelen Dimitrios vermachen und hoffen, dass er ein glückliches Leben führen konnte. Das Weitere lag nicht mehr in meinen Händen. Ich spürte den Drang, zu den antiken Göttern zu beten. Doch die Gefahr, auf mich aufmerksam zu machen, war zu groß.

Delphis Shoppingmeile

»Wann immer Ihr bereit seid, edle Dame, brechen wir auf.«

Verdutzt drehte ich mich um und sah, dass Leonidas mit zwei anderen, mir unbekannten Kriegern wartend an der Tür stand. Ich hatte gar nicht mehr daran gedacht, dass Pythia mir quasi einen Touristenbummel inklusive Shopping vorgeschlagen hatte. Mir war jedoch nicht danach zumute, die delphische Shoppingmeile zu durchbummeln. Wir waren keinen Schritt weiter und wussten immer noch nicht, warum ich hier war und vor allem, wie ich wieder in meine Zeit zurückkehren konnte.

Von Glaukos war weit und breit auch nichts zu hören und ich fragte mich langsam, ob er auf irgendeinem Goldteller als Vorspeise gelandet war.

Möglicherweise war die einfachste Lösung, zurück zur Höhle zu gehen und Ares zu rufen, um in seinen Vorschlag einzuwilligen. Sobald ich in meiner Zeit wäre, könnte ich Pallas alles erzählen und dann wäre mein Wort eventuell nichtig.

Die Idee gefiel mir und ich musste unbedingt mit Pythia darüber sprechen.

Ich sah Leonidas an, der mir in dieser kurzen Zeit ans Herz gewachsen war. Er stand stoisch an der Tür und wartete geduldig meine Entscheidung ab. O Mann, was war das für eine tolle Eigenschaft der Männer hier. Schade, dass sie in meiner Zeit nicht überlebt hatte. Gutaussehende Männer, die warten konnten und einen freiwillig zum Shoppen begleiteten.

Sofort stellte sich meine gute Laune ein und ich war bereit, Delphi zu erkunden. Fragend sah ich Leonidas an. »Muss ich irgendetwas beachten oder mich anders kleiden?«

Leonidas blickte mich undurchsichtig an, und ich wusste jetzt nicht, ob er sich über mich lustig machte oder ob er mich mit meiner Frage entwürdigte.

»Als Schwester der Obersten Priesterin solltet Ihr Euch auch zu erkennen geben, damit die Ältesten und andere hier in Delphi Euch mit dem gebührenden Respekt begegnen.«

»Ich bin gleich wieder zurück«, gab ich hastig zur Antwort und lief los, um mich umzuziehen.

Xenia wartete schon in meinen Gemächern und zeigte auf mein Bett. Ein weißes Gewand, am Halssaum mit Türkisen bestickt und mit kleinen, eingewebten goldenen Sonnen im Stoff, wartete auf mich. In einer offenen Schatulle lagen große Türkisohrringe, eine Halskette, die wie ein Diadem gearbeitet war und fünf verschiedene goldene Armreifen, die mit unterschiedlichen türkisfarbenen Steinen besetzt waren.

Ich war begeistert von dieser feinen Arbeit und nahm vorsichtig das Diadem in meine Hände.

»Es ist ein Geschenk des Herakles gewesen und meine Herrin möchte es Euch gern ausleihen. Bitte setzt Euch hin, damit ich Eure Haare frisieren kann.«

»Xenia, das sind wunderbare Juwelen und diese Handarbeit unglaublich. Ich freue mich, sie tragen zu dürfen, doch es reicht vollkommen aus, wenn ich mir die Haare nur kämme.«

Xenia sah mich mit einer Mischung aus Entsetzen, Beleidigtsein und Ungläubigkeit an. »Das ist nicht Euer Ernst, werte Dame. Ihr könnt doch nicht … nein, Ihr könnt doch nicht wie eine Hure aus dem gemeinen Volk mit unfrisierten Haaren aus diesem Hause treten. Wisst Ihr denn nicht, welche Schwierigkeiten Eure Schwester bekäme? Die Oberen Priester hätten sofort eine Möglichkeit, an den Fähigkeiten der Ersten Priesterin zu zweifeln, und würden die Pythia mit einer von ihnen auserwählten Frau ersetzen. Um der Götter willen, bitte lasst mich Euch frisieren.«

Ich stand da, gescholten wie ein kleines Kind und war mir erst jetzt der Tragweite meiner für mich einfachen Entscheidungen bewusst.

»O nein, liebe Xenia, ich habe mich unglücklich ausgedrückt«, versuchte ich, Xenia zu beschwichtigen und den Schaden meiner Aussage zu begrenzen. »So war es nicht gemeint. Ich dachte, ich frisiere mich selbst. Entschuldige bitte, ich bin es nicht gewohnt, verwöhnt zu werden.« Verzeihend lächelte ich sie an und hoffte, dass sie mir meine Notlüge abnahm.

Erleichtert lächelnd nahm Xenia einen Elfenbeinkamm in ihre Hand und drückte mich auf einen Marmorhocker, auf dem ein Lammfell lag.

Ich liebte diese Dekadenz immer mehr und ich wusste, dass sie mir in Australien fehlen würde.

Innerhalb weniger Minuten zauberte Xenia aus falschen Haaren eine Hochsteckfrisur, die mit unzähligen, kleinen Diamanten versetzt war. Es konnten nur Diamanten sein, denn Strasssteine gab es zu dieser Zeit ja noch nicht. Diamanten, echte Diamanten. Es war unglaublich, welcher Luxus hier genutzt wurde. Ich würde zu gern wissen, wer Pythia diese Steine geschenkt hatte.

Xenia holte unzählige Tiegel mit bunter Farbe heraus und fing an, mich zu schminken. »So, haltet Eure Augen noch geschlossen und hebt Eure Arme, damit ich Euch Euer Tageskleid anziehen kann«, befahl sie.

Ich spürte, wie der weiche Stoff an mir herabfiel und Xenia anfing überall herumzuzupfen.

»Bitte, werte Herrin, öffnet Eure Augen.«

Xenia hielt mir ein auf Hochglanz poliertes Schild entgegen, in dem ich mich spiegeln konnte. In dem leicht verschwommenen Bild sah ich eine stolze Hellenin, die nichts mehr mit mir gemeinsam hatte. Es war unglaublich, wie gut ich aussah. Meine Augen waren mit schwarzem Kajal umrandet und feuerrote Lippen leuchteten mir entgegen. Der türkisfarbene Schmuck hob sich von meiner weißen Haut ab und gab dem Stein eine intensive Farbe. Gleichzeitig wurde das Grün meiner Augen noch mehr betont. Ich fühlte mich wie neugeboren und konnte mich nicht sattsehen an meinem neuen Äußeren.

»O Xenia«, hauchte ich ergriffen.

»Werte Herrin, habe ich etwas falsch gemacht?«, hörte ich neben mir ihre leicht verunsicherte Stimme.

»Nein, nein, du hast mich so schön gemacht, dass ich nicht glauben kann, dass ich es bin. Du bist eine wahrhaftige Künstlerin. Ich sah noch nie in meinem Leben so wunderbar aus.« Lachend wirbelte ich einmal um meine eigene Achse und nahm Xenia spontan in die Arme. »Ich danke dir. Du hast heute ein Wunder vollbracht. Du glaubst gar nicht, wie glücklich du mich gemacht hast.«

Xenia errötete und drückte meine Hände. »Ich habe nur das zum Ausdruck gebracht, was in Euch steckte, werte Herrin. Doch genug der Worte, schnell, der alte, brummige Leonidas wartet nicht so gern.«

Aufgeregt lief ich zu Leonidas, der tatsächlich immer noch an derselben Position stand, an der ich ihn verlassen hatte.

»Wir können gehen, Leonidas«, sprach ihn an, um auf mich aufmerksam zu machen.

Leonidas starrte mich verblüfft an. »Werte Herrin, darf ich sagen, dass Ihr die schönste Blüte seid, die Delphi seit Langem gesehen hat. Ihr stecht sogar die Schönheit der Athener Frauen und die Grazie der Makedonierinnen aus.«

Leonidas schaffte es mit seinem Kompliment, mich zu einem leichten Erröten zu bringen. Verlegen sah ich zu Boden und druckste ein »Danke, danke« aus.

»Ajax, hol die Sänfte und drei unserer besten Männer. Wir begleiten den Besuch der Ersten Seherin durch Delphi.«

In Windeseile waren drei Wachen mit einer Sänfte, die von zwei weiteren gut durchtrainierten Männern getragen wurde, vor Ort.

Die Sänfte war ein sehr bequemer, breiter Stuhl, der mit leichten Leinendecken drapiert war. Das Zeichen der Seherin, die Leier des Apollons, war mit kleinen, goldenen Stickereien im Stoff eingewebt. Ein Baldachin aus weißem Stoff überdachte die Sänfte.

Die Männer standen bereit, um mich in der Sänfte zu tragen. Es war mir peinlich, einfach peinlich, und ich sah verlegen und gleichzeitig hilfesuchend zu Leonidas hinüber.

»Ich würde eigentlich lieber zu Fuß gehen, werter Leonidas.«

»Das glaube ich«, lächelte Leonidas, »doch glaubt mir, dass Ihr nach den vielen Stufen und dem hin und her Gedränge froh sein werdet, sitzen zu können. Außerdem dürfen wir nicht vergessen, wessen Besuch Ihr seid und was erwartet wird.«

Leonidas schenkte mir sein seltenes Brummbärlächeln und mir blieb nichts anderes übrig, als mich dekorativ in den Stuhl zu setzen und mich schwankend durch Delphi tragen zu lassen.

Mindestens zwanzig Schritte weiter war ich durchaus glücklich, zu sitzen. Es ging zu wie in einem Bienenschwarm. Unzählige Menschen drängten sich die Straße hoch und runter. Ich hörte das Schreien der Krieger, die darauf achteten, dass die Fremden nicht zu nah an die Schatzhäuser und deren ausgestellten Beute kamen. Ich sah bewundernde und auch gierige Blicke. Alles war vertreten. Der schweißtriefende, dicke Kaufmann, dessen fette Finger in unbezahlbaren Ringen mit Juwelen steckten, die groß wie Gänseeier waren. Bettler in ausgehungerten Körpern, die flehend ihre Hände den Reichen zuwandten, um eine Drachme zu erbetteln. Dirnen versuchten durch ihre zur Schau gestellte Weiblichkeit, einen reichen Freier für die Nacht zu finden. Und allerseits Ratsuchende, die zu den billigen Magiern gingen, die hier überall ihre Dienste anboten.

Es regte sich kein Funken kühler Luft und in der Hitze des Tages zogen auch all die verschiedenen Gerüche vorbei. Ja, es war gut, etwas erhöhter zu sitzen, denn ich wollte nicht unbedingt die Gerüche wahrnehmen, die von etlichen ungewaschenen Menschen ausgingen. Hier oben roch ich keinen Schweiß, sondern den süßlichen Duft von Weihrauch.

Überall standen riesige Kessel mit glühenden Holzscheiten, in die Priester große Weihrauchklumpen warfen und damit um die Gunst der Götter baten.

Delphi war eine riesige Stadt, angeschmiegt an einen Berg, dessen Name mir nicht einfiel. Tausende von Stufen verbanden die einzelnen Ebenen. Die Stufen waren so breit, dass sogar Pferde bis zum höchsten Punkt Delphis, dem Orakel des Apollon, hochtraben konnten.

Die Sänfte schaukelte und ich bemerkte, wie die Menschen für einen kleinen Augenblick stehen, blieben, um zu sehen, wer da saß. Leonidas hielt die zu neugierigen Zuschauer ab, näher zu kommen. Es reichte vollkommen, dass er an seinem Schwert spielte.

Das musste ich mir unbedingt merken. Böse schauen und dabei zuckende Hände am Schwertknauf. Mittlerweile waren wir an dem Schatzhaus der Athener angekommen. Auf ein Handzeichen hin hielt die Sänfte und Leonidas reichte mir die Hand.

»So, werte Herrin, hier könnt Ihr aussteigen und die reiche Beute der Athener bewundern.«

Mir war, als ob ich einen höhnischen Unterton hören würde. Sprachlos stand ich auf und blickte auf ein riesiges Gebäude. Zwei große Säulen, an denen die Fahnen der Athener hingen, schmückten den Eingang. Elitekrieger patrouillierten innerhalb und außerhalb der schweren, offen stehenden Eisentüren.

Doch das Imposanteste waren die Schätze, die davor standen. Eine riesige Sphinx thronte ehrwürdig auf einem großen Marmorblock. Ihre großen Flügel waren mit Blattgold belegt, und ich war mir sicher, dass dies echtes Gold war. Die Strahlen der Sonne trafen auf die goldenen Flügel und ein Leuchten ging von ihnen aus, sodass ich erwartete, sie würde ihre Flügel erheben und heim nach Ägypten fliegen. Riesengroße Statuen umgaben das Schatzhaus. Auch erkannte ich Herakles mit seinen zwölf Heldentaten, abgebildet in Fresken des Giebels. Kunstvolle Waffen, Speere und imposante Schilder lehnten an der Hauswand.

»Leonidas, ist dies alles Kriegsbeute?«, fragte ich, neugierig geworden und das Risiko in Kauf nehmend, dass Leonidas über meine mangelnden Kenntnisse entsetzt wäre.

»Kriegsbeute? Ha, das kleine Scharmützel in Marathon damals nennen diese arroganten und dekadenten Heuchler aus Athen Kriegsbeute«, hörte ich eine mir bekannte Stimme.

Ich drehte mich um und erkannte den frechen Fremden aus der Taverne. Er stand breitbeinig und mich herausfordernd ansehend neben Leonidas.

Leonidas nickte nur zu den Worten des Fremden und strahlte über das ganze Gesicht.

»Was erheitert dich das, werter Leonidas?«, ignorierte ich den Fremden.

»Nun, er spricht die Wahrheit. Doch das möchten die Athener ungern hören und mir als persönliche Leibwache der Seherin ist es untersagt, mich in politische Diskussionen einzumischen.«

»Aha, und wer ist er, dieser Fremde, der uns anspricht, ohne aufgefordert zu werden?«, antwortete ich so arrogant, wie es mir nur möglich war.

Was fiel dem Typen überhaupt ein, frech vor mir zu stehen und mich noch frecher vom Kopf bis zu meinen Füßen zu mustern? Ich war nicht zu haben. Leicht trotzig drehte ich mich wieder um und bewunderte weitere mir unbekannte Gegenstände.

»Nun, so ganz fremd sind wir uns nicht, werte Schönheit. Bist du nicht in meine Arme hineingelaufen, gestern vor der Taverne?«, fragte er und die selbstsichere Arroganz in seiner Stimme war nicht zu überhören.

Wenn er nur nicht so wahnsinnig gut aussehen würde, wäre es leichter für mich, ihn herablassend zu behandeln. Ich sollte sofort auf meine Sänfte steigen und ihn ignorieren. Halblange, goldbraune Locken umrahmten ein goldgebräuntes Gesicht, in dem freche, blaue Augen leuchteten. Sein Körper war bis ins kleinste Detail durchtrainiert, und ich war mir sicher, dass sich unter seiner Kleidung ein Sixpack versteckte. Er sah fast aus wie Brad Pitt in Troja, nur noch besser, viel besser, unbeschreiblich besser.

O Mann, Kassandra, ermahnte ich mich. Benimm dich jetzt ja nicht wie eine Pubertierende und Sabbernde Sechzehnjährige. Du symbolisierst hier die Schwester der Seherin. Also benimm dich auch so.

Eine freche Antwort auf den Lippen, drehte ich mich zu dem Fremden um, der mittlerweile in ein Gespräch mit Leonidas vertieft war.

Leonidas schien mich ganz vergessen zu haben, und lauschte den Worten des Fremden. Er schien auf den alten Haudegen eine starke Anziehungskraft zu haben.

»Leonidas«, unterbrach ich das Gespräch. »Ich möchte bitte wieder zurück.«

»Aber nein, werter Leonidas, diese schöne Blüte kann doch nicht einfach in ihr Heim zurückkehren, ohne die wertvollen Gegenstände der Kaufleute begutachtet zu haben.«

Leonidas nickte nur strahlend. »Ja, werte Herrin, unser Freund hier hat recht. Ihr müsst unbedingt noch die Waren der Kaufleute aus der Ferne sehen.«

Fassungslos sah ich Leonidas an. So kannte ich den alten Brummbären gar nicht. Er war richtig aufgeregt und strahlte vor Freude. Wer war denn dieser Fremde überhaupt? Er hatte sich nicht einmal mit seinem Namen vorgestellt.

Bevor ich etwas erwidern konnte, streckte mir »Brad« seinen muskulösen Arm entgegen und zeigte auf die Stufen. »Nehmt meinen Arm, wilde Rosenblüte, damit Ihr sicheren Schrittes geht.«

Sein Atem roch nach Basilikum und er schien frisch gebadet zu sein, denn es ging kein unangenehmer Geruch von ihm aus. Eher war es ein kraftvoller Geruch von Zedern und Sandelholz, der ihn umhüllte, und seine charismatische Anziehungskraft kam übrigens noch dazu.

Unsicher legte ich meine Hand auf den muskulösen Unterarm und nahm unzählige, helle Narben auf seiner Haut wahr.

Vielleicht war er ein bekannter Krieger, den Leonidas kannte und sehr achtete. Ich beobachte unauffällig sein Profil und er kam mir schon bekannt vor. Irgendwie kannte ich dieses Profil. Hatte ich es in einem Museum gesehen? Falls ja, lief ich gerade eingehakt mit einer wichtigen Persönlichkeit durch Delphi.

Ach, ich könnte mich und meine griechische Antikenneurose verfluchen. Hätte ich doch in der Schule einfach besser aufgepasst. Doch meine Lehrer dachten, dass ich aufgrund dessen, dass ich eine halbe Griechin war, Tausende Geschichten der Götter und Helden auswendig kennen musste. Dies hatte meine Antipathie gegenüber den Geschichten aus dem Heimatland meiner Mutter erst recht verstärkt.

»Brad« hielt selbstsicher meine Hand und führte mich ein paar Treppen hinunter von den Schatzhäusern in Richtung des Marktes.

Ein leichtes Flattern in meiner Magengegend und die ersten Symptome von weichen Knien zeigten an, dass »Brad« eine zu starke und intensive Wirkung auf mich hatte.

»Er ist aber auch ein Sahneschnittchen«, würde meine Freundin sagen.

Meine Ohren glühten und ich wusste, dass dies die ersten Anzeichen von Verlegenheit waren. Mittlerweile war mein ganzes Gesicht bestimmt knallrot. Das Feilschen und Kreischen der Marktleute nahm ich nur noch weit entfernt wahr.

»Nun, meine Schönheit, möchtet Ihr mir nicht Euren Namen verraten?«, hörte ich seine verführerische Stimme an meinem Ohr.

Prompt überkam mich eine Gänsehaut.

Reiß dich zusammen, Cassy, schimpfte ich mit mir. Du stellst dich an wie eine schwärmende Sechzehnjährige. Na und, er sieht toll aus, er riecht lecker und am liebsten würde ich ihn küssen. Das sind jedoch keine Gründe, sich so dümmlich anzustellen.

Meine eigene Schimpftirade half mir nicht gerade, um mich besser zu fühlen. Jedoch musste ich schon breit grinsen, als ich mir das mit dem Küssen vorstellte.

»Meinen Namen soll ich einem Fremden verraten, der nicht einmal die Höflichkeit besitzt, sich selbst vorzustellen?«, antwortete ich so schnippisch, wie ich nur konnte.

»Brad« blieb stehen und deutete eine Verbeugung an. »Vergib mir, Rosenblüte, meine Mutter nennt mich Alexis.«

»Es sei dir vergeben, Alexis«, antwortete ich eine Spur arroganter als vorher und drehte mich schnell um, damit er mir nicht mehr seinen Arm anbieten konnte.

Tief einatmend betrachte ich das Treiben vor mir. Wir standen an einer Art Marktplatz, auf dem Händler aus ganz Griechenland ihre Waren feilboten.

Es gab eine Ordnung, wie ich feststellte. Die Händler hatten alle an der rechten Seite der Mauer einen Stand und auf der anderen Seite boten Magier, Seher und selbsternannte Propheten ihre Dienstleistungen an.

In der Mitte des Platzes patrouillierten die Wachen der verschiedenen Schatzhäuser und achteten darauf, dass kein zwielichtiges Gesindel für Unruhe sorgen konnte.

Für das leibliche Wohl wurde auch gesorgt. Es gab kleine Kochnischen und Grillplätze, die am besten besucht waren. Der Geruch von gebratenem Fleisch stieg mir in die Nase und ich merkte, wie mein Magen leise applaudierte in der Hoffnung, etwas Leckeres zu bekommen.

Fasziniert begutachtete ich die Waren der Händler. Ich sah teure Stoffe, die mit Juwelen bestickt waren, Diademe und Goldschmuck. Begeistert war ich von dem feinen Haarschmuck und konnte meine Augen nicht losreißen. Für mich etwas zu kaufen, kam sowieso nicht infrage. Wenn ich Glück hatte, war ich schon heute wieder in meiner Zeit, hoffte ich mit allem Optimismus. Aber ich konnte Xenia ein paar schöne Sachen kaufen und, ah ja, meinen jungen Adoptivsohn neu einkleiden.

»Leonidas, bitte frage den Händler, was er für diese Ohrringe und den Blütenhaarreif haben möchte und kaufe sie«, befahl ich, strenger als ich sonst mit ihm sprach. Aber die Anwesenheit von Alexis machte mich ganz kribbelig.

Leonidas fing an zu feilschen, was das Zeug hielt, und erst als er zufrieden nickte, wusste ich, dass er dieses Scharmützel für sich entschieden hatte.

Ich ging die Stände langsam weiter ab und spürte die neugierigen Blicke der Händler als auch der Bevölkerung auf mir. Langsam wurde es mir unangenehm, so offensichtlich begafft zu werden, und ich beeilte mich mit meinen Einkäufen.

Vor einem Waffenschmied blieb ich stehen und sah ein wunderschönes kleines Schwert, bei dem am Knauf eine kleine Eule eingraviert war. Das war doch das absolute Geschenk für Dimitrios.

»Leonidas, kann ich mir dieses kleine Schwert dort leisten? Ich möchte es gern Dimitrios zum Geschenk machen und eine komplette Ausrüstung dazu. Bitte suche du die weiteren Sachen aus. Dies ist dein Fachgebiet. Ich denke, er braucht auch neue Gewänder und Schuhwerk.«

»Ihr seid vergeben und habt einen Sohn?«, fragte mich Alexis, und ich sah Bedauern in seinen Augen.

Bevor ich antworten konnte, bevor ich überhaupt Luft holen konnte, erzählte der alte Brummbär, der sich plötzlich verjüngter verhielt, die ganze Geschichte um Dimitrios und mich.

Mittlerweile wurden wir von einer Traube Menschen umringt, die alle verstummt voller Ehrfurcht Leonidas' Geschichte lauschten. Bewundernde Blicke trafen mich und einige der Anwesenden verbeugten sich vor mir. Leonidas schmückte die Geschichte aus und stellte mich fast als Halbgöttin dar. Ich spürte die brennenden Blicke von Alexis auf meiner Haut und wünschte mir nur, dass der Boden sich endlich auftäte, um mich zu verschlingen.

Endlich war Leonidas mit seiner Geschichte zu Ende und ein tosender Applaus ersetze seine Stimme. Flammende Röte durchzog mein Gesicht und ich wünschte mir so sehr eine Sonnenbrille, damit ich meine Augen dahinter verstecken könnte.

»Werte Dame«, sprach mich der Händler an, »bitte sucht aus, was ihr möchtet. Ich, Leander, der Kaufmann der Theber, schenke dem kleinen Dimitrios seine Waffen.«

»Hier, hier, werte Dame, auch die Kaufleute aus Samos entsenden ihre Grüße und stellen dem kleinen vaterlosen Dimitrios alles an Kleidung zusammen.«

Die Kaufleute umringten Leonidas, um seine Aufmerksamkeit zu erhalten und mir ihre Gunst auszusprechen. Alexis legte schützend seinen Arm um meine Schulter.

»Werte Kaufleute, so erdrückt doch nicht diese seltene Blüte des Mitgefühls, macht Platz, damit sie atmen kann. Schickt eure Geschenke an Leonidas. Er wird sie weiterleiten. Mögen die Götter euch siebenfach belohnen für eure guten Taten, ihr werten Bürger.«

Zustimmend löste sich die Menschentraube um mich herum auf, bis auf einen kleinen, dürren Mann mit schlohweißen, langen Haaren. Ich musste ein lautes Auflachen unterdrücken, denn er sah der Comicfigur »Miraculix« unwahrscheinlich ähnlich.

Alexis hielt immer noch beschützend seinen Arm um mich. »Alter Mann, was ist dein Begehr?«, fragte Alexis.

»Ich bin Themistokles, du junger Spund, und kein alter Mann. Themistokles, der Seher, den auch dein Vater aufgesucht hat.«

Alexis zuckte kurz zusammen bei der Erwähnung seines Vaters.

»Ich sehe, dass du«, sein dürrer, dreckiger, langer Finger zeigte anklagend auf mich, »weder aus dem Olymp, der Wohnung der Götter, kommst, noch aus dem Elysium des Hades. Deine Zukunft ist nicht geschrieben und deine Vergangenheit ausgelöscht. Wer bist du, Frau?«

»Mein Vater war bekannt für seine schlechten Freunde und Berater, Seher. Geh, bevor mein Zorn dich trifft.« Alexis' Stimme war eiskalt und ohne Emotionen, und mit einem fürchterlichen Blick starrte er den alten Seher an.

»Ich sehe Tod und Unheil, wie bei deinem Vater. Eine Hand aus dem Dunklen und einen schnellen Tod. Sei wachsam, du Ungeborene.« Themistokles drehte sich brabbelnd um und verschwand zwischen den Menschen.

»Lasst uns gehen, werte Dame, Themistokles hat seine guten Zeiten hinter sich und der billige Wein vernebelt seine Sinne. Die Sonne steht schon hoch am Himmel und es ist die Zeit, wenn Helios den Himmel in Brand setzt. Ihr solltet jetzt den Heimweg antreten.« Alexis sah Leonidas kurz an und verbeugte sich elegant vor mir.

Auf ein Handzeichen von Leonidas hin hielt die Sänfte vor mir, damit ich bequem einsteigen konnte.

»Danke, Alexis, für deine Unterstützung vorhin«, bedankte ich mich wortkarg bei ihm.

Ich war innerlich zu aufgewühlt aufgrund der Worte des Sehers und noch eine Prophezeiung musste nicht sein. Und dass mich Alexis plötzlich so schnell loswerden wollte, überraschte mich. Alexis beobachtete mich still lächelnd und neigte seinen Kopf.

»Es ist schade, dass die Mittagssonne uns trennt, edle Rose, deren Namen ich nicht kenne. Aber ich bin mir sicher, dass Aphrodite ihre Hände über uns halten wird bis zu unserer nächsten Begegnung. Leonidas, mein Guter, ich danke dir. Wir sehen uns später.«

Leonidas umarmte Alexis kurz und klopfte ihm mehrfach auf die Schulter. Schnell verschwand Alexis in der Menge.

Von Königen und Philosophen

Im Hause der Pythia angekommen, begab ich mich in mein Zimmer und legte mich auf mein Bett. Die Hitze des Tages und die dunklen Worte des Sehers bescherten mir einen unruhigen Schlaf.

Ich spürte im unruhigen Dämmerschlaf, wie Xenia mir mit einem feuchten Tuch die Stirn abtupfte und meine Beine kalt abwusch.

Unruhig wälzte ich mich in dem kühlen Laken, doch die Frische konnte meine erhitzten Gedanken nicht lindern. Ein Wirrwarr aus Gesprächen, Gesichtern und Gerüchen reizte mein Inneres und die Sehnsucht nach meinem Zuhause überkam mich und stürzte mich in ein tiefes, dunkles emotionales Loch.

Ein wilder Traum in düsteren Farben überrollte mich und immer wieder sah ich das Gesicht von Alexis und seine Hand, die mir Schutz bot. Jedes Mal, wenn ich seine Hand greifen wollte, erschien Ares mit einem höhnischen Lachen und riss ihn mir fort.

Ich sah das Gesicht meiner geliebten Oma, die mir ein Seil zuwarf, um mich zu sich zu ziehen, doch auch hier erschien Ares und ließ das Seil in Flammen aufgehen.

Eine Hand erschien aus dem Dunkeln und erdolchte mich.

Schreiend wachte ich auf und sah in die Augen von Xenia, die immer noch an meinem Bett saß und mir die Hände und Oberarme mit einem feuchten Tuch abtupfte.

»Hestia sei Dank, Ihr seid dem Tal der Träume entwichen. Ich harre hier schon seit Stunden aus und kühle

Euren erhitzten Körper, wie es mir die ehrenwerte Pythia aufgetragen hat. Ihr habt einen schweren Kampf in der anderen Welt ausgefochten. Sagt mir, geht es Euch gut? Möchtet Ihr etwas trinken?«

Mit schmerzenden Augen sah ich in das ängstliche Gesicht von Xenia. »Bitte etwas kaltes Wasser«, bat ich mit erschöpfter Stimme. Der Albtraum hatte viel Energie gekostet und ich fühlte mich schwach.

»Ihr müsst etwas essen, Euer Körper hat seit heute Morgen nichts zu sich genommen. Kommt, richtet Euch auf. Ich werde Euch gleich zur Quelle im Garten begleiten. Dort könnt Ihr in das kalte heilige Wasser steigen und Euch erholen. Und ich bringe Euch etwas Süßes zum Essen.« Xenia stand auf und ging fort, während sie in die Hände klatschte und Befehle erteilte.

»Na, bist du endlich wach, Federlose?«, hörte ich eine bekannte Stimme in meinem Kopf, und ich spürte, wie mir vor Erleichterung endlich die aufgestauten Tränen über das Gesicht liefen.

»Glaukos, o mein lieber Glaukos, du bist endlich wieder da. Und, hast du Neuigkeiten mitgebracht? Wie kommen wir hier wieder weg?«, sprudelte es aus mir hervor.

»Beruhige dich erst einmal. Es regt mich ganz schön auf, wenn du so hektisch bist. Da stellen sich doch glatt meine Federn steil auf.«

Ein leises Geräusch erregte meine Aufmerksamkeit und ich sah, dass Glaukos auf einer der dorischen Säulen saß und auf mich herunterschaute.

Wie hatte ich diesen stoischen Blick aus den bernsteinfarbenen Augen vermisst. Glaukos' Anwesenheit hieß, dass noch nichts verloren war und wir hier wieder fortkonnten.

Tief atmete ich durch und strich mir eine verschwitzte Haarsträhne aus dem Gesicht. »Sprich jetzt bitte. Ich halte es nicht mehr aus«, bettelte ich, eine Spur ungeduldiger, als ich es wollte.

»Nun, es war eine sehr anstrengende Reise, das kannst du mir glauben. Ich durfte mich nicht überall blicken lassen, damit ich mich nicht selbst treffe. Daher konnte ich natürlich nicht direkt meine Quellen ausfragen. Aber«, er legte eine kunstvolle Pause ein, »letztendlich habe ich es schon geschafft, an einige Informationen zu kommen, und erwarte noch weitere im Laufe des Tages.

Es ist schön, wieder hier zu sein, wo die Menschen mich als das sehen, was ich letztendlich bin: Die heilige und weise Eule meiner geliebten Göttin. Nicht wie in deiner Epoche, wo ich aufpassen muss, nicht zu einer aussterbenden Rasse zu gehören. So, das musste einmal alles gesagt werden. Und du? Hast deine Zeit hier genossen, wie ich sehe.« Ruckartig drehte Glaukos sein Köpfchen hin und her und begutachtete den Raum. »Nobel, nobel, dein Zimmer. Es mangelt dir an rein gar nichts. Nicht, dass du jetzt denkst, ich wäre neidisch oder missgünstig, nur weil ich mich stundenlang in den heißen Winden des Notos plagte und das ganze staubige hellenische Reich nach einer Information suchend durchflog. Nein, also Neid wäre ja jetzt absolut unter meiner Würde und für eine Eule wie mich unpassend.«

Schnell pflückte ich eine Handvoll Weintrauben, die einladend in einer silbernen Obstschale dekoriert waren und bot sie Glaukos an. »Mein allerliebster Glaukos, ich weiß, wie viel du auf dich genommen hast, und ich kann gut nachvollziehen, dass es nicht gerade einfach war. Jetzt entspann dich bitte. Hier, knabbere an den süßen Trauben und sag mir, was du noch brauchst. Ich lasse es dir umgehend beschaffen.« Ich kraulte vorsichtig sein Köpfchen und Glaukos schloss müde die Augen. »Ich muss gleich zu einem Treffen mit der Pythia und bin so schnell wie möglich wieder zurück. Bitte bediene dich an all den Früchten. Ich werde dir noch eine Wasserschüssel auf den Boden stellen, falls du dich entstauben möchtest.«

»Lass mich ein kleines Nickerchen machen und dann muss ich dir unbedingt erzählen, was mir alles passiert ist«, hörte ich ein fernes Murmeln in meinem Kopf.

Ein Schütteln seiner Federn und tiefes Atmen zeigten mir an, dass Glaukos erschöpft eingeschlafen war. Hoffentlich würde ihn hier auch keiner stören.

Ich spürte gleichzeitig, wie mich die tiefe Müdigkeit von Glaukos ansteckte, und legte mich nochmals auf den Diwan. Nur für einen kleinen Moment schloss ich meine Augen.

Ein sanftes Schütteln an meinem Körper holte mich aus dem Schlaf. Die Müdigkeit noch in den Augen, öffnete ich meine schweren Lider und versuchte, mich aus Morpheus' Armen zu befreien. Es war ein Ziehen des Schlafes und ein sanftes Rütteln des Erwachens, was in mir und mit mir kämpfte.

»Kyria mou«, hörte ich die sanfte Stimme von Xenia, »Wacht auf. Unsere Gäste stehen an der Tür und werden jeden Moment eingelassen.«

Mit einem Schlag war ich hellwach. Die Gäste hatte ich ganz vergessen. So schnell ich konnte, entwirrte ich mich aus den Laken, während Xenia mir schon einen golddurchwirkten Chiton anlegte und diesen mit Lapislazulispangen an meinen Schultern festklammerte. Ein weiterer Überwurf, der Peplos, aus feinster Seide drapierte meinen Körper. Er wurde mit einer goldenen Kordel unter meiner Brust zusammengebunden.

Flugs scheitelte sie meine Haare und drehte sie entlang meiner Schläfen ein, bis sie sich hinten zu einem Knoten vereinigten. Eine luxuriöse goldene Haarspange hielt das ganze Kunstwerk zusammen. Ihre Hände waren schnell und flink und bevor ich mich versah, waren meine Augen gekohlt und meine Lippen mit einer roten Paste geschminkt. Leicht kniff sie mir in die Wangen, was einen erbosten Aufschrei meinerseits hervorrief.

»Signomi, Kyria, entschuldigt, aber etwas Farbe auf Euren Wangen steht Euch gut«, kicherte Xenia.

Ich bekam gar nicht mit, wie sie mir den weiteren Schmuck anlegte. Armreifen aus gehämmertem Gold mit den gleichen blauen Steinen schmückten meine Oberarme. Gekonntes Zupfen an dem Chiton ließ meinen Ausschnitt besser zur Geltung kommen und die Sandalen aus weichem Leder vollendeten die Kleidung.

Sanft schubste mich Xenia zu dem großen Kupferspiegel. Ich war absolut begeistert von meinem Spiegelbild. Doch bevor ich mich weiter bewundern konnte, zog Xenia mich von dem Spiegel fort und schubste mich aus dem Raum.

»Wir haben keine Zeit, Kyria mou, die Gäste warten schon.«

»Ja, geh du ruhig zu deinen Gästen«, hörte ich die verschnupfte Stimme meines Begleiters aus der Zukunft. »Ich werde hier halt auf dich warten und nebenbei verhungern.«

Ein theatralisches, lang gezogenes Schnaufen war zu hören, danach wurde es still in meinem Kopf. Ich musste ein lautes Auflachen unterdrücken.

Es war für Glaukos wahrhaftig nicht leicht, in seiner Lieblingsepoche zu sein und seinem Jüngeren Ich die ganze Show zu überlassen. Es tat aber dem leicht arroganten Wesen nur gut, einmal nicht im Mittelpunkt zu stehen. Obwohl er mir doch ein wenig leidtat. Aber nur ein klitzekleines bisschen, denn letztendlich sollte er mich beaufsichtigen, und unter aufpassen stelle ich mir bestimmt keine Entführung in die Antike vor.

»Xenia, bitte stell doch eine Schale Wasser, Obst und etwas gebratenes Fleisch in mein Zimmer. Ich werde sicherlich später noch Hunger bekommen.«

Den verwunderten Blick von Xenia in meinem Rücken spürend, ging ich selbstsicher die Stufen hinunter in den Garten.

»Glaukos, ich habe dir etwas zu essen bestellt. Ich hoffe, du bekommst das Passende. Bitte entschuldige, dass ich nicht weiter bei dir bleiben kann, aber die Pythia gibt heute einen Empfang und ich werde erwartet. Vielleicht bist du gleich auch anwesend und kannst mir ein bisschen mit dem antiken Small Talk helfen. Glaube mir, mir ist bestimmt nicht nach Party zumute. Ich möchte langsam nach Hause. Meine Angst ist enorm, dass ich für immer hierbleiben muss.«

Meine Beine standen kurz davor, ihren Dienst zu versagen, als mich die Welle meiner Ängste umhüllte. Ich hatte Angst. Das war jetzt ausgesprochen. Die Angst lauerte wie ein kleines Monster mit gefräßigem Maul und saugte meine letzte Bastion der Zuversicht aus.

Ein weiteres Mal zog der Gedanke durch meinen Kopf, Ares doch einfach zu geben, was er wollte. Es wäre so leicht, aufzugeben. Was würde sich denn großartig ändern? Ich könnte mein Leben zwar nicht mehr so weiterführen wie bisher, aber allemal besser, als hier zu verrotten, in einer Epoche ohne Antibiotika und weichem Toilettenpapier.

Der Gedanke an weiches Toilettenpapier ließ mich schon schmunzeln und ich spürte, wie sich das Monster der Angst und weichen Knien unfreiwillig aus meiner Aura verabschiedete.

Nein, Cassy, keine Angst zeigen. Kopf aufrecht wie eine Prinzessin und würdige wenigstens den heutigen Tag und die Mühe, die sich Xenia gemacht hat.

Fast schon beschwingt betrat ich den von mehreren Fackeln erleuchteten Garten. Der schwere Duft von Jasmin lag in der Luft und kleine Kohlebecken verströmten den süßen Duft von Weihrauch. Meine Augen leicht geschlossen, sog ich tief diesen berauschenden und heilenden Geruch ein. Für einen kurzen Moment verschwanden meine Sorgen und ich spürte, wie eine tiefe Entlastung meinen ganzen Körper und Geist befreiten.

»Die Götter haben Erbarmen bekundetet, gepriesen seist du, o Aphrodite, dass ich diese Rosenblüte erneut erblicken kann«, hörte ich die tiefe, samtige Stimme von Alexis, und meine Entlastung verwandelte sich in sekundenschnelle in prickelnde Erregung.

Der Albtraum meiner Schulzeit

Der Klang dieser dunklen, vibrierenden Stimme reichte vollkommen aus, dass meine Sinne einen Salto mortale nach dem anderen vollführten. Ich spürte, dass mein Gesicht anfing, zu erröten. Leider war das ein untrügliches Zeichen dafür, dass mich die schwache Röte der Vorfreude, Alexis zu sehen, ergriff.

Hoffentlich verraten meine Augen nicht die Spannung, ihn wiederzusehen, dachte ich und betete, dass das Dämmerlicht des Abends mir zu Hilfe eilen würde.

Mich in gespielter Gelassenheit übend, öffnete ich die Augen und sah Alexis direkt vor mir stehen. Das Gefühl, dass sein Atem mich streichelte, wurde übermächtig, und ich musste mich zusammenreißen, um nicht wie ein frischverliebter Teenager zu wirken. Bevor ich etwas sagen konnte, ergriff die Pythia das Wort und stellte mich einem älteren Gast vor.

So schnell, wie ich – vor lauter Freude, Alexis zu sehen – fast in einen Sinnentaumel geraten wäre, so hatte ich jetzt das Gefühl, als hätte man mir einen Eimer eiskaltes Wasser über den Kopf geschüttet.

»Meine liebe Schwester, darf ich dir meinen ältesten Freund und Mentor vorstellen, Aristoteles. Wie ich sehe, hat sich Alexander, der König der Makedonen, frech wie immer selbst vorgestellt«, übernahm Pythia die Vorstellung.

Da stand er nun, der Albtraum meiner Schulzeit. Das Mangelhaft in meinem Zeugnis, der Übeltäter, warum ich in der siebten Klasse sitzen geblieben war und bis zu meinem Abschluss Herpes bekam, wenn ich seinen

Namen hörte. Aristoteles, Philosoph und Freidenker. Fachgebiete: die Logik, die Metaphysik und Ethik und ach, eigentlich alles. Ich hasste ihn, er, der mir jahrelang Bauchschmerzen verursacht hatte. Was ich nicht alles lernen und lesen musste.

Mein Lehrer war ein absoluter Fan von ihm. Ich höre immer noch seine nasale Stimme und sehe den ermahnenden Zeigefinger, der nach unten zeigt, als wollte er das Bildnis der Athener Schule nachstellen. Wie war das noch mal? »*Aristoteles hat uns Begriffe geprägt wie Energie, Materie, Substanz und Form. Ohne Aristoteles gäbe es weder Theorie noch Praxis.*«

In meinen Ohren erklang der vergangene Unterricht wieder und ich spürte eine große Antipathie, ihm überhaupt die Hände zu reichen. Und hinter diesem Schock nahte schon das nächste emotionale Desaster.

Höflich lächelnd blickte ich in zwinkernde, mit klitzekleinen Lachfältchen umgebene, hellbraune Augen. Es hatte den Anschein, als würde er spüren, wie es mir ging. Aristoteles sah genauso aus, wie ich ihn aus den Schulbüchern kannte. Wellige, halblange Haare und ein kurz geschorener Bart umhüllten das edle Gesicht. Er sah ziemlich frech aus, was auf den Marmorbüsten meiner Zeit gar nicht zu erkennen war. Seine Augen waren unergründlich und strahlten eine immense Weisheit und Güte aus.

Ich hatte das Gefühl, dass wir uns beide minutenlang anstarrten und er in meine Augen blickte, als ob er nach einer Antwort suchte. Ich hoffte jedoch, nicht die Auskunft, warum ich ihn in der Zukunft nicht toll fand.

»Hallo«, murmelte ich stotternd, mit belegter Stimme, in der Hoffnung, dass man mir meine durcheinanderwirbelnden Gefühle nicht ansah.

Doch Pythia schien ein Gespür für angespannte Situationen zu haben. Denn bevor ich noch weiter rumdruckste und unsicher an meinem Gewand zupfte, nahm sie uns beide an den Armen und führte uns zu einem kleinen Tisch, wo Alexis, der Makedonenkönig, bereits saß.

Total angespannt setzte ich mich auf einen kleinen Diwan und versuchte verzweifelt, nicht zu Alexis zu blicken. Ich spürte seine Blicke wie Pfeilspitzen auf meinem Körper und konnte mir gut vorstellen, dass er dieses kleine, stolze Grinsen um seine Mundwinkel hatte und er die ganze Situation genoss. Denn mir wurde plötzlich klar: Er wusste, dank Leonidas, seit heute Nachmittag, wer ich war und hatte es nicht für notwendig erachtet, mich in Kenntnis über seine Person zu setzen. Oder dachte er, dass man ihn überall erkannte und anbetete?

O Gott, wie peinlich mir das alles war. Ich war fasziniert, mit einer Spur von Verliebtheit, von einem Typen, der laut meinen Geschichtskenntnissen so um die achtzehn Jahre alt war, und ich benahm mich lächerlich wie ein blutjunges Huhn, das noch nie geküsst wurde. Ich konnte mich nicht entscheiden, welche der Emotionen, die mir gerade wie auf dem Basar feilgeboten wurden, ich nehmen sollte. Da gab es die Scham als Auswahl oder den Stolz, obwohl ich gerade sah, dass es beide im Doppelpack als Angebot gab.

»Hallo, benimm dich doch bitte einmal und werde nicht so unsicher wie eine junge Eule vor ihrer ersten Mauser. Er hat ja wirklich schöne, muskulöse Oberschenkel, dein Alexis«, hörte ich geistig die amüsierte Stimme von Glaukos und meine Blicke fuhren sofort zu Alexis' Beinen.

Die braun gebrannten Beine weit von sich gestreckt, lag Alexis auf einem Arm, abgestützt auf dem kleinen Diwan, der hundertprozentig für Frauen gemacht worden war. Kleine Pfauen und Rosen waren in die Holzfüße eingraviert und die Seidenkissen schimmerten golden.

Was bei jedem anderen kitschig ausgesehen hätte, sah bei Alexis einfach nur gut aus. Ich konnte mir nicht verkneifen, ihn fasziniert zu betrachten. Braungebrannte, durchtrainierte Beine steckten in festen Sandalen. Ich sah, dass er kampferprobt war, denn Beine und Arme waren überall mit Narben übersät, die teilweise nur noch als weißer Strich sichtbar waren oder dabei waren, zu verblassen. Er trug einen einfachen Chiton, der als kleine Saumstickerei den Stern von Vergina trug.

Oh, wie ich diesen kleinen Stern liebte. Meine Großmutter hatte mir so viel davon erzählt. Er symbolisiert die vier Elemente und die zwölf Götter und soll ein sehr wichtiges mystisches Symbol sein.

Stimmengewirr riss mich aus der bewundernden Betrachtung, und ich sah, wie einige Bedienstete unter Aufsicht von Leonidas die Speisen hereintrugen.

Aristoteles beendete sein Gespräch mit Pythia und betrachtete mich lange und grübelnd. »Mein liebes Kind, ich wurde über dein Erscheinen und das damit verbundene Rätsel informiert und ich denke, dass wir es schaffen werden, die Kreise des Jetzt unberührt zu lassen. Es ist unwahrscheinlich wichtig, dass dieses Phänomen logisch untersucht wird. Du kannst dir sicher sein, dass der natürliche Ort eines Körpers ...«

»... von der vorherrschenden Materie abhängt«, beendete ich automatisch den mir aus meinen alten Philosophieprüfungen bekannten Satz.

Verdutzt sah mich Aristoteles an: »Ich bin entzückt und verwundert. Nie hätte ich erwartet, hier und heute ein philosophisches Talent zu Gesicht zu bekommen. Ja, mein Kind, du hast recht. Es hängt von der Materie ab, und zwar von der Ursprungsmaterie, die in deinem Fall nicht im Hier zu finden ist. Also bist du nicht vorhanden, da deine Materie sich in der Form eines Körpers schon woanders befindet. Was wir sehen, ist eine Reproduktion des Lichtes und unserer Wahrnehmung des Sehkegels.«

Unverständliche Sätze murmelnd, zupfte Aristoteles an seiner Tunika und brachte eine Rolle Papyrus und einen Kohlestift zum Vorschein. Schon fing er an, mathematische Zeichnungen auf Papier zu bringen.

Das sanfte Lächeln der Pythia und die herausfordernden Blicke des jungen Makedonenkönigs auf meiner Haut spürend, tat ich das einzig Richtige. Ich nahm mir etwas zu essen und zeigte ein großes Interesse an den gemurmelten Ausführungen des berühmten Philosophen.

Währenddessen ganz in der Nähe ...

»Hast du uns verstanden, Ipollos?«, zischte die stinkende, weingetränkte Stimme des Hohepriesters. »Du wirst der verfluchten Schwester diesen mit Gift behandelten Dolch in den Leib stoßen. Sie soll leidend sterben, und kein Arzt des Asklepios soll sie retten können.«

Ein hämisches Kichern erfüllte den dunklen Raum.

Ipollos sah gelangweilt in die Runde der Priesterschaft von Delphi.

Angsthasen, verfluchte, dachte er sich insgeheim. Zu
fein, um den Auftrag selbst auszuführen und zu arrogant, um zuzugeben, dass seine Dienste sehr hoch in
der Gunst der Oberen stehen.

Wo war denn ihr ach so herrlicher Gott Apollon?

Er spuckte auf den Boden. Es gab sie nicht, diese
Götter, er hatte noch nie einen gesehen. Gott war derjenige, der gut bezahlte und einen am Leben ließ.

»Ja, ich habe Euch verstanden, Ehrwürdiger.« Mit
einer verhöhnenden Verbeugung antwortete Ipollos mit
triefender Arroganz. »Und wie sieht es mit der Bezahlung aus? In diesem schwerwiegenden Fall, denn Ihr
wisst ja selbst, dass ich mir den Zorn Eurer Götter zu-
ziehen könnte, sollte der Drachmenbetrag doch um das
Doppelte erhoben werden.«

Das spöttische Grinsen seines geöffneten Mundes, aus
dem schwarze Zahnstumpen herausschauten, war sogar
im verdunkelten Raum sichtbar.

»Sobald dein Auftrag ausgeführt wurde, bekommst
du dein Gold in dreifacher Ausführung, und verlasse
die Stadt danach sofort. Wage es auch nicht, hier wieder
einen Fuß hineinzusetzen. Wir könnten dann nicht mehr
gewähren, dass er auch wieder hinausfindet«, war die
hämische Antwort des Oberpriesters. »Gehe jetzt durch
den Hinterausgang hinaus und wir treffen uns später
am Haupthaus der Athener Bruderschaft.«

Ipollos verbeugte sich maliziös und verschwand lautlos wie eine Katze aus dem Raum. Er blieb nur kurz
stehen, um die letzten Worte des Hohepriesters zu
hören.

»Das wird eine Lektion für die Pythia werden, die sie nicht so schnell vergessen wird. Wir, die Priesterschaft, sind die Herrscher über Delphi, und nicht die Seherin.«

Ipollos spuckte noch einmal abfällig auf den Boden und verschwand, um seinen Auftrag zu erfüllen, in der Dunkelheit.

»Auf ein Wort, Rosenblüte«, hörte ich die samtene Stimme Alexis' neben mir.

Erschrocken fuhr ich zusammen und starrte auf seine ausgestreckte Hand. Weder hatte ich ihn aufstehen noch kommen sehen. Wie ein lautloser Panther stand er vor mir und ich sah seine lächelnden Lippen. Hypnotisch stand ich auf, meine Hand in seine feste Hand drückend.

»Lass uns ein paar Schritte gehen und erlaube mir, dir etwas zu erklären.«

Durch den dünnen Seidenstoff meines Peplos spürte ich die Wärme seines Körpers, die mich in eine einschläfernde Wohligkeit einhüllte. Ich fühlte mich an seiner Seite beschützt und sicher.

»Ich bitte dich um Entschuldigung, werte Schönheit, dass ich mich heute nicht zu erkennen gab, doch die unbeschwerten Zeiten, in denen ich durch die Städte ziehen konnte, sind längst vergangen. Es tat mir gut, für einen Moment wieder ich selbst zu sein, Alexis und nicht Alexander, der König der Makedonen. Mein Lehrer hat mich über dich aufgeklärt.«

Verwundert zog ich meine Augenbrauen hoch.

»Schau nicht so überrascht. Glaubst du, dass mein Lehrer mich über die Vielfältigkeiten der Welten nicht unterrichtet hat? Er hat mich alle Fähigkeiten gelehrt. Alles und noch mehr, was darüber hinausgeht.«

Alexis führte mich zu einer kleinen Sitzecke im Saal. Außer ihm und Leonidas, der immer noch stoisch an der Tür stand, war keine Menschenseele zu sehen.

»Ich bitte dich nicht nur um Entschuldigung, sondern auch, hierzubleiben. Hier bei mir als meine zukünftige Königin.« Flüsternd presste Alexis den letzten Satz heraus. »Ich habe, seitdem ich dich kenne, kein Interesse mehr an der Vereinigung aller Völker. Die große Vision des Friedens soll ein anderer übernehmen. Mit dir möchte ich endlich Frieden finden, eine Familie gründen und glücklich sein. Ich habe noch nie bei einer Frau so etwas gefühlt. Seit unserem ersten Zusammentreffen vor der Taverne, wo dich entweder die Göttin der Weisheit in meine Arme stolpern ließ oder nur der Gott des Zufalls, sehe ich meine Zukunft mit dir.«

Ich stand fast wie Lots Frau zur Salzsäule erstarrt vor ihm und sah die goldenen Funken in seinen Augen. Funken voller Liebe. Hier stand Alexander der Große und bat mich darum, seine Frau zu werden. Ich schluckte und mein trockener Hals schmerzte.

Vorsichtig nahm Alexis meine Fingerspitzen in seine Hände und drückte mir federleichte Küsse auf.

»Erzähl mir von dieser Vision.« Mir fiel vor lauter Nervosität keine bessere Antwort ein.

Der schönste Mann, den ich je gesehen hatte, König und Welteneroberer, fragte mich wahrhaftig, ob ich seine Frau werden wollte. Und ich kannte die Antwort. Es ging nicht. Ich musste zurück in meine Zeit, da gehörte ich hin.

»Ich träume davon, dass eines Tages alle Völker gleich sind. Dass es keine Kriege mehr gibt aufgrund verschiedener Rassen und Götter. Kannst du dir das vorstellen?« In Alexis' Gesicht strahlte ein goldenes Licht und seine Augen waren wie vor Erregung vergrößert. »Kannst du dir vorstellen, in einer Welt des Friedens zu leben, ohne Krieg und Angst, ohne Unterdrückung und Sklaverei? Ich träume davon, sie alle zu überzeugen und sie alle untereinander zu vermählen. Die Vermischung des makedonischen Blutes mit allen Völkern der Welt. Und so wären wir alle Brüder und Schwestern desselben Blutes. Das ist meine Vision. Wo Kinder nicht wie bei den dreckigen Spartanern in die Wolfsschlucht geworfen werden, sondern aufwachsen dürfen.«

»Und auf all das willst du wirklich verzichten?«, unterbrach ich ihn, den Tränen nahe.

»Ja, wenn du bei mir bliebst, dann wäre es die lebendig gewordene Vision.«

»Bitte, ich kann das nicht sofort entscheiden. Ich brauche Zeit. Lass mich bitte für einen Moment allein, ich komme gleich nach.«

Seine Finger zeichneten sanft meine Halsbeuge nach und hinterließen feurige Spuren auf meiner Haut.

»Ich lasse dir Zeit, so viel du davon brauchst, und wenn ich dir neue erobern müsste«, kam die raue Antwort aus Alexis' leicht geöffnetem Mund, der zum Küssen einlud.

So schnell, wie der Gedanke des Küssens zustande kam, so schnell drehte sich der Makedonenkönig um und ging zu Leonidas.

Der Versuch, meine Gedanken zu ordnen, scheiterte, und ich überlegte, ob es sehr unhöflich wäre, sich jetzt auf mein Zimmer zurückzuziehen. Aristoteles versuchte weiterhin, Lösungen zu finden, wie ich hier wieder wegkäme und gleichzeitig bekam ich das schönste Angebot meines Lebens. Mir war bewusst, dass ich die Geschichte nicht ändern durfte, aber war sie nicht schon längst durch mein Erscheinen geändert?

»Kyria«, hörte ich eine fremde Stimme, »darf ich etwas für Euch holen?«

Ich blickte auf und sah einen mir fremden Diener an. Seine Augen kamen mir irgendwie bekannt vor.

»Nein, danke, ich brauche nichts«, versuchte ich durch ein Lächeln, meine innere Aufregung zu verbergen.

»Oh, dass Ihr nichts mehr brauchen werdet, das ist uns beiden in ein paar Sekunden klar.«

Der Fremde kam sardonisch grinsend näher und ich hörte nur noch: »Die Priesterschaft lässt grüßen, und wenn Hades Euch fragt, wer Euch getötet hat, sagt ihm, Ipollos war sein Name.«

Ich spürte, wie kaltes Eisen meinen Körper durchbohrte und hörte einen grausamen, langen Schrei, der aus meinem Mund kam. Mein Körper brach zusammen, und ich sah aus tränendurchtränkten Augen, wie Alexis und Leonidas auf mich zuliefen. Eine samtene Dunkelheit erlöste mich.

Der Tod ist süß und höchst lebendig

Tot! Ich bin tot, spürte ich einen aufkeimenden Gedanken und wunderte mich, dass ich als Tote überhaupt noch denken konnte.

Ich war in pechrabenschwarzer Dunkelheit gefangen und hatte das Gefühl, körperlos in einem großen Nichts zu schweben. Hatte ich überhaupt noch Gliedmaßen? Ich versuchte, meine Arme zu bewegen, und stellte fest, dass diese gar nicht vorhanden waren. Weder Beine noch einen Rumpf konnte ich erfühlen. Aber da ich hier Gedanken hatte, musste doch auch irgendwo ein Kopf sein. Ich war also nur noch ein Gedanke in einem nicht existierenden Raum. War das alles? Es wunderte mich, dass keine Panik in mir auftrat, obwohl ich gerade keinen festen Körper spüren konnte.

Der große Showdown meines Lebens endete in einem tintigen Raum, und ich schwebte als Sprechblase umher? Kichernd stellte ich mir eine mit einem Fragezeichen gefüllte, helle Sprechblase vor, mit der ich durch die Dunkelheit waberte.

Es war jedoch auch möglich, dass dies wieder eine Finte von Ares war und ich einfach nur gelähmt in einer Höhle herumlag. Woran konnte ich mich erinnern?

Das Letzte, was ich noch wusste, war das Abendessen mit Aristoteles und Alexis. Die Spekulationen darüber, was ich in Delphi zu suchen hatte und wie ich in meine Gegenwart zurückkommen konnte. Und der Heiratsantrag von Alexis. Dann dieser furchtbare, stechende Schmerz in meinem Brustkorb und das heiße Blut, das durch meine Hände floss. Irgendjemand schrie. Nein, alle schrien auf, und der Attentäter versuchte zu flüchten. Ich erinnerte mich, wie ich geschwächt zu Boden sank und alles um mich herum in einem rötlichen Nebel verschwamm. Alexis, der mich in seine Arme nahm und mich wiegte und meine Haare küsste. Und seine Tränen, diese salzigen, schweren Tränen, die auf mein Gesicht tropften. Wie gern hätte ich sie ihm weggewischt. Wie viel Liebe doch in einer Träne stecken konnte.

Ich hörte Leonidas schreien und heiser Befehle bellen.

»Warum?«, hörte ich mich flüstern.

»Diese hinterhältigen, dreckigen, dekadenten Priester haben einen Attentäter aus dem stinkenden Athen angeworben. Man wollte der Pythia drohen und sie mit dem Tod ihrer Schwester gefügig machen. Auch die Verbindungen hier im Hause zu mir und Makedonien sind nicht gern gesehen. Ich schwöre bei meinem Schwert, dass ich sie alle ausrotte, diese Brut der Speichellecker, und dann Athen dem Erdboden gleichmache.« Alexis' Stimme war heiser vor Wut und er drückte seine Hand gegen meine blutende Wunde.

Gesichter, die ich kannte, verschwammen immer mehr und ich hörte plötzlich nur noch einen Laut – den Laut meines langsam verstummenden Herzens. Stille um mich. Ich spürte einen leisen, süßen Hauch mich liebkosen und dann war da nur noch diese Stille.

Dass ich mich erinnern konnte, war ein gutes Zeichen. Also habe ich auch einen Körper, denn ohne Körper kein Kopf und ohne Kopf keine Gedanken. Wie eine Ertrinkende hielt ich mich an diesem Strohhalm fest, daran und an der Tatsache, dass ich mittlerweile fest davon überzeugt war, dass Ares mal wieder seine Finger im Spiel hatte.

Konzentriere dich auf deinen Körper, spüre deine Beine, Cassy, und lass es nicht geschehen, dass dieser widerwärtige Kriegsgott letztendlich gewinnt. Konzentriere dich, Cassy.

Langsam spürte ich meinen Körper, er fühlte sich an wie zartes Gespinst, was jeden Moment zerreißen konnte.

Vielleicht war der Dolch ja vorher in Gift getränkt worden, schoss es mir urplötzlich durch den Kopf.

Das war auch der Grund, warum ich meinen Körper nicht spüren konnte.

Euphorie keimte in mir auf, nur so konnte ich mir alles rational erklären und die Dunkelheit um mich. Was war mit dieser Dunkelheit? Wo hatte man mich hingebracht?

Ein plötzliches Kribbeln setzte ein, als ob Tausende von Ameisen meinen Körper in Besitz nehmen würden. Ich spürte, wie das Leben in meine schmerzenden und tauben Gliedmaßen zurückkehrte. Vorsichtig setzte ich mich auf und versuchte, die Finsternis zu durchdringen.

»Hallo?« Meine Stimme kam nur krächzend hervor. »Wo bin ich? Ist da jemand?«

Langsam, aber sicher gewann die Stimme wieder an Kraft. Mittlerweile konnte ich in der Dunkelheit entfernt Lichtpunkte ausmachen. Etwas unsicher stand ich auf und tastete mich in die Richtung der Lichtquelle. Meine Beine wollten zuerst ihren Dienst verweigern, doch ich biss mir auf die Lippen und zwang mich, aufrecht zu gehen.

Inzwischen konnte ich, das Gefühl eines Déjà-vu nicht mehr unterdrücken. Das hatten wir doch schon einmal alles gehabt. Sehr einfallsreich war Herr Ares auch nicht. Obwohl mich das doch gar nicht wundern sollte.

Wer nur Krieg und Hinterlist im Kopf hatte, konnte nicht mit Intelligenz gesegnet sein.

Die Lichtquelle war nur wenige Schritte von mir entfernt. »Hallo, ist hier jemand?«, rief ich mittlerweile mit lauter und sicherer Stimme in den Raum hinein. »Ist es eines deiner Spielchen, Ares?«

Mehrere Spotlights gingen plötzlich an und ich stand mitten in einer schwach beleuchtenden Bar. Eine kleine Bühne mit einem Mikrofon und einem Barhocker wurde von einem Punktlicht angestrahlt. Nebelschwaden waberten im Licht.

Es sah aus wie eine der kleinen Bars in Melbourne, die nur Insidern bekannt waren. Die meisten waren im Stil der 60er Jahre eingerichtet und ohne Reservierung bekam man dort keinen Platz.

Ein klirrendes Geräusch hinter mir ließ mich aufschrecken und herumfahren. Eine Gestalt stand im Halbschatten an einem langen Holztresen.

»Wer bist du?«, rief ich mit gereizter Stimme in die Dunkelheit hinein.

Plötzlich ertönte im Hintergrund eine leise Musik, die sich verdächtig nach »Somewhere over the Rainbow« anhörte, als ein sanftes Licht anging und die Bar erleuchtete. Eine männliche Gestalt war erkennbar, und wenn mich nicht alles täuschte, war das …

»John!«, schrie ich voller Freude. »John, was machst du denn hier? Wo bin ich überhaupt? O John, ich bin so glücklich, dich zu sehen«, sprudelte es aus mir heraus und gleichzeitig lief ich um den Tresen herum, um John zu umarmen und auch sicherzustellen, dass er es wirklich war und keine Illusion. Lachend nahm er mich fest in die Arme und der Geruch von Myrrhe und wildem Salbei hüllte mich ein. Ja, das war John, kein Zweifel.

»Hey, hey, Cassy, nicht so stürmisch«, lachte er sein tiefes, wunderbares, typisches John-Lachen, und ich fühlte mich gleich sicher und geborgen.

Die Frage war nur: Wie kam er hierher, oder besser gesagt, wo war ich?

»Liebes, setz dich doch hin und lass mich dir einen köstlichen Cocktail mixen. Hast du je einen Happy Morning probiert? Den muss ich dir unbedingt zubereiten. Warte, wie ging der noch mal? Man nehme Orangensaft, Aprikosensaft, Grenadinesirup, Zitronensaft und Eiswürfel.«

Konzentriert, als ob sein Leben davon abhinge, gab John alle Zutaten in einen großen Mixbecher und schüttelte den Inhalt hoch konzentriert mit rhythmischen Bewegungen. Fasziniert beobachtete ich das Spiel seiner feingliedrigen Hände. Es kam mir vor wie eine unendlich lange Prozedur, die mich fast einschläferte.

John öffnete den Mixer, legte das Barsieb darüber und seihte den Cocktail in ein Glas ab. »So, hier ist der Happy Morning speziell für dich gemixt. Trink und entspann dich.«

John schob mich auf einen Barhocker und stellte das große, bunte Cocktailglas vor mich auf den Tresen. Sogar an die kleinen Papierschirmchen hatte er gedacht.

Es war einfach zu skurril. War ich denn jetzt tot oder träumte ich irgendetwas? Vor allen Dingen, wo war ich überhaupt?

»John, das ist lieb von dir, danke. Aber bitte sag mir doch zuerst, wo ich … wo wir hier sind? Ich drehe bald durch, wenn ich nicht weiß, wo ich bin und was los ist.«

»Cassy, was glaubst du denn, wo du bist?«, fragte John zurück und schnappte sich ein Tuch, um den Tresen zu polieren.

Ich nippte an dem Drink und war überrascht, als eine Woge regenerativer Energien meinen Körper durchflutete. Es schmeckte wirklich phänomenal und der Name »Happy Mornin« passte hervorragend.

»Was ich glaube? John, bei allem Respekt, aber ich wurde zwischen den Epochen hin und her geschleudert und du fragst mich, was ich glaube? Ich weiß nicht, was ich glauben soll. Erst lag ich in meinem Bett und meditierte, als ich plötzlich von Ares entführt wurde und in Delphi landete. Dann wurde ich ermordet und jetzt bin ich hier in einer Bar und du mixt mir Drinks. Also bitte, bevor ich hysterisch werde, sag mir, wo wir hier sind und was das alles zu bedeuten hat.«

»Der Ort, an dem wir uns hier befinden, ist so eine Art von Zwischenstation. Ein Übergang zwischen den Zeiten, zwischen den Lebenden und denen, die sich dazu entscheiden, tot zu sein. Jeder bestimmt für sich, wie dieser Raum aussieht. Bei den alten Griechen wäre es ein Fluss gewesen und Charon würde dich in seinem Boot hinüber geleiten. Moderne Esoteriker sprechen von einem lichtdurchfluteten Tunnel, in denen sich alle Erinnerungen deiner Leben aufhalten. Katholiken würden dir etwas von Himmel und Hölle erzählen«, erklärte er. »Ich persönlich finde eine Bar mit ihrem weichen Rosenholz und einer angenehmen Musik so wie hier am entspanndesten. Man kann noch nett etwas zusammen trinken und über alles nochmals diskutieren, sinnieren und Entscheidungen treffen. So gesehen sind wir ›Somewhere over the Rainbow‹.«

»Soll das heißen, ich bin fast tot und nicht ganz? Und du bist Charon oder Hades?«

John musste lachen. »Ich habe viele Namen über mich gehört, aber als Hades hat mich noch keiner betitelt.

Nein, nein, meine Liebe, ich bin nicht Hades oder Charon oder irgendein Engel. Ich bin einfach John. Sieh mich als Freund an, der dir in einer schwierigen Situation zur Seite steht.«

Schweigsam sog ich am Strohhalm und versuchte, dieses ganze Durcheinander an Begebenheiten in meinem Kopf zu ordnen.

»John, wenn ich nicht ganz tot bin, heißt das dann auch, dass ich wieder ganz normal in meinen Körper zurückkann?«

»Selbstverständlich kannst du das, wobei du nur entscheiden musst, in welcher Epoche du aufwachen möchtest. Weißt du, letztendlich ist alles nur ein Traum. Wer kann dir sagen, was Realität und was geträumt ist? Vielleicht liegst du in deinem weichen Hotelbett und träumst davon, im alten Delphi zu wandeln. Oder du bist im alten Delphi und träumst von modernen Zeiten. Wer kann sagen, was Traum und Wirklichkeit ist? Du entscheidest deine Realität, indem du einem der beiden Träume das Attribut ›real‹ gibst.«

»Wenn ich das tue und mich zum Beispiel für Alexis entscheide, was ist dann mit der Prophezeiung?«, fragte ich, unruhig geworden über die Möglichkeiten, die sich mir auftaten.

»Dann veränderst du den Lauf der Dinge und kein Ares wird sich daran erinnern, dass er dich entführen wollte«, gab John ruhig zur Antwort.

Wie sollte ich mich entscheiden? Ein kurzes Glück mit Alexis, von dem ich durch die Geschichte wusste, wie es weitergehen würde. Oder zurück in meine Welt und das Erbe akzeptieren, das mir bis jetzt nur Ärger, aber auch neue Freunde gebracht hatte und von dem ich immer noch nicht wusste, warum Ares so hinterher war, mich schachmatt zu setzen.

»John, wie soll ich mich entscheiden? Es sind noch zu viele Fragen offen. Warum will Ares, dass ich mein Erbe nicht annehme? Was ist mit dem Lauf der Geschichte? Ich hatte einmal gelesen, dass man diese nie verändern sollte. Und vor allen Dingen, wer übernimmt dann mein Erbe?« Meine Fragen kamen wie aus einer Pistole geschossen heraus.

»Ach, das ist einfach zu klären, meine Liebe. Fragen wir doch Ares selbst«, kam die gelassene Antwort von John, der mittlerweile meinen Cocktail aufgefüllt hatte. »Wir sollten eventuell andere Musik auflegen. Ich kann mir gut vorstellen, dass er ›Highway to Hell‹ mögen würde, oder was meinst du?«

Für einen kurzen Moment änderte sich die Musik und ich hörte die harten Gitarrenriffs von AC/DCs ›Highway to Hell‹.

»Dreh dich um und begrüße unseren Gast.« John zeigte mit dem Finger über meine Schulter.

Ich drehte mich sofort um. Ares saß an einem der Tische und blickte verwundert um sich.

»Geh hin, Liebes. Er kann mich nicht sehen. Du bist hier sicher. Seine göttlichen Fähigkeiten wirken hier nicht. Er kann dir nichts antun, weder geistig noch körperlich. Hier bist du wirklich sicher. Wenn du jedoch Hilfe benötigst, dann kannst du auf mich zählen. Geh hin und stelle deine Fragen.« John schenkte mir einen aufmunternden Blick und schubste mich sanft in die Richtung von Ares.

Ares

Ich ging ein paar unsichere Schritte auf ihn zu und drehte mich nochmals zu John um, der jedoch mit seinem Tresen im Dunkeln nicht mehr zu erkennen war.

Eine Welle verschiedenster Empfindungen durchspülten mich wie ein Tsunami. Da war Wut, gepaart mit Abscheu. Angst und Unsicherheit gaben sich die Hand. Dort saß der Verursacher meines schlimmsten Albtraumes. Die Wut steigerte sich in mir und ich musste tief durchatmen, damit sie mich nicht vereinnahmte.

»Hallo Ares«, sagte ich und damit trat ich aus dem Dunkel hervor in seine Sichtlinie. »Da wunderst du dich jetzt, was du hier sollst, nicht wahr?«

Genugtuung durchströmte mich. Jetzt sollte er, der so gewiefte Gott, doch selbst fühlen, wie es war, an einem fremden Ort zu erscheinen und nicht zu wissen, wie man da herauskam. Ares hatte seine Überraschung gut im Griff, nur das leichte Heben seiner wohlgeformten Augenbraue zeigte eine Gefühlsregung an.

»Ach, sieh an, die kleine Sterbliche ist auch hier. Wobei ich schon zu gern wüsste, wo wir hier eigentlich sind. Es fühlt sich nicht nach einer mir bekannten Zeit an«, kam die arrogante Antwort von ihm. Er lehnte sich gelassen, mit über der Brust gekreuzten Armen im Stuhl zurück.

Ares wirkte beeindruckend in seinem weißen gestärkten Hemd mit den sündhaft teuren Manschettenknöpfen. Dennoch spürte ich eine gewisse Anspannung von ihm ausgehen, je näher ich ihm kam, und es fiel mir sehr schwer, ihm genau gegenüber Platz zu nehmen. Ich hatte das Gefühl, neben einer gleich explodierenden Atombombe zu sitzen.

»Du weißt nicht, wo wir hier sind, werter Freund?«, antwortete ich so höhnisch, wie ich nur konnte. »Nun, das tut mir jetzt aber leid für dich, denn eines darf ich dir verraten: Du besitzt hier keinerlei Macht. Probiere es aus. Oh, du hast es schon getestet? Dein Fingerschnipsen funktioniert nicht mehr?«

Eines musste ich Ares ja zugestehen: Er behielt die Fassung und ließ sich partout nichts anmerken. Seine gelangweilte Mimik strafte nur das kurze Zucken der Augen Lügen.

»Schachmatt, meine Schöne, ich muss dir wirklich Respekt zollen. Nicht jedem Sterblichen ist es möglich, einen mächtigen Gott in einem hermetisch abgeriegelten Raum festzuhalten. Du scheinst ja mittlerweile mächtige Freunde zu haben. Wo hast du die denn gefunden?«

Sein hinterhältiger Blick streifte mich und ich spürte, wie ich aggressiv wurde.

Ruhig, Cassy, beschwor ich mich, er ist immerhin der Kriegsgott. Auch wenn er hier keine magische Macht hat, kann er nur zu gut deine Gefühle manipulieren. Darin wird er der Meister der Kriegskunst bleiben.

»Ja, du hast richtig erraten, ich habe mächtige Freunde.« Beinahe hätte ich mich in Richtung des Tresens umgedreht.

»Und was möchtest du, meine Schöne?«, fragte Ares gelangweilt. »Hattest du so große Sehnsucht nach meiner Person und deshalb wurde ich von dringenden Geschäften abgezogen, um dir hier Gesellschaft zu leisten, oder brauchst du mich doch, um in deine Zeit zurückzukehren? Vielleicht vermögen deine mächtigen

Freunde das ja doch nicht. Wärst du sonst in diesem muffigen Club ohne Getränke gelandet?«

Ares gewann an Sicherheit, denn er strahlte mittlerweile eine gefährliche Zuversicht aus. Ich musste das Gespräch unbedingt in andere Bahnen lenken und durfte mich nicht von ihm manipulieren lassen.

»Also, Ares, lass uns doch deutlicher werden. Ich möchte zu gern wissen, warum du dieses ganze Entführungsdrama gestartet hast. Was ist dir so wichtig, dass ich mein Erbe nicht annehme? Du wirst so lange in diesem Raum bleiben müssen, bis ich eine zufriedenstellende Antwort bekomme. Das ist der Deal, den ich mit meinen ›mächtigen Freunden‹ habe. Gern kannst du dies die nächsten Stunden austesten, ob es stimmt, was ich sage, und du wirst immer wieder feststellen, dass es doch stimmt. Ich bin im Gegensatz zu dir ja noch nett und lasse dich nicht in einer stinkenden Höhle ohne Licht und Nahrung allein zurück.«

Meine Gefühle standen kurz davor, hochzukochen, aber ich wusste, dass ich mir jetzt keinen Fehler erlauben durfte. Ares war nicht umsonst der Gott des Krieges und wir wussten alle mehr oder weniger, wie er damals die Kriege im Reich der Hellenen manipuliert hatte, und dass der Hades voll war mit Kriegern, die seinetwegen mordeten und abschlachteten. Was war sein großer Plan? Warum tat er mir das alles an? Es wurde jetzt Zeit, dass er redete. Ich wusste ansonsten nicht weiter.

Ares taxierte mich mit einem recht diffusen Blick, den ich absolut nicht einordnen konnte. »Scheint wohl, dass ich mich in dir getäuscht habe«, setzte er an, und ich erschrak vor der Samtheit und Freundlichkeit in seiner Stimme. »Du bist hartnäckiger, als ich zuerst dachte, und ich muss gestehen, dass ich anfange, dir Respekt zu zollen. Vielleicht war der, nennen wir es einmal ›Kurzurlaub in die Antike‹ doch kein so guter Gedanke. Es hat dich gestärkt. Es würde mich interessieren, was dort passiert ist.«

Seine samtige Stimme wurde um eine dezente Nuance raffinierter. Es war so, als ob man das unterschwellige Grollen einer Wildkatze hörte, kurz vor ihrem tödlichen Sprung.

Ich setzte meine »Ich zeige dir jetzt mein schönstes Zahnpastalächeln«-Maske auf und zuckte nichtssagend mit den Schultern.

Keine Infos mehr geben. Lass ihn in seinem Saft schmoren.

Ares beobachtete mich auf das Genaueste. Sicherlich kannte er mittlerweile jede einzelne Falte in meinem Gesicht und achtete darauf, welche sich verändern würde, damit er doch mehr Informationen bekam.

»Also gut, meine Süße, ich bin genügend Gottheit, um zu erkennen, wann eine Situation als festgefahren gilt. Ich sehe, dass du dich darin verbissen hast, die Wahrheit zu erfahren. Nun, das Wissen darüber wird dir sowieso nicht viel bringen. Denn die Zukunft wird sich für meine Pläne weiterdrehen und nicht, ob du ein spirituelles Ahnenerbe annimmst oder nicht.

Aber lass mich dir etwas erzählen, damit du die Großartigkeit meines Planes, der seit Jahrtausenden wirkt, erkennst, und vielleicht entscheidest du dich von allein, aufzugeben oder sogar, mir zu dienen. Denn es soll nicht dein Schaden sein, wie ich dir schon einmal versprach. Wer weiß, ob wir beide nicht doch noch gute Freunde werden.« Sein bezauberndes Wolfslächeln aufsetzend, beugte sich Ares zu mir und sah mir tief in die

Augen. »Du solltest wissen, dass die Erfindung des Teufels, Beelzebub, der dunkle Höllenfürst, wie immer ihr ihn auch nennen mögt, eine Erfindung meiner Person ist.« Ares lehnte sich gönnerhaft zurück und hob predigergleich seine muskulösen Arme. »Ja, meine Erfindung, seit damals dieser Jüngling, der Vergebung und Liebe predigte, beinahe anfing, meine Energien zu dezimieren. Seit den Römern war ich nicht mehr so beliebt und angesehen, und ich erkannte sehr schnell, dass nur die Anbetung der Völker aus mir den Gott machte, der alle magischen Fähigkeiten in sich trug. Ich erkannte dies schneller als meine olympischen Geschwister, die sich nicht mehr um ihre Fans kümmerten und energetisch anfingen dahinzusiechen.

Als dieser Jüngling, der angeblich von einem und dem einzig wahren Gott abstammte, endlich, dank meiner Einflüsterungen in die richtigen Ohren, zum Kreuz verurteilt wurde, kam wieder positive Bewegung in meine Energien. Ich war seinen Anhängern, diesen idiotischen Anbetern des Friedens, so ausgesprochen dankbar für ihre Ansichten über Himmel und Hölle, dass ich ihnen den perfekten Höllenfürsten ablieferte.

Ich nahm die hässliche Gestalt Hephaistos an und sein schwefelstinkender Geruch wie auch sein lahmes Bein waren das Sinnbild des Bösen. Ein bisschen PR in die Jahrhunderte hineingesteckt und die Erfindung des Höllenfürsten war perfekt. Ja, meine Liebe, ich bin der Erfinder des Teufels, und diese Erfindung sorgt dafür, dass ich am Leben bleibe und die Menschen sich in ihren Ängsten, nicht in der Hölle zu landen oder mit Höllenbrut in Verbindung zu kommen, zu kriegerischen Akten verleiten lassen.

Was war die Zeit der Kreuzritter für eine glorreiche Zeit in meiner Vita. Ich konnte sie alle manipulieren, für ihren Glauben gen Jerusalem zu ziehen und diese fürchterliche, stinkende Stadt dem Erdboden gleichzumachen. Und gleichzeitig beriet ich die andere Seite darüber, dass in Gestalt der Christen das wahre Böse erscheinen würde.« Ares lachte. »Es gibt das Böse nicht, Kassandra. Es gibt keine Hölle. Das ist die verdammte Wahrheit des Nazareners. Doch wie gut, dass keiner ihm das glauben wollte, und die wenigen, die ihm Gehör schenkten, wurden vergessen und sind zu Staub zerfallen. Die Bibel in all ihren Übersetzungen wurde verändert und die Wahrheit so verschleiert wie nur möglich gemacht.

Was ist denn die Christenheit heute? Eine in sich verdorbene und von mir infiltrierte Armee des Ares. Ich leite die Kirchen in ihrer Gier nach mehr Macht und Ansehen und durch mich ziehen sie in den Krieg. Sie zerfleischen sich untereinander, die sogenannten Christen der Liebe. Katholiken in ihrer befangenen und morbiden Moral, alles zu verdammen, was auch nur etwas Spaß macht. Das sind meine auserkorenen Lieblinge. Ich brauchte nicht viel zu tun, um sie zu manipulieren, sie waren ja offen für Gewalt, Gier und Zerstörung. Diese Selbstanbeter ihres Egoismus, dem sie doch, wie lächerlich, den Namen Gott gaben.

Das ist das wahre Böse, die Natur des Menschen. Ich bin der wahre Gott, den sie anbeten, all die Jahrhunderte anbeteten. Der einzige Gott auf Erden ist die Essenz des Krieges.

In Wahrheit gibt es nur zwei dominante Energien auf Erden, und diese sind Krieg und Frieden. Nicht Gut und Böse. Gut und Böse sind Resultate von Krieg oder

Frieden. Dein spirituelles Erbe trägt die Essenz des Friedens in sich. Man könnte fast sagen, dass du eine kleine süße Friedenstaube bist, die Gestalt angenommen hat. Die Frage, die sich mir gerade stellt, ist, ob meine Hände an deinem Hals und ein leichtes Zudrücken deiner Kehle in diesem Raum vielleicht doch möglich wären?«

Ares beugte sich zu mir vor und ich spürte seinen heißen Atem an meinem Gesicht entlangstreichen. Dann lehnte er sich lachend und selbstherrlich wieder zurück.

»Diese Idee werde ich vielleicht gleich mal austesten. Nun weiter in der Geschichte, meine Liebe?«

Ein stummes Nicken meinerseits war ihm Antwort genug.

»Also, wie gesagt, alle paar Jahrtausende inkarniert eine Friedensseele, die dazu erkoren ist, durch ihre Anwesenheit das Gleichgewicht von Krieg und Frieden zu halten. Ihre Aufgabe ist es, durch die Attribute des Friedens immer mehr die Waage zu ihren Gunsten zu bewegen.

Die Eigenschaften des Friedens, der Nazarener nannte es die Besonderheiten der Liebe, so etwas Lächerliches wie Barmherzigkeit, Mitgefühl und Vergebung. Du wirst Verständnis haben, dass ich diese Attribute gerade nicht benötige.

Das letzte Mal gab es dieses spirituelle Erbe zur Zeit der Hexenverfolgung. Es war leicht, diese Person als Hexe zu verunglimpfen und sie dann meinen treuen Anhängern der katholischen Kirche zu überlassen. Die danach folgenden Zeiten waren wieder geprägt durch meinen Einfluss. Die Eigenschaften des Friedens konnten sich nicht richtig durchsetzen. Selbst die Friedensaktivisten sind von mir unterwandert. Alle streiten sich untereinander, jeder misstraut dem anderen. Sogar die Esoteriker, die so gern Licht und Liebe predigen, zerfleischen sich wie in alten Zeiten im Namen der Liebe.

Ist das nicht herrlich? Es macht mich stärker, reicher und unabhängiger von den weiteren Energien, die ich über die Anbetung bekomme. Ich bin mittlerweile fest verankert in der Substanz des Planeten. Und mein nächster Schritt wird die Eroberung der Politik sein. Ich werde persönlich in die Politik einsteigen. Es macht mir keinen Spaß mehr, im Hintergrund der große Wirtschaftssponsor zu sein. Jetzt arbeite ich für die Zeit, in der ich der Welt vor ihr Angesicht trete und alle vor mir im Staub kriechen. Die goldene Zeit des Ares.

Du wirst Verständnis dafür haben, dass ich gerade jetzt dich und dein Erbe nicht gebrauchen kann. Es würde nur stören. Wer will schon Vergebung und Mitgefühl? Wer will den Armen und Kranken helfen oder sie sogar heilen? Dieser ganze Morast der menschlichen Dekadenz?

Meine Liebe, der arme Nazarener wurde nur dreiunddreißig Jahre alt, und wenn ich mich recht erinnere, bist du das auch. Könnte ein schlechtes Omen sein, meinst du nicht?

›Barmherzigkeit‹, hat er gerufen. ›Lernt und lehrt Barmherzigkeit‹.

Die Römer und Pharisäer lachten ihn aus, und genau das wird man auch mit dir tun. Was willst du mit der Annahme deines Erbes erreichen? Ich habe meine Energien überall. Ich kann und werde dir das Leben zur Hölle machen. Oh, die gibt es ja gar nicht. Sage dich davon los und werde meine Göttin, meine Begleiterin. Deine Intelligenz und meine Macht werden das Gestirn am Himmel sein.«

Beifall heischend sah Ares mir tief in die Augen, doch ich war einfach nur betäubt von den Informationen, die er mir derart bereitwillig gab.

Er war der Erfinder der Gestalt des Teufels? Unglaublich, wie er es geschafft hatte, all die Jahrtausende die Menschheit zu täuschen. Aber er hatte ja recht. Genau genommen herrschte überall Krieg. Es ging immer um das Besitzen und Habenwollen. Was früher im Namen Gottes angezettelt wurde, lief heute unter dem Motto »Terroristen« ab.

Es war frustrierend und gleichzeitig hoffnungslos. Wie sollte ich mich mit meinen frisch gewonnenen Erkenntnissen gegen den gewaltigen Koloss Ares und seine intrigante Machtmaschinerie stemmen? Er würde mich in Nullkommanichts zerstören. Seine Beziehungen reichten überall hin, in jede Schicht, und er sagte es ja selbst, dass er zu den mächtigen Sponsoren der Wirtschaft gehörte. Die Kriegsindustrie blühte und gewann immer mehr politische Macht. Überall war der Gott des Krieges vertreten. Und dieses Bollwerk sollte durch mich zum Einsturz gebracht werden? David gegen Goliath? Obwohl David doch letztendlich gewonnen hatte.

Vielleicht war alles doch nicht so hoffnungslos und Ares doch nicht dermaßen mächtig, wie er sich gerade darstellte. Irgendwo musste auch seine Achillesferse sein, sonst wäre es ihm egal, ob ich mein Erbe annehme. Die ganzen Mühen, die er darauf investiert hat, um mir Angst einzujagen, mich zu entführen.

Irgendetwas stimmte nicht ganz an seiner Geschichte. Er konnte mich nicht einfach töten, das war mir klar.

Ein Kriegsgott entführt nicht und droht nicht, er tötet schnell und beseitigt sein Opfer. Denk nach Cassy. Was habe ich oder was kann ich, vor dem er sich fürchtet?

»Oh, wie süß, du bist ja sprachlos«, unterbrach Ares süffisant meine Gedanken und seine zur Schau gestellte Selbstherrlichkeit schaukelte schon wieder meine Wut hoch.

Ich sollte anfangen zu bluffen und ihn mit seinen eigenen Waffen schlagen. Oh, bitte, bitte, lieber Gott oder Götter, wer immer ihr seid oder wer wirklich der wahre ist, ich könnte jetzt dringend geistige Inspiration und Hilfe und auch eine Souffleuse gut gebrauchen. Glaukos, John, Pallas, wer mich jetzt geistig hört, das ist ein SOS-Gedanke!

»Nun ja, ich bin wirklich sprachlos. So viel Raffinesse und strategisches Denken auf die Jahrtausende ausgerichtet und geplant bis ins kleinste Detail, hätte ich dir nicht zugetraut. Und ich muss leider zugeben, dass du das perfekt hinbekommen hast. Die Geschichte ist aufgrund einer großen Täuschung von dir geschrieben worden. Durch dich fürchten sich Menschen vor der Hölle und glauben also an Schuld und Sühne. Respekt, Ares und gleichzeitig irgendwie traurig für dich, dass keiner dich je erwähnen wird. Du wirst nie in irgendwelchen Geschichtsbüchern als der Erfinder des Höllenfürsten stehen. Nein, noch schlimmer: Keiner wird dir das je glauben, denn du hast deinen Plan so minutiös und perfekt wirken lassen, dass es keinen Raum gibt, damit eine Siegesfeier zugunsten des Ares je gefeiert wird. Du gehst ein in die Geschichte als ein ausgestorbener Gott aus der Antike, der laut Herodes so ziemlich der Unbeliebteste war.«

Ich legte eine kunstvolle Pause ein und freute mich diebisch über seinen verstörten Blick. Ich hatte die richtige Strategie, jetzt durfte ich ja nicht aufhören, ihn ja nicht zum Nachdenken kommen lassen.

»Dein über die Maßen großzügiges Angebot, als Partnerin an deiner Seite zu fungieren, muss ich freundlich, aber bestimmend negieren. Du siehst ja wirklich sehr gut aus und ich bin mir sicher, dass es genügend Frauen auf der Welt gibt, die sich dir zu Füßen legen würden und dein männliches, dominantes Auftreten ziemlich sexy finden, aber wir beide wissen doch, dass ein Kriegsgott untauglich für eine Beziehung ist.

Ich vermute, dass die Wahl der Figur des Hephaistos als Teufel auch eine verspätete Rache von dir ist. War er nicht mit deiner großen Liebe verheiratet und du dadurch nur der Geliebte im Hintergrund?

Nein, Ares, du bist kein Mann für eine sichere und langlebige Beziehung. Aber ich danke dir für dein charmantes Angebot. Werde lieber Stammkunde in meiner Boutique und kaufe das Teuerste bei mir ein, das würde mir mehr gefallen.« Ich gestattete mir einen gelangweilten Blick auf meine Fingernägel. »Jedenfalls, mein Lieber, in deinen Plänen und Ideen hat sich ein kleiner Fehler eingeschlichen und ich vermute so langsam, dass dieser sich als deine ... hm, ich hoffe doch nicht, tödliche Achillesferse zeigen wird.«

Ares zuckte einen Moment zusammen und kniff die Augen misstrauisch zu. Er wurde wütend, das war ihm anzusehen, und ich betete inbrünstig, dass die Aussage von John, dass man mir in diesem Raum keinen Schaden zufügen konnte, auch stimmte.

»Welcher Fehler denn?«, zischte er und seine Augen verdunkelten sich wie der Himmel kurz vor einem gewaltigen Gewitter.

Jetzt war ich mir sicher, dass ich ihn aus der Fassung gebracht hatte und ich dankte meiner Intuition, die mich gerade führte.

»Oh, oh, wir wollen doch nicht unsere Contenance verlieren«, tadelte ich so hochnäsig, wie ich nur konnte. »Schau mal, mein lieber Ares«, säuselte ich weiter, »stell dir vor, ich würde mich entscheiden, zurückzukehren in dieses wunderbare Delphi, das du ausgesucht hast. Ich habe dort einen total süßen Mann kennengelernt. Er nennt sich Alexis. Und dieser Alexis würde all seine Pläne, die er hat, zur Seite legen und mit mir in Makedonien sein Reich regieren.

Ach ja, den Beinamen ›Alexander der Große‹ würde er dann ja nie erhalten, da es keine großen Taten geben würde. Also keinen Krieg, keine Eroberungen, keine Anbetung an Ares. Ich würde, oh, ich böses Mädchen, den Lauf der Geschichte ändern, und weißt du was? Ich würde dafür sorgen, dass kein Mensch je an Hölle und Himmel glauben würde. Ich denke, mein Freund Aristoteles würde sich mir bei der Verbreitung einer neuen Lehre durchaus entgegenkommend zeigen, was meinst du?

Ja, und dann gibt es keinen Ares mehr. Ich würde dafür sorgen, dass ganz Makedonien nie mehr an den Gott des Krieges glauben würde und sehe bildhaft die Veränderungen, die sich in der Zukunft zeigen würden. Hm, recht intensive Veränderungen, meinst du nicht auch? Vielleicht wirst du jetzt einwenden, dass ich das alles nicht machen kann und du hast gar nicht so Unrecht damit, jedoch wird es dein heutiges Ich in dieser Form nicht mehr geben.«

Wutentbrannt sprang Ares auf und warf den Tisch um. Ich konnte gerade rechtzeitig zur Seite springen, damit mich der schwere Holztisch nicht traf. Doch der Tisch blieb, wie von Zauberhand gehalten, in der Luft stehen.

Zwischen uns waren nur noch unsere Emotionen, und umso jähzorniger Ares wurde, desto mehr überkam mich eine innere Ruhe und Gelassenheit. Ich spürte, wie mein Erbe sich regte und um Anerkennung schrie. In mir tobten in hellem Lichte die Eigenschaften der Vergebung und des Mitgefühls.

So, wie er dastand, so wütend, kam er mir nicht mörderisch und böse vor, sondern nur wie jemand, der Liebe und Vergebung brauchte. Jemand, der aufgrund der Eigenschaften, die man ihm gab, so war, wie er war. Jemand, der einfach nur überleben wollte. Und in diesem Moment begriff ich die unendliche Macht der Worte: »Vater, vergib ihnen, denn sie wissen nicht, was sie tun«. Dies war die Essenz der Vergebung aus reinstem Herzen für alle Äonen und dadurch Karma auflösend. Dies waren die Worte des Nazareners, sein Selbst nicht so wichtig zu nehmen und das große Gleichgewicht auf Erden zu halten. Und das war der Moment, in dem Ares mit geöffneten Händen vor mir stand, um sie mir um den Hals zu legen.

»Hiermit nehme ich mein spirituelles Erbe an und verbinde mich mit meinen Ahnen«, hielt ich dagegen.

Eine unendliche Woge von Liebe durchfuhr mich und ich meinte, viele flüsternde Stimmen zu hören, die mir gratulierten und sich freuten. Mein Körper fühlte sich schwerelos an und ich hatte auch das Gefühl, dass viele negative Erinnerungen, die ich in mir trug, sich gerade auflösten. Ich fühlte mich so unendlich leicht und sicher und erkannte, wie einfach doch bedingungslose Liebe sein kann.

Ares stand zur Statue erstarrt vor mir, seine Hände zu Klauen ausgestreckt. Ich wusste nicht, ob er jetzt weiter so verharren würde oder wieder Leben in ihn kam.

Ich beugte mich vor und küsste ihn sacht auf die Wange. »Ich vergebe dir«, flüsterte ich sanft.

Im gleichen Moment erfasste mich der bekannte Schwindel, und ich spürte, wie ich in einem Wirbel aus Farben und Schwerelosigkeit aus dem Raum herausgetragen wurde.

Teil 3

Zukunft

»Wenn auf der Erde die Liebe herrschte, wären alle Gesetze entbehrlich.«
Aristoteles

Zurück

Mit einem Aufschrei bäumte sich mein Körper auf und riss Decken, Laken und Glaukos, der auf mir hockte, zu Boden. Ein Wirrwarr aus Laken und Federn umgab mich. Nassgeschwitzt hockte ich auf meinem Bett im Hotel und ein panischer Blick zur Uhr zeigte mir, dass gerade vier Stunden vergangenen waren. Knapp eine Woche Delphi in vier Stunden. Ich sprang auf, um Glaukos, der wie ein Rohrspatz schimpfte, aus dem Laken zu befreien.

»Was war das?«, fragte ich Glaukos total perplex. »Was ist genau passiert? Waren wir in Delphi? War ich mit John in der Bar? Was ist jetzt Wahrheit? Oder habe ich das alles nur geträumt?«

Glaukos schüttelte sich die Federn zurecht und gab zuerst nur ein Grunzen, einer Eule total unwürdig, von sich. »Ich weiß nicht, was das alles war, ob wir das nur geträumt haben oder ob es wahr ist. Ich muss erst Pallas darüber informieren. Sie wird es besser wissen.« Dann breitete er die Flügel aus, und ich sah noch, wie er imposant aus der geöffneten Balkontür hinausflog.

Mein Körper fühlte sich zerschlagen, verkrampft und total unterkühlt an. Zu schlafen traute ich mich nicht mehr. Ich hatte das Bedürfnis nach einer ausgiebigen, heißen Dusche. Es kam mir vor, als ob ich wochenlang nicht geduscht hätte.

Gefühlte Stunden später, eingewickelt in einen weißen, warmen Bademantel, die Haare unter einem Handtuch, saß ich auf dem Balkon und erlebte meinen ersten Sonnenaufgang in Griechenland. Es war sehr symbolhaft und ich fühlte, wie mich eine unendliche Ehrfurcht vor Gott und dem Leben erfasste.

Die Sonne geht jeden Morgen in ihrer gleichen, unbändigen Schönheit auf, sie verspricht uns Wärme und Schutz. Sie gebärrt Wachstum und Leben.

Tränen flossen langsam aus meinen Augen, als mir bewusst wurde, welche Segnungen ich die letzten Tage erfahren hatte. Die Angst, die ich vorher immer vor neuen Situationen hatte, war in mir komplett ausgelöscht. Ich sah nur noch die Segnungen, die mir geschenkt worden waren.

War das mein Erbe? Dieses beeindruckende, heilige Gefühl? Wenn ja, dann war ich so unendlich dankbar, dass ich es angenommen hatte. Ich war dankbar, dass ich Ares vergeben konnte, und ich war dankbar, dass ich die Prophezeiung der Pythia über Mr. Right auch gelöst hatte.

»… finden du kannst das Geliebte nur dann, wenn du begriffen hast der Liebe Bann.«

»Der Liebe Bann« – o ja, ich hatte verstanden, wie die Liebe einen in ihren Bann schlagen konnte, und ich wusste, dass ich nie eingewilligt hätte, Alexanders Frau zu werden. Ich hätte aufgrund meiner egoistischen Motive nie und nimmer die Geschichte geändert. Das Gefühl, so stark und innig geliebt zu werden, war magisch. Dass Alexander alles aufgegeben würde … nicht, dass ich das glauben würde, denn ich sah, wie er aufleuchtete, als er von seiner Vision erzählte. Es war sein Karma, sein Weg, diese Vision zu gehen. Und er wäre nie der unsterbliche Alexander der Große geworden, wenn ich dortgeblieben wäre.

»Der Liebe Bann« – ich habe ihn jetzt begriffen. Begriffen, dass man loslassen muss.

Zu gern würde ich wissen, was in Delphi noch passiert war. Hatte man den Meuchelmörder gefasst?

Wie war noch mal sein Name?, grübelte ich und versuchte mich zu erinnern. Ach ja, Ipollos, der Name passt ja wie die Faust aufs Auge. Ipollos bedeutet »hinterhältig« auf Griechisch.

Seine Augen waren mir so bekannt vorgekommen. Ich mochte ihn nicht und gleichzeitig war ich dankbar, dass er mich ermorden wollte. Ich glaube, das war die Erschütterung der Materie, wie Aristoteles es erklärt hätte.

Da hatte mir also die Hinterhältigkeit geholfen, wieder in meine jetzige Zeit zurückzukehren.

Ein gelassenes Lächeln umspielte meine Lippen. Es gab keine Cassy mehr, die unzufriedene Frau aus Melbourne, die sich langweilte und nicht mehr wusste, was sie eigentlich glücklich machen sollte.

Ich bin Kassandra, die letzte aus der Ahnenreihe und ich habe mein Erbe im Dienst der Menschheit angenommen.

Vage erinnerte ich mich an Worte, die ich schon mal gelesen hatte. Ich konnte mich jedoch nicht mehr erinnern, wann oder von wem sie waren.

»Ich gelobe, jederzeit und allerorten, der Menschheit zu dienen!«

Ja, ich war gerüstet und auch bereit für ein anständiges Frühstück und einen heißen Kaffee, und ich musste John unbedingt alles erzählen.

Kichernd wie ein junger Teenager sprang ich auf, um mich anzuziehen. Ein Blick auf die Wanduhr zeigte mir, dass es schon sechs Uhr war. Die perfekte Zeit, um aufzustehen und die Welt zu erobern.

Auf dem Weg zum Kloster

Im Hotel herrschte geschäftiges Treiben. Reinigungskräfte trafen ein und machten sich daran, den großen Marmorboden zu wischen. Ich hüpfte um die Wasserlachen herum, um in den Frühstücksraum zu gelangen.

Meine Fröhlichkeit schien ansteckend zu sein, denn das Personal fing an, leise zu lachen. Ein liebevolles Lachen, das mich einhüllte. Mir fiel auf, dass ich plötzlich die vorherrschenden Gefühle spürte und mir diese positiven Ausstrahlungen so etwas wie einen Energieschub gaben.

Erhitzt von meinem Frühsport und den schon warmen Temperaturen, erreichte ich Kosta.

»Kalimera tin, Kyria Kassandra«, begrüßte mich Kosta überaus freundlich. »Was kann ich für Sie tun? Möchten Sie ein größeres Lunchpaket für die Reise oder bleiben Sie in unserem Zweigstellenhotel in Veria?«

Perplex sah ich Kosta an. Lunchpaket? Veria? Was hat das alles zu bedeuten?

»Haben Sie es vergessen? Heute ist doch der große Ausflug nach Veria mit der Besichtigung des Klosters Johannes des Täufers. Sie können gern noch in Veria bleiben und dort weiterhin in unserer Zweigstelle wohnen oder einen Tag später mit der Reisegruppe zurückkehren. Eingetragen sind Sie, soweit ich sehen kann, für die Reise und den Aufenthalt in Veria.«

»Oh, ja, ich habe wirklich nicht mehr daran gedacht«, murmelte ich hastig. »Wird John Archos dabei sein?«

»Nein, Kyria mou, er ist gestern schon abgereist und wird alle im Kloster erwarten.«

»Wann fahren wir denn los, Kosta?«, fragte ich, ein wenig überfordert von der neuen Information.

»Unmittelbar nach dem Frühstück, oder möchten Sie es auf ihrem Zimmer zu sich nehmen?«, gab mir Kosta eine gute Idee, wie ich zu meinem Frühstück kam und dazu noch packen konnte.

Als Kleinkind war ich mit meiner Oma öfter zu dem Kloster gefahren. Ich konnte mich noch an die majestätische Stille und den Duft von wilden Kräutern erinnern. Gut gelaunt hüpfte ich an den Wasserlachen zurück zum Aufzug und sorgte wieder für erheiterndes Gelächter. Zwinkernd winkte ich königlich meinen Zuschauern zu und verschwand gut gelaunt im Fahrstuhl.

In Windeseile hatte ich meine Sachen gepackt und konnte danach mein Frühstück genießen.

Die Küche schien mich zu lieben, denn ich wurde reichlich verwöhnt. Es gab ein Omelett, mit frischen Kräutern zubereitet. Eine kleine Auswahl an Früchten, in mundgerechte Stücke geschnitten. Meine Bougatsa fehlte auch nicht und zu meinem obligatorischen Frappé gab es noch einen griechischen Mokka. Schlürfend trank ich den heißen Kaffee, um mich nicht zu verbrennen. Oma konnte aus dem Kaffeesatz lesen, doch sie weigerte sich, mir etwas von ihrem Wissen beizubringen.

»Wer die Lügen des Kaffees braucht, der vertraut nicht mehr der Wahrheit des Himmels«, war eine ihrer Erziehungsfloskeln.

Und dabei trafen sich jeden Dienstag regelmäßig ihre alt gewordenen Freundinnen zum Revani, einem süßen griechischen Honigkuchen und Kaffee. Erst die Süße des Honigs, dann die Weisheiten des Satzes. Und danach gingen die alten Damen in den Garten, um eine Zigarette zu rauchen.

Auf meine bockige Frage, warum sie denen denn alles erzählte, war ihre schmunzelnde Antwort: »Weil sie mir nichts glauben.«

Es waren etliche Jahre vergangen, seit ich das letzte Mal in Veria war. Die Stadt, die ich tief und innig liebte, dass es mir wehtat, nur daran zu denken. Veria war der Inbegriff einer unendlich von Glück durchdrungenen Kindheit, dass mich der Verlust dieses Gefühls immer wieder zu schwermütigen Gemütsregungen verführte. Seufzend stand ich auf, bereit, Delphi zu verlassen.

Vor dem Reisebus tummelte sich auch die spirituelle Reisegruppe. Ich hatte sie ehrlich gesagt total verdrängt und sah zu, so schnell wie möglich in den Bus zu steigen, mir einen Fensterplatz auszusuchen, und das Ganze, bevor mich Ferfried entdecken würde. Ich spürte schon jetzt seine suchenden Gedanken und seine schmierigen, geistigen Hände, die mir nachspürten.

Schnell stieg ich in den Bus ein, stürmte nach hinten zur letzten Reihe und ließ mich in den Sitz fallen. Die neue Gucci Sonnenbrille auf der Nase und meinen Sonnenhut tief in das Gesicht drückend, spähte ich aus dem Fenster. Die Botschaft, dass ich nicht gestört werden wollte, schien den meisten nichts auszumachen. Ich beobachtete, wie einige Teilnehmer sich in leichte Decken einhüllten und selbst nicht abgeneigt waren, einige Stunden Schlaf aufzuholen.

Und dem war ich auch nicht abgeneigt. Ich war müde, einfach nur müde, und ich stellte fest, dass mir irgendwie der Tagesablauf aus dem alten Delphi fehlte.

Genauso wie mir auch Alexis fehlte. Und der kleine Dimitrios, ach, sogar Aristoteles. Alles war mir hier bekannt und gleichzeitig fremd.

Müde schloss ich die Augen und war dankbar, dass auf Morpheus immer Verlass war.

Eine Stimme aus dem Lautsprecher weckte mich aus einem tiefen, traumlosen Schlaf.

»Liebe Reisegruppe«, hörte ich die Stimme einer mir unbekannten Reiseleitung, »in wenigen Minuten kommen wir am Kloster an. Ihr könnt jetzt auf eurer linken Seite den wunderschönen Fluss Aliakmonas sehen, aus dem das Trinkwasser für die ganze Region gefördert wird. Momentan werden neue Stauseen errichtet, um das Wasser für trockene Zeiten zu speichern. Wir bitten darum, im Kloster leise zu sein und in der kleinen Kirche nicht zu fotografieren. Es wäre angebracht, wenn ihr eure nackten Schultern mit einem Tuch bedeckt. Es gibt einen kleinen Verkaufsraum, wo ihr gern Ikonen, Weihrauch und andere gesegnete Gegenstände kaufen könnt. Die Priester erwarten unser Ankommen. Wir treffen uns nach der Messe gegen sieben Uhr am Bus.«

Ein hektisches Treiben erfüllte den Innenraum, das mich auch ergriff. Ich suchte nach meinem Handspiegel, um mich etwas herzurichten, als ich schon die Stimme des Grauens hörte.

»Hallo, Cassy, alles okay bei dir, oder brauchst du etwas? Ich kann es dir gern holen.«

Ich sah in die hinterhältigen Augen von Ipollos. Nein, es war Ferfried und es waren gleichzeitig diese vor Bösartigkeit triefenden Augen des Meuchelmörders.

Kalter Schweiß strömte aus meinen Poren, und ich sah wieder die Szene, wie er mir den Dolch ins Herz rammte. Der Meuchelmörder war aus der Ahnenreihe von Ferfried, anders konnte ich es mir nicht erklären.

Es war mir unheimlich, in diese Augen zu blicken, und ich setzte so schnell wie möglich meine Melbourne-Geschäftsessensmimik auf.

»Triefende Arroganz einer erfolgreichen Geschäftsfrau«, nannte es mein Vater und fand es total cool.

»Danke, Ferfried, ich habe alles, was ich brauche. Wir sehen uns dann später.« Schnell schnappte ich mir meinen Rucksack und hielt ihn wie einen Schutzschild vor mich, um so den notwendigen Abstand zwischen seinem Körper und mir zu wahren.

Die Stufen vor mir wurden gerade in dem Moment frei, als Ferfried sich kurz zu mir über den Rucksack beugen wollte und ich just in diesem Moment jedoch die Treppen aus dem Bus nahm. Ich hörte nur noch Gelächter hinter mir und bekam mit, dass Ferfried dadurch über seine eigenen Füße stolperte. So schnell ich konnte, lief ich durch das riesengroße, geöffnete Holztor in das Kloster hinein.

Die Wahrheit über John

Sprachlos stand ich in dem grünen Vorgarten des Klosters. Ein weißer Pfau stolzierte durch den Garten, in dem die Blumen noch einmal kurz vor dem Verblühen ihre immense Farbenpracht verbreiteten. Alte Steine, von den Füßen der Jahrhunderte ausgetreten, glitzerten wie frisch poliert, und überall lag der Duft von Frieden und Weihrauch in der Luft, vermischt mit den kühlen Winden der majestätischen Berge. Der komplexe Klosteranbau stand auf einer steilen, dicht bewaldeten Berganhöhe und ich sah, wie der Fluss Aliakmonas silbrig blau seinen Weg durch die satten grünen Berge fand. Majestätisch, erhaben und still in seiner Würde.

Es war wirklich ein magischer Ort. Ein Platz, der Seelen heilte, keine Fragen stellte nach dem Warum und Wieso, und auch keine Urteile fällte. Dieser Ort war gesegnet. Gesegnet durch die in den Jahrtausenden gesprochenen Gebete und Fürbitten der Bevölkerung und der Mönche, die hier lebten. Ja, durch die Zeit selbst, die ihre Segnung tief in diese Berge eingegraben hatte.

Ich atmete tief die süße und noch kühle Luft ein und jeder Atemzug schmeckte nach Heilung, nach Weihrauch, nach Frieden. Ich konnte sehr gut nachvollziehen, warum Menschen nach Besuchen von heiligen Städten oder Klöstern sich gern als Mönche oder Nonnen zurückzogen. Für einen kleinen Moment erschien mir der Gedanke, in dieser Stille und im Gebet ein Leben lang zu verbleiben, höchst erstrebenswert.

Hinter mir waren schon die Stimmen und das dumpfe Getrampel der Reisegruppe zu hören. Ich wollte nicht mit der Gruppe weitergehen. Allein die Vorstellung, Ferfried würde versuchen, sich den ganzen Tag an meiner Seite aufzuhalten, brachte Übelkeit in mir hervor. Seit meinem unfreiwilligen Aufenthalt in Delphi hatte ich eine extreme Abneigung gegen ihn entwickelt und meine Gefühle im Bus ihm gegenüber waren spürbar feindselig. Doch die Analyse dieser Gedanken musste warten.

Meine Finger strichen langsam über die vernarbten Steinwände des Gemäuers. Man könnte fast meinen, dass durch die Steine und das leise Dahinfließen des Flusses die unendliche Geschichte der Entstehung der Orthodoxie berichtet wurde.

Eine Mischung aus Schwermut und Leichtigkeit überkam mich, aber ich konnte dieses Gefühl nicht einordnen. Schnell lief ich die glitzernden Steinstufen entlang, die sich wie der Fluss Aliakmonas um das Kloster wanden, und stand vor der offenen Klostertür.

Dies war mein absoluter Lieblingsplatz. Vor mir sah ich die Berge und den Fluss, der sich jahrhundertelang geduldig durch die Berge wand. Hinter mir war diese wunderbare alte Kirche mit ihrer schweren Holztür und den vielen Gebetskerzen in ihren goldenen Gefäßen. Sogar die alte verwitterte Holzbank an der Klostermauer war noch vorhanden. Schnell setzte ich mich darauf und atmete die Stille in mich hinein.

Wie Balsam legte sich die Ruhe der Natur auf meine aufgewühlte Seele. Bis jetzt hatte ich nicht die Zeit und Muße gefunden, um über all das Erlebte nachzudenken. Von Glaukos hatte ich auch nichts mehr gehört.

Wer konnte mir bestätigen, dass Ares mich nicht wieder entführen würde? Konnte ich überhaupt noch nachts sicher schlafen? Und was für mich noch wichtiger wurde, war die Frage, wer John war und wie er dahin kam, wo immer ich auch war.

Mit geschlossenen Augen, sog ich tief die kristallklare Bergluft ein und spürte bei jedem Atemzug eine Entspannung in meinem Körper.

Meine Gedanken wanderten weiter zu Alexis. Ich konnte kaum erwarten, die Geschichte Evangelista zu erzählen, und freute mich diebisch, ihren ungläubigen Gesichtsausdruck zu sehen. Das würde sie mir entweder gar nicht glauben oder sie wäre hin und weg von dieser Story. Der Makedonenkönig und ich, ein Märchen und eine Liebe, die meine größte hätte werden können.

Die Erinnerungen überschlugen sich und viele kleine Fragmente stoben hin und her. Ich würde so gern wissen, was aus allen geworden war. Mein kleiner Ziehsohn Dimitrios, der mir sein Leben anvertraut hatte. Dieser ekelige Meuchelmörder.

Hat Alexis ihn gefasst? Was ist mit der Pythia passiert, oder kann sie sich nicht an mich erinnern? Da es mich in Wahrheit dort gar nicht hätte geben dürfen? Kann ich noch einmal diese Zeit besuchen?

Seufzend öffnete ich meine Augen und sah in die stille Weite. Es wäre langsam an der Zeit, dass meine Fragen alle beantwortet würden und das hieß jetzt, erst einmal John zu finden.

Die Reisegruppe war nirgends zu sehen und ich vermutete, dass sie in dem kleinen Verkaufsladen am Eingang verweilte und die Weihrauchbestände und Ikonen aufkaufte.

Es war Zeit, ein paar Gebetskerzen zu kaufen und sie für die Seelen der Verstorbenen zu entzünden und vielleicht noch einige Wunschkerzen dazu, in der Hoffnung, dass meine Bitten durch das Licht in Gottes Nähe getragen wurden.

Langsam begab ich mich in die stille und schummrige Kirche, die nur von den unzähligen Kerzen erhellt wurde. Das flackernde Licht der Kerzen erhellte die Gesichter der Heiligen auf den Ikonen. Je nach Blickwinkel hatte man das Gefühl, sie würden einen strafend oder lächelnd anschauen. Ich bekreuzigte mich und küsste die Ikone der Mutter Maria.

Ich war wieder das kleine Mädchen, das mit seiner geliebten Oma in die Kirche ging. Tief den Geruch von Honigwachs und Weihrauch einatmend, setzte ich mich in eine abgedunkelte Ecke in der Kirche und ließ meine Erinnerungen an diese wunderbare Zeit, als meine Yiayia noch lebte, Revue passieren.

»Oma, warum küssen die Menschen die Ikonen? Das ist doch alles vollgesabbert. Ich mache das nicht«, erinnerte ich mich an unseren ersten Besuch hier in dem Kloster.

»Es kommt darauf an, was du zuerst siehst«, erinnerte ich mich an die Antwort. »Was siehst du? Siehst du die heilige Mutter Maria, in ihrer unendlichen Güte, oder siehst du den Sabber, wie du ihn nennst? Entzündest du die Kerzen für deine privaten Wünsche oder betest du für alle Menschen auf der Welt? Es kommt immer darauf an, wie du etwas siehst und wenn dich der Sabber stört, dann nimm ein Tuch und reinige die Ikone und dann nimm dasselbe Tuch und reinige dein Herz«, sprach sie, drückte mir ein Tuch in die Hand und forderte mich auf, die Ikonen zu reinigen.

Als ich fertig war, fragte ich sie, wie ich denn jetzt mein Herz mit diesem Tuch putzen solle, und ich erinnere mich an ihr glockenhelles Lachen und die vielen Küsse, mit denen sie mein Gesicht überschüttete.

»So, jetzt ist dein Gesicht voller Küsse von mir. Ekelt es dich?«, fragte sie, immer noch lachend und drückte mich fest an ihren wunderbaren, warmen Körper. »Das Tuch, das ein Herz reinigt, nennt sich Demut, meine Kleine. Demut und Vergebung, aber dafür bist du noch zu klein und dein Herz bedarf keiner Reinigung.«

»Ja, deine Großmutter war eine weise Frau«, erklang eine Stimme in meinem Kopf.

Erstaunt drehte ich mich um, doch außer mir war niemand in der kleinen Kapelle. Suchend blickte ich mich um und sah, wie aus der Ikone des Johannes des Täufers ein goldenes Licht illuminierte. Es war nicht das Licht der Kerzen, sondern eher, als ob es aus der Ikone herausstrahlte.

Neugierig geworden, ging ich leisen Schrittes darauf zu. Ein pulsierendes Licht erfasste die Ikone und das Gesicht des Täufers drehte sich zu mir um.

»Gott zum Gruße, Kassandra«, ertönte die Stimme, und ich war fast einer Ohnmacht nahe, als ich erkannte, dass diese Stimme die Stimme der Ikone, nein, die Stimme des Täufers war.

Meine Knie gaben nach und ich plumpste etwas undamenhaft auf den Stuhl hinter mir.

»Erschrecke nicht, meine Liebe, sondern öffne deinen Geist und empfange dadurch alle Antworten der Fragen, die du unaufhörlich in den letzten Stunden gestellt hast.«

Benommen blickte ich auf die Ikone, und das bärtige Gesicht des Täufers wurde größer und ganz plötzlich trat er aus dem Bildnis heraus.

Mir schossen die Tränen in die Augen. Es war etwas anderes, griechische Götter und Könige zu treffen, aber das hier, das war der Täufer, der Vorbereiter des Christentums. Ich liebte ihn seit meiner Kindheit, als Oma mir seine Geschichte erzählt hatte. Ich fand ihn damals obercool und je älter ich wurde, desto mehr gingen alle Stoßgebete an ihn. Er, der so mutig war und sich nie von seinem Weg abbringen ließ, koste es, was es wolle, und in diesem Fall seinen Kopf. Er war für mich purer Rock'n Roll in Jerusalem.

Er stand vor mir und ich musste schlucken und mich zusammenreißen.

Intensive, kobaltblaue Augen sahen mich gütig an. »Cassy, sieh genau hin.«

Seine Gestalt und Aussehen veränderten sich schnell, und bevor ich es begriff, stand John Archos vor mir.

»Cassy, sieh mich an, sieh genau hin und du erkennst, wer ich bin. Diese Gestalt ist dir bekannter und du fühlst dich sicherer.«

Atemlos starrte ich in Johns Gesicht und ich sah den Täufer der Christen. John war der Täufer. Er war der Täufer, er war Johannes. Archos, ja klar, der Name bedeutet auf Griechisch: »Der zuerst da war, derjenige, der voranging«. Wie konnte ich so blind sein? Johannes, der Wegbereiter, alias John Archos. Die ganze Reise über war der Täufer an meiner Seite und beschützte mich!

Ich schüttelte fassungslos den Kopf und fing an zu lachen. Ein gewaltiges in mir aufgestautes Lachen explodierte förmlich aus mir heraus. Ich lachte über mein Leben, mein lächerliches Schicksal, ich lachte über meine Ängste und die mir erschienenen Götter. Ich lachte über die Prophezeiungen, und ich konnte nicht mehr aufhören zu lachen. Es war wie ein Witz, der mir erzählt wurde und ich hatte die Pointe verpasst.

Langsam ebbte der Lachanfall ab, und ich sah durch meine Lachtränen, wie John selbst schmunzelte. John konnte ich ihn ja nicht mehr nennen, er war der Täufer.

Der Täufer

»Wie soll ich dich denn jetzt ansprechen?«, fragte ich.

»Bleiben wir bei John, das ist ja mein Name«, gab John schmunzelnd zurück.

»Das erinnert mich alles an den Film ›Dogma‹. Werden gleich noch einige Apostel erscheinen?«, kicherte ich unkontrolliert weiter. »Ihr habt euch ja da oben echt ordentlich ins Zeug gelegt, um mich aus meinem geliebten Melbourne hier nach Griechenland zu bekommen. War das alles dein Plan, John? Eerins Botschaft, die Kontakte mit Pallas und Ares und meine Entführung?«

John hielt meinem fragenden Blick stand und ich erkannte in den blitzenden Augen, dass er die ganze Situation höchst amüsant fand.

»Du hast recht, Kassandra. Das war alles ein Plan, oder sollte ich lieber sagen ›Gottes Wege sind unergründlich‹?«, kam prompt die schmunzelnde Antwort von John.

»Ich finde es langsam nicht mehr witzig, John«, antwortete ich.

Allein die Vorstellung, dass ich die ganze Zeit ein Spielball von irgendwelchen Mächten gewesen sein sollte, behagte mir gar nicht und mein Unmut stand mir mittlerweile ins Gesicht geschrieben.

Meine Mutter hätte jetzt gesagt: »Zieh keine Schnute«, aber das war mir so etwas von egal.

Vor mir saß der Held meiner Jugend und mittlerweile hatte das ganze einen ziemlich faden Geschmack angenommen.

»Komm, Kassandra«, unterbrach mich John, meine Gedanken erahnend. »Kennst du den Wasserfall hinter dem Kloster?«

Trotzig schüttelte ich den Kopf.

»Dann lass uns dorthin gehen und der Gruppe aus dem Weg, bevor sie mich mit Fragen durchlöchern. Wir werden dort allein sein, und ich verspreche dir, deine Fragen zu beantworten.«

Schweigend folgte ich ihm und konnte es immer noch nicht fassen, was gerade passiert war. John war, nein, ist der Täufer. Unglaublich, aber ich habe es selbst gesehen, wie die Ikone ihr Gesicht verändert hatte, wie die bärtige Gestalt des Täufers aus ihr heraustrat und sich in John verwandelte.

Es war fantastisch und gleichzeitig so unglaubwürdig, dass ich in mir nur noch diese große, fassungslose Leere spürte, während ich ihm folgte.

John führte mich auf einem Trampelpfad um das Kloster herum zu dem kleinen Wasserfall, der sich unterhalb der Klostermauer befand. Die Natur war hier noch ungezähmt und ich musste aufpassen, nicht auf dem moosbewachsenen Geröll auszurutschen.

In der Nähe einer verwitterten Holzbank setzte sich John und sah mich aufmunternd an. »Komm, setz dich zu mir. Hier wird uns keiner stören, und ich werde etwas Klarheit in deine Fragenwelt bringen.«

»Wie war er? Ist er auch hier?«, schoss mir meine erste Frage unkontrolliert aus dem Mund.

»Wer ist ›er‹, Cassy?«, fragte mich John verblüfft.

»Na ja, Christus halt. Ihr wart doch befreundet. Du kanntest ihn. Ist er auch auf Erden?« Ich war tatsächlich aufgeregt und wurde richtig kribbelig.

John atmete tief ein und ein friedliches Lächeln umspielte seine Lippen. Ich sah, wie ein leichter, goldiger Schein den ganzen Körper einhüllte und da war er wieder, dieser unglaubliche Geruch nach Weihrauch und Myrrhe. Diesen Geruch hatte ich schon damals am Flughafen an ihm wahrgenommen. Weihrauch und Myrrhe, derselbe Geruch wie in der Klosterkirche.

»Ach Kassandra, ich dachte, du hättest dringendere Fragen«, seufzte John leise. »Aber ich versprach dir, einiges zu beantworten. Er war himmlisch, das Beste, das die Welt je gesehen hat. Wenn Jeshua lächelte, strahlten die Sterne viel intensiver. Wenn er lehrte, hielt sogar der Wind den Atem an. Und als er den Schmerz und das Leid der Menschheit zu ihrer Erlösung annahm, da bebte die Erde und hätte sich fast vor Schmerz zerrissen. Doch Gott erlaubte der Erde nicht, sich selbst zu vernichten.

Und was hat die Menschheit gelernt aus seiner großen Tat? Nichts, absolut gar nichts. Es ist so, als ob es ihn nie gegeben hätte. Die sogenannten Kirchenväter huldigen weiterhin ihrer Macht und Darstellung ihres krankhaften Reichtums. Menschen leiden unter der Fuchtel der Kirche. Nein, Kassandra, all das wollte er nicht. Und um auf dich zurückzukommen und deine Fragen zu beantworten: Warum du auserwählt wurdest, das Erbe der Barmherzigkeit zu tragen, liegt daran, dass er Jeshua oder Joshua, wie ihr ihn heute nennt, dich auserwählt hat.«

»Was?«, schrie ich lauter als gewollt. »ER hat mich auserwählt?«

Andächtig nahm John meine Hand in die seine, und ich spürte, wie mich eine sagenhafte Welle aus Energie durchfloss und meine Sinne sich beruhigten.

»Barmherzigkeit ist ein Attribut der Liebe, Joshua ist Liebe. Man könnte sagen, dass du von ihm erwählt wurdest. Oder man könnte auch sagen, dass er durch dich wirkt oder man könnte auch sagen, dass du ihm jetzt näher kommst. Was spielt es für eine Rolle, welche Aussage von all jenen die richtige ist? Richtig ist, dass in dir das Wesen und die Energie der Barmherzigkeit innewohnen. Und die Erde danach schreit, geheilt zu werden von den schwärenden Wunden des Krieges und der andauernden Gier der Menschheit nach Bereicherung auf Kosten ihres Nächsten. Man muss nicht an den einzigen Sohn Gottes glauben, man muss nur seine Augen öffnen, um klar zu sehen.

Warum du? In dir schlummert so viel Klarheit und Liebe, Mut und Durchsetzungskraft. Du trägst diese Liebe wie ein Mal auf deiner Haut. Und die Welt braucht Menschen wie dich. Überall, gerade auf Erden, werden Menschen mit diesen wunderbaren Eigenschaften aufgerüttelt. Die Welt braucht wieder Helden, Menschen, die sich das trauen, das zu tun, wo andere vor Feigheit fortlaufen. Menschen, die bereit sind, ihre Träume, der Menschheit zu dienen, nicht aufgeben.

Joshua war einer von ihnen und hat diesen Samen in viele Herzen gepflanzt. Du bist eine Heldin. Alles in dir ist bereit. Ich habe die ganze Zeit über dich gewacht und aufgepasst. Auch als Ares dich entführte, war ich in deiner Nähe. Du warst nie in Gefahr, das hätte ich nie zugelassen. Es war nicht geplant, dass dies geschieht. Doch du hast in der Zeit vieles gelernt und die Prophezeiung von Pythia verstanden. Gleichzeitig wurde die Weissagung von Eerin wahr. Du hast deine Ahnen getroffen.«

»Meine ... Ahnen?«, stotterte ich total verblüfft.

»Ja, Dimitrios ist dein Urururururahn«, lächelte John, »Deine Herzenstat hat ihn damals so sehr geprägt, dass er diese Erfahrungen, die Lehre der Handlung des selbstlosen Herzens, seinen Nachkommen weitergegeben hat. Und diese Lehre wurde in all den Jahrtausenden weitergereicht an jeden deiner Vorfahren, bis deine eigene Handlung dich zu dem machte, was du heute bist. Du wurdest Zeuge deiner eigenen Handlung. Das Rad der Zeit hat sich dadurch geschlossen. Das, meine Liebe, nennt man dann Schicksal. Und es ist nicht jeder menschlichen Seele gestattet, Einblick in das Räderwerk des Schicksals zu erhalten.«

Ich schwieg und ließ das Gesagte in mir wirken. Wie süß der kleine Dimitrios war, mein Urahne. Ein angenehmes und warmes Gefühl durchfloss mich bei diesem Gedanken. Und ich begriff langsam, welch ein Geschenk Ares mir gemacht hatte. Ob er das überhaupt ahnte? Ich freute mich diebisch, es ihm brühwarm bei der nächsten Gelegenheit unter die Nase zu reiben.

John drückte meine Hand. »Du kannst dich gern bei Ares bedanken«, kam die schmunzelnde Antwort. »Er wird sich darüber bestimmt freuen«, schoss es noch lachend aus ihm heraus.

Ich fiel mit in das Lachen ein und die Welt war wieder rund. Ich musste endlich lernen, mehr zu vertrauen und nicht immer so eingeschnappt zu reagieren.

»Ich glaube, immer mehr zu verstehen, und erkenne mittlerweile auch, wie dringend diese Veränderung auf Erden ist. Doch John, was letztendlich meine Aufgabe ist, erschließt sich mir nicht«, gab ich zu bedenken.

»Du musst, außer du selbst zu bleiben, nicht viel tun. Eine meditative Übung von mir wird dir dabei helfen. Diese hilft, dass sich die Energien auf Erden stabilisieren. Lass dich von deiner Intuition leiten und von all dem, was du bis jetzt gehört und gelernt hast. Pallas und Glaukos werden dir in irdischen Belangen auch weiterhin schützend zur Seite stehen. Auch kannst du dir immer Ratschläge von Lazarus holen. Er wird dir noch vieles beibringen.«

»Weiß Lazarus, wer du wirklich bist?«

»Ja, seit gestern. Er wurde vor Jahren gerufen, als es darum ging, die Energie der Heilung auf Erden zu manifestieren. Und da ist er als Arzt doch am besten geeignet. Mittlerweile macht er seine Fähigkeit zum Beruf und stellt heilsame Nahrung her, schreibt Bücher und hält auch Vorträge. Mit einem Doktortitel glauben die Menschen einem mehr«, seufzte John und man sah ihm an, dass ihm das alles sehr zu Herzen ging. Gedankenverloren riss er an einem wilden Basilikumzweig und kaute darauf herum.

Tausende von Fragen gingen mir durch den Sinn und gleichzeitig konnte ich keine so richtig formulieren. Dieser Moment, wo du alles fragen kannst und dir erst, nachdem alles vorbei ist, die besten Fragen einfallen.

»Und was dich vielleicht interessieren wird«, nahm John unvermittelt den Gesprächsfaden wieder auf, »der Meuchelmörder damals in Delphi ist heute als Ferfried wieder inkarniert.«

»Ferfried ist mein Mörder?«, krächzte ich.

»Nein, Ferfried ist nicht dein Mörder, sondern in seiner Inkarnation als Ipollos. Im Laufe seiner Inkarnationen hat er sich gewandelt. Vergib ihm, damit auch diese Bindung zwischen euch gelöst wird.«

»Er ist immer noch ekelig«, schüttelte ich mich bei dem Gedanken an Ferfried.

»Gib ihm eine Chance, Cassy. Er hat sie wirklich verdient. Sein Streben gilt der geistigen Erleuchtung. Auch wenn er noch ein bisschen die Energie der Hinterhältigkeit in sich trägt, wird er auch diese in seinem nächsten Leben verlieren.«

»Was machst du eigentlich hier bei dieser spirituellen Gruppe?«, platzte schon meine nächste Frage aus mir heraus.

»Wer soll denn sonst auf sie aufpassen, damit sie nicht zu viel an energetischem Durcheinander anstellen?«, konterte John lachend. »So habe ich sie im Blick und kann einige geistige Irrtümer besser korrigieren.«

»Darf ich Evangelista von dir erzählen?«

»Als meine Gestalt John Archos, ja, als der Täufer, nein.«

»Hm, darf ich denn meiner Mama die Wahrheit über dich erzählen?«

»Nein, auch deiner Mama nicht. Deine Oma hätte dir geglaubt, aber der Rest der Welt wird dich für verrückt halten. Aber du könntest ein Fantasy-Buch darüber schreiben und diejenigen, die es glauben möchten, werden es tun. Der Rest wird vielleicht denken, dass es eine tolle Geschichte ist und die Kritiker werden deine Wahrheit zerreißen. Wenn dir das egal ist, dann schreibe es auf. Das darfst du.«

»Und was sage ich denen, die es glauben?«

»Dass es eine Fantasy-Geschichte ist.«

»Und denen, die mich kritisieren?«

»Denen gibst du auch recht, es ist ja wirklich eine unglaubliche Geschichte«, schmunzelte John und pflückte sich ein neues Basilikumblatt zum Kauen. »Entschuldige, ist eine alte Angewohnheit«, griente er mich frech an. »Ich habe mich sehr gern für eine lange Zeit nur von den Kräutern der Natur ernährt. Das solltest du auch probieren.«

Ich zupfte mir ein paar Basilikumblätter, zerkaute sie langsam und ließ die heilende Stille zwischen uns wirken.

Eerin

Zeichnung von © Angelina Vetter

»Wer die Vergangenheit nicht kennt, kann die Gegenwart
nicht verstehen und die Zukunft nicht gestalten.«
Helmut Kohl

Epilog

Mittlerweile ist ein ganzes Jahr vergangen und ich glaube, dass ich in dieser Zeit mehr erlebt habe, als ein normaler Mensch in seinem ganzen Leben. Doch wo fange ich an, euch noch den Rest zu berichten?

Ich bekam von John noch eine intensive Übung vermittelt, die er »Heilmeditation« nannte und die ich zweimal am Tag anwenden sollte. Ich übte während meines Urlaubes und bekam immer mehr ein Gefühl dafür, wie man die Worte richtig visualisiert.

Glaukos war eine wahre Hilfe. Er entwickelte sich zu einem wichtigen Berater, denn ich wusste jedes Mal, wenn er sarkastisch wurde, dass ich etwas falsch gemacht hatte. Es war eine Herausforderung für mich, endlich einmal lobende Worte von ihm zu hören.

Ich besuchte meine Familie doch nicht wie geplant, sondern blieb noch bei der Reisegruppe, um mein Karma, wie John es nannte, mit Ferfried abzubauen. Es fiel mir wirklich nicht leicht und ob ich das überhaupt geschafft hatte, war eine andere Frage.

Glaukos meinte, und hier muss ich zitieren: »Scheiß Karma, lass uns ihn rupfen, teeren, federn und in ein Holzfass mit Essig stecken und ihn erst dann wieder herausholen, wenn er bereut hat.«

Auf meinen zaghaften Hinweis, dass er doch gar nicht wüsste, was er damals angestellt hatte, kam nur die Antwort: »Billige Ausreden.«

Seitdem Glaukos wusste, wer Ferfried war, ließ er nicht ab, ihn zu ärgern, wo er nur konnte. Und da war Glaukos sehr, sehr einfallsreich. Es gab tote Mäuse auf

Ferfrieds Teller oder er ließ Nüsse auf seinen Kopf prasseln. Die Gruppe sprach mittlerweile von einem Fluch und der arme Ferfried wurde immer kleinlauter.

So ganz sicher war ich mir nicht, ob dies für unsere karmische Bereinigung förderlich wäre. Aber ihr kennt ja mittlerweile Glaukos, er lässt sich nichts sagen.

Die nächste große Überraschung wartete in Melbourne auf mich. Pallas war so angetan von meiner Boutique und der Mode, dass sie sich als Designerin versuchte und eine hochwertige Kollektion auf den Markt brachte, die selbstverständlich exklusiv nur bei mir erhältlich war. »Glaukos by Pallas« hieß ihr Label und es war ausgesprochen extravagant. Glaukos war begeistert von der T-Shirt-Reihe mit seinem Profil, sei es prächtig bestickt oder mit vielen bunten Steinen geschmückt. Mit einem Teil des Gewinnes eröffnete Pallas viele Eulenstationen auf der Welt.

Ares ließ sich auch blicken und wurde der beste Kunde in meinem Geschäft. Ohne dass er es ahnte, sorgte er durch seine Einkäufe dafür, dass etliche Prominente aus der Wirtschaftswelt auf mein Unternehmen aufmerksam wurden. Und so eröffnete ich in kurzer Zeit Zweigstellen in Athen und Paris. Diese zwei Städte waren der Wunsch von Pallas. Sie besaß eine Zuneigung zu dem Namen Paris.

Die Beziehung zwischen Ares und mir ist mit Vorsicht zu genießen. Er möchte immer noch herausfinden, was damals in dieser Bar geschehen und wer mein unsichtbarer Beschützer gewesen war. Gleichzeitig suchte er weiter nach meiner Achillesferse. Wir waren immer freundlich zueinander und gleichzeitig blieb ich sehr wachsam.

Pallas versucht gerade, Ares zu überreden, mit ihr einen Yoga-Kurs zu besuchen, damit er seine kriegerischen Gelüste endlich in den Griff bekommen soll. Ihr könnt euch vorstellen, wie der Herr Kriegsgott auf diesen Vorschlag reagiert hat.

Mein Leben war schön und ich war schon lange nicht mehr so ausgeglichen wie jetzt. Ich habe auch wieder mit dem Schwerttraining angefangen und mein Lehrer sieht nicht nur süß aus, er heißt auch Alex. Wink des Schicksals?

John sagte, dass er sich bei mir melden würde, wenn ich gebraucht würde.

Zwischenzeitlich werde ich seinen Rat in Anspruch nehmen und versuchen, ein Buch zu schreiben. Ja, es wird ein Fantasy-Buch werden. Ich muss diese unglaubliche Geschichte weitererzählen.

Denn eines habe ich gelernt: »Nichts erscheint so, wie es wirklich ist.«

Johns Meditation

Setze dich irgendwo hin, wo du nicht gestört wirst. Wenn du in die Natur hinauskannst und dich an einen Baum anlehnen könntest, wäre dies von Vorteil.

Die Kunst des Friedens liegt im Atem. Atme also tief und entspannt ein und aus. Tue dies stetig, bis du selbst nur noch deinen Atem spürst und alle anderen Gedanken verschwinden. Frieden ist ein Weg des Loslassens von allen egoistischen Motiven, loslassen vom Hunger nach Macht und der Gier nach Erfolg. Loslassen von jedem einzelnen Wunsch. Bis du nur noch Atem bist. Du bestehst nur noch aus Atem und Frieden. Gib diesem Gefühl nun eine Farbe. Es ist ein rosagoldener Ton, der aus deinem Herzen ausstrahlt und deinen ganzen Körper umhüllt.

Stell dir jetzt vor, wie diese Farbe sich in den Händen sammelt und du dies, wie ein Quell aus rosagoldenem Licht, über die Erde ausgießt. Es sieht aus wie das Symbol des Wassermanns, der eine Karaffe mit Wasser ausleert. Du gießt die Friedensfrequenz aus dem Herzen, aus deinem ganzen Sein.

Friede und Liebe gehen Hand in Hand. Deine Gedanken verändern den Raum, in dem du dich bewegst.

Verändere den Raum, und du veränderst die Welt.

Rezept für einen »Happy Morning«

Zutaten:

Orangensaft (12 cl)
Aprikosensaft (6 cl)
Zitronensaft (1 cl)
Grenadinesirup (1 cl)
Eiswürfel

Zubereitung:

Alle Zutaten im Shaker mit einigen Eiswürfeln gut
schütteln und durch das Barsieb in ein Longdrinkglas ab-
gießen. Mit Trinkhalm servieren und Johns Papierschirmchen nicht vergessen.

Glossar

Ares

Gott des Krieges und der Schlachten; Sohn des Zeus und der Hera; Halbbruder von Athene. Zu seinen Erkennungszeichen zählen das Schwert, der Schild, die Fackel und der Helm. Was er auf den Tod nicht leiden kann, ist der römische Name.

Delphi

Eine Stadt im antiken Griechenland und nach ihrer Mythologie der Mittelpunkt der Welt. Ihr Orakel zählte zu den bedeutendsten Heiligtümern des Altertums. Die Ausgrabungen der Stadt gehören heute zu dem Weltkulturerbe der UNESCO.

Glaukos

Star in Griechenland; Lieblingseule der Göttin Athene. Er erscheint auf den ersten Blick als sehr frech und arrogant. Es bedarf viel, um seine Freundschaft und seinen Respekt zu verdienen. Glaukos ist unsterblich.

Zeichnung von © Angelina Vetter

Johannes der Täufer

Er lebte als Asket in der Wüste.

(…) *trug ein Gewand aus Kamelhaaren und einen ledernen Gürtel um seine Hüften, und er aß Heuschrecken und wilden Honig.* (…) (Markusevangelium 1, 6)

Johannes weilt unter verschiedenen Namen unter uns. Am liebsten begleitet er spirituelle Reisegruppen. Um auf sie aufzupassen, wie er meint.

Kyria

Dame; Neugriechisch: Frau

Pallas Athene

Schutzgöttin der Stadt Athen; Göttin der Weisheit und Kriegskunst; Halbschwester von Ares. Pallas Athene

wird oft mit einer Eule abgebildet. Ihre wilden Jahre hat sie hinter sich gelassen. Sprecht sie ja nicht auf Ariadne an, das könnte sich als Fehler erweisen. Sie ist eine aktive Tierschützerin, besonders Eulen liegen ihr sehr am Herzen. Pallas Athene weiß mehr, als sie zugibt.

Zeichnung von © Angelina Vetter

Pythia

Weissagende Priesterin in der antiken Tempelanlage des

Apollon in Delphi. Pythia ist ein Ehrentitel. Dieser wird nur derjenigen überreicht, die von Apollo auserwählt wurde. In dem Moment ihrer Einweihung verschmilzt ihre Seele mit der aller Pythien.

Zeichnung von © Angelina Vetter

Rembetiko

Der griechische Blues. Die Lieder handeln von Schmerz und Leid, Erfahrungen und Heimweh. Gespielt wird es meistens mit einer Bouzouki, Gitarre und dem Baglamas, einer sehr kleinen Bouzouki. Die Tanzschritte folgen dem Herzen, es gibt keine festgelegten. Im Dezember 2017 wurde das Rembetiko in die »Repräsentative Liste des immateriellen Kulturerbes der Menschheit« aufgenommen.

Veria

Eine Stadt in Nordgriechenland, die vom Vermion Gebirge umfasst wird. Sie gehört zu den ältesten Siedlungsgebieten in Nordgriechenland. Der Apostel Paulus besuchte Veria während seiner Griechenlandreise. In der Stadt gibt es mehr als siebzig gut erhaltene byzantinische Kirchen, teilweise aus dem 2. Jahrhundert.

Danksagung

Ohne die Hilfe von etlichen lieben Menschen hätte ich den Schritt, »Kassandras Weg« als Self-Publisher neu zu veröffentlichen, nie gewagt. Ihr habt mir sehr geholfen mit euren wertvollen Tipps und Hinweisen.

Auch sehr vielen Fans von »Kassandras Weg« möchte ich hier danken, die mir Mut zugesprochen haben und mich bestärkt haben, dass Kassandra und Glaukos nicht untergehen dürfen.

Ein großes Danke geht an Esther Barvar, selbst Autorin, die mir mit dem Manuskript half und mich rigoros von etlichen Füllwörtern befreite.

Zu dem Cover möchte ich noch etwas sagen. Mit Giusy Ame habe ich eine Coverdesignerin gefunden, die meine Visionen umsetzen konnte. In dem Kreis, aus dem Glaukos herausfliegt, ist der Stern von Vergina zu sehen. Sie hat jedes kleinste Symbol, die in dem Buch vorkommen, in das Cover hineingestaltet. Ich freue mich auf die weitere Zusammenarbeit.

Danke an meine Freunde, die mich unterstützt, gelesen und korrigiert haben und mir immer wertvolle Hinweise gaben.

Und ein großer Dank geht auch an meinen Lebensgefährten Raphael, der in dieser Zeit stoisch alle meine Launen ertrug.

Die Geschichte zu »Kassandras Weg« habe ich geträumt. Der Traum war so real, dass ich am nächsten Tag anfing zu schreiben. Es war ein sehr mystisches Gefühl, das mich nicht losließ. Diese Geschichte musste erzählt werden. Doch nicht nur diese, meine griechischen Götter haben etliches zu erzählen und als Nachfolgerin von Homer mache ich mich doch ganz gut.

Ich würde mich sehr über Post von euch freuen, Mails und Rezensionen. Gerade durch Rezensionen steigt der Bekanntheitsgrad, und es wäre schön, noch einen größeren Ansporn zu bekommen.

Auf meiner Seite bei Facebook oder sogar auf der Facebook Seite von »Kassandras Weg« freue ich mich, von euch zu lesen.

Eure
Nona Simakis

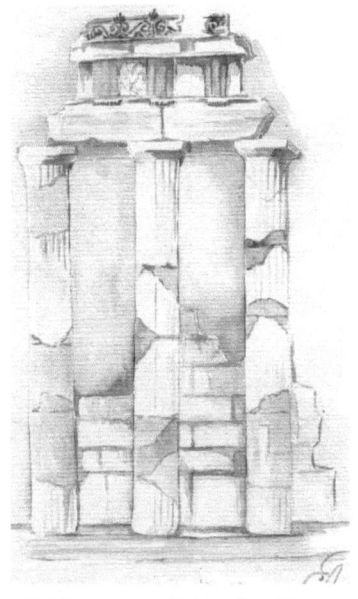

Zeichnung von © Angelina Vetter

Poseidon

Zeichnung von © Angelina Vetter

Mehr zu Nona Simakis

Nona Simakis wurde am 01.02.1965 in Veria/Nordgriechenland geboren und lebt seit ihrer Kindheit in Deutschland. In ihrer Freizeit trainiert und lehrt sie in ihrem Dojo in Dortmund seit über 25 Jahren die japanische Kampfkunst »Bujinkan Budo Taijutsu«.

Neben der Passion zur Philosophie fand Nona Simakis schon in frühen Jahren ihre Liebe zur Sprache und Literatur. Daraus erwuchs das Bedürfnis, als Griechin auf Deutsch zu schreiben und die Erfahrung zweier Kulturen in das geschriebene Wort hineinzuweben. Die griechischen Sagen und Heldengeschichten der Antike haben sie seit ihrer Kindheit fasziniert und inspirieren sie zu den Geschichten um Glaukos und den griechischen Göttern.

Nona Simakis lebt mit ihrem Mann, ihrer Tochter und zwei Wellensittichen in Deutschland. Mehrfach im Jahr fliegt sie nach Griechenland in ihre Heimatstadt Veria.

Mehr von der Autorin unter:
Email: Nona.Simakis@yahoo.de
Facebook: Nona Simakis
Instagram: Nona Simakis
Pinterest: Nona Simakis
Twitter: nona03
Webseite: www.nonasimakis.de
www.kassandras-weg.de